U0922042

那年那月

交西旧忆及市井春秋

陈镇江／著

文匯出版社

·1957年春，于上海交通西路北侧赵家花园，从左至右：作者陈镇江、二妹和平、大妹镇海、小弟陈六、大弟镇虎、小妹陈宪。

·1976年8月5日，作者在南京东路新华书店为小读者谈长篇小说《斗熊》创作体会。右一至右三为创作组周云发、牟怀珂、李春茂。

·陈镇江（右二）与导演沈耀庭（右一）、电影演员朱曼芳（左二）、于飞（左一）等人在大连棒棰岛《东港谍影》外景现场。

•. 1999年4月，作者（左一）在崇明长江口，采访“整治违法捕捞鳗苗突击行动”。

• 作者与电影艺术家孙道临合影。

•1997年5月，作者（左二）参与上海作协接待缅甸作家代表团活动。

• 2008 年 6 月，作者夫妇在美国西雅图出席女儿女婿获颁学位典礼。

• . 2009 年深秋，陈镇江、侯彩英夫妇在上海佘山观赏山林红叶。

• 2018 年 4 月，作者全家福。

思念我的那年那月

2012年10月中旬，金秋送爽，丹桂飘香。我中学里的一群同学，相聚在交大附中（前称交大预科），举行交大预科1962届高中毕业50周年纪念活动。在此之前，依照聚会活动筹备组布置，我与另一位同学刘耀国，各写了一首歌词，后经虞淙同学谱曲，并制成配上当年照片的视频，在聚会时播放，确也为活跃气氛起到了助兴的效果。

我写的那段歌词，名为《思念》。

那时候，我们正年轻
校园里活跃着我们矫健的身影
那时候，我们正年轻
蓝天上放飞着我们青春的憧憬
岁月匆匆
走过了五十年
母校啊，交大预科
我们常常把您思念
……

说来也怪，自那次校友聚会以后，“思念”也越发变成了我日常生活的一大嗜好。尤其是在清晨，习惯早起的我，忙完了一些晨间的家务，自会独坐一隅，自会有片片絮絮的“思念”，不约而来，浮现眼前。我则在这清晨的静谧中，坐享“思念”的愉悦。

这宁静中悄然又绵长的“思念”，在我看来，犹如一把开启那年那月尘封大门的钥匙，犹如一条划向那年那月往昔河岸的小船。它重现着我人生的欢乐与烦恼；重现着我家庭的悲欢与变迁；重现着我与人相处交往的件件往事……我个人与家庭的一些经历，也从一个极其微小的侧面，体现了环境变更社会发展带来的祸福。

我所偏爱的“思念”，其实就是“怀旧”。一笔笔记录下来，遂成一册。这本书名为《那年那月》的册子，分为前后两篇。前篇《交西旧忆》，记述四五十年之前，我在交通西路152号自家老宅、在老宅那乡里乡亲的环境中自小长大的件件往事；后篇《市井春秋》，记述的是我从28岁有了小家庭后离开交西老宅，直到70来岁的一些平凡经历。书中五十余篇短文，皆为真人真事，以及那年那月我对其人其事的真实印象。我女儿芸芸不辞辛劳为我打印编排这本书稿时，曾建议将个别段落中出现的某人名字虚化一下。我考虑之后，将个别身遭厄运、死于非命者改用化名，其他不变。在我看来，这样去写似乎更能贴近远去的那年那月，也更能直接体现我当时的真实感受。这种自以为是的执拗，定有许多可笑和不恭。但我自信，我常常为之思念的交西老宅、我要深深感谢的那一个个淳厚质朴的交西老邻居、自小一起长大又变老的童年伙伴以及我的同学同事和朋友们，如能看到这粗浅的书本，也会遥想那年那月，也会对我的写法有所见恕吧。

以上赘述，代作自序。

陈镇江

2018 年 5 月 26 日

目录

市 井 春 秋

交西旧忆

常常想起我家从前的交西老屋、老屋的四邻，还有老屋门前的那条不起眼的小路——交通西路。她无怨无悔，载着我从童年走来……

1. 从浜南药水弄到浜北大洋桥

1950年春天，大约是在清明过后，我经历了一次心满意足的搬家。

在这次搬家之前，我家居住在沪西大自鸣钟西侧的英华里。再往前，我曾寄养在南市海潮路一个亲戚吉大爷家中，那里，也算是我的一个家吧。

当年居住在沪西、闸北一带的“老上海”有一种习惯的说法，就是以苏州河为界，这条河浜以南的地域称为“浜南”，反之，苏州河北面的地方就是“浜北”了。这“浜南”“浜北”虽只一字之差，在一些体面人的眼里，却有贵贱之分上下之别。觉得“浜南”要比“浜北”开化文明、富庶发达，不知要强多少倍呢。

地处“浜南”的英华里，确也是沪西一块繁华之地。这里北挨苏州河，南枕“老白蚤路”（劳勃生路，后改名长寿路），西邻曹家渡，东近西康路。大都会大戏院、老正兴酒菜馆、吴良材眼镜店、方九霞金银店，还有刘半仙刘瞎子相命馆等等各式商贾店铺，五花八门，林林总总。尤其是耸立在长寿路西康路口那高高的大自鸣钟，一到正点，当当敲响，那声音瓮里翁气，像害了伤风，塞住了鼻子，却也传得老远老远，连浜北也能听见。

那时候，我一点也不懂什么“浜南”“浜北”，英华里一带的花花绿绿，与我也不搭界，因为我成天被关在一个小房间里，那就是我的家。我 2 岁时不幸丧母，4 岁时父亲续弦后将我从寄养的吉大爷家接到这里。继母待我如同己出，使我又获得亲娘一般的呵护养育。

至今，我还清清楚楚地记得，那小房间是在长寿路北面沿街的一排店家后边，在一条叫药水弄的小弄堂里，是一间黑乎乎的石库门前厢房，还是父母向房东租来的。父亲母亲，还有一个不满一岁的镇海妹妹，一家四口子就挤在这巴掌大的鸽子棚棚里。

我还清清楚楚地记得，那石库门里的楼梯，可吓人了！陡陡地竖在前后厢房当中的夹道里，像躲蒙蒙，大白天也得摸摸索索才能找到它，上楼下楼，可要小心哪，你得腾出一只手，拽住一根荡在墙板上的麻绳，这样才能脚下头稳当一点。“咯吱咯吱”一阵响，有人上楼下楼了，我不看也知道。

其实，有没有人上楼下楼，我是看不到的。父母生怕我栽下去。我寄养在吉大爷家时，就出过这事情，从阁楼上栽了下来，一只耳朵摔闷了，好不了，落下了重听的后遗症，反应往往要比别人慢一拍。因此，父母成天把房门关得死紧死紧。闷哪！难过死了！

不过，凭心而论，一天之中也有一两回开心的辰光。

“卖大饼哦……滚热的大饼油条！”

来了！来了！一听到这声音，我顿时就兴奋起来，手头上的木头枪、小人书，不管什么都会往地板上一扔，飞也似扑到窗口，扒着窗沿朝弄堂口探望。

卖大饼的人好像叫小腊子。他正挽着两头翘翘的元宝篮子,一边吆喝一边往弄堂里走。父亲,有时是母亲会探身叫住他,随手慢慢坠下一只放了零钱的竹篮,小腊子接住竹篮,收了钱放进大饼油条,竹篮就稳稳地往上升……这一下一上,真好玩哦。我看得入神,有时还手痒痒的,也要拉住绳子,拽一把。

"镇江吃大饼喽……快来吃,"父母一遍遍喊,我都没听见一样,一个劲地还盯住那卖大饼的看呢,喃,对过窗口一只篮子也晃叽晃叽的,吊下来了……

还有一回,也让我开心了好大一阵。

我妹妹镇海,活泼好动,老是手舞足蹈,躺在床上也不安稳,这天就出洋相了,"扑通"滚下床来,床边正巧放了只面粉袋,妹妹一头闷进去,哈哈,顿时成了个大白脸,笑死我了!

除了这些,浜南老房子里还有什么乐趣呢? 想来想去,没有了。就巴掌大的一块地方,能有什么好玩的?

好在爸爸那时还没有考进公交公司,就在我家隔壁的江淮小学里教书。这江淮小学,实际上也是一间黑乎乎的石库门老房子! 上上下下,角角落落统统被开发起来,隔成几个"教室"。江淮小学与我家就一板之隔,爸爸也能常常溜回来看看我。妈妈在纱厂做工,上三班,照顾我和妹妹的时间也不算少,但我闷在楼上动弹不得,没劲!

终于搬家了,哈哈,搬到了大洋桥北堍一条灰土小道——交通西路。

交通西路地处浜北,从大自鸣钟看过去,它要越过苏州河,再穿过潘家湾、潭子湾,还得跨过两股铁路、再穿过一条交通路,你看你看,这么个大老远的地方,在被一些高档人看不上眼的浜北,乡窝头,而我看呢,倒是个乐园!

新家是一座簇新的二层楼房。

楼上楼下，前厅后院，我爬上爬下，东奔西窜，似乎总不着边际似的。这新房子太大了，光是屋后的院子，就足以让我一玩老半天，东奔西跑的，常常累得我湿汗津津。不想再玩了，我就往楼板上一倒，朝东的一排窗户，送进暖暖的阳光，一股股好闻的味道，香香的味道也不知不觉地从地板上钻进我的鼻子。我一会仰面细看屋顶上一根根粗大的椽木，一会又并拢五指，让阳光透过指缝洒到脸上，直到眼花了，才转过头去……慢慢的，我在这光洁的地板上睡着了，待我醒来，却发现整个人呢已躺在后楼小床上。是大姑(苏北方言，即姑妈，沪语称孃孃，发音 bu)怕我着凉，抱我上床，盖上薄被。大姑那时尚未出嫁，住在兄嫂家中，帮着照应我和妹妹。大姑不高不矮，白白净净，细眉大眼，鼻子更是挺直小巧，个个都说她长得体面。大姑真好！

初到交西那一阵，我常常好生奇怪，屋里不时飘过一股香气，淡淡的，隐隐的，就像我躺在楼板上，也会闻到的一模一样，真好闻呢。这香气从哪来的呢？我老是以为方桌上一定有什么好吃的吧，于是常常踮起脚尖，手扒桌沿，两眼一个劲往桌面上瞅。没啥好吃的嘛！以后，慢慢我明白了，那是新房子新木料的清香。除了很大很大一间新房子，还用木料打了不少新家具，方桌长凳条柗衣柜小橱……我数不过来了。那时，我六岁。

我家新房子大，屋外的视野更大。如果让一些“浜南”的人看来，会轻蔑地鼻子一嗤：“落荒！”如若一些文人雅士来到这里，说不准就会含颌拈须，摇头晃脑地感叹一番：“好一派田园风光！”

当时的交通西路，确实也够落荒的。它不过就是一条土巴拉儿的小马路，南连交通路，北接中山北路，全长不过二百多米。我家初到这里的时候，这条小路两边，从南到北还不满二三十户人家。直到数年之后，住家渐渐多了，上头才挨家挨户发给一块蓝底白字的搪瓷铁皮门牌，我家是152号。北头到底紧挨中山北路的一户门牌也就198号，住的是皮匠师傅封大爷一家子。这还是七八年以后的事了，起先他家就住在我家斜对过的两间草房里。封大爷有个儿子，小名官宝，是我童年时的娃娃头，领着我和小和尚、小鼻子、小荣子等一群小家伙疯癫的皮大王。官宝的姐姐大根娣，长得蛮好看的，人也聪明要强，是交西一带的一枝花。她进了浜南的市一女中以后，嫌根娣这名字太俗气，自说自话地改成了封培华。

交通西路两边，住户稀拉，野浜荒地自然就不少了。我家前门对面就是一口很大很大的池塘，池水碧清，风起涟漪，绿波荡漾，还有水鸟呢，忽上忽下，飞来飞去。

有好几回，傍晚时分，大池塘边上会传来一声响亮又亲切的喊话："小陈，到家啦?"那是一个住在我家南头不远的陈家和叔叔，下班回家路过大池塘习惯的发问。陈叔叔与我父亲是公交同事，当时被人戏称为"小开"(即公交售票员，因他身背票袋，袋中有钞票。而公交开车的被戏称为"老爷"，因为他整天坐着不用跑腿。)后来我也常常学着陈叔叔的声调喊道："小陈，到家啦?"惹得我妈妈大姑她们一阵阵发笑。

越过大池塘再往东，有一道灰白灰白的围墙，围墙很长很旧，南边看不到头，视线被大池塘东边的一座大坟包挡住了。北边也一直伸一直伸，直伸到靠近中山北路了，再往东绕过去……乖乖！这么长的围墙！

“这里头，做什呢的?”我老是好奇，可是猜来猜去也猜不出来，就一次次问爸爸，问妈妈。

爸爸妈妈也不爽气，只是吞吞吐吐：“那边是平江会馆……平江会馆”，说了半句，又不说了。

越是这样，我越发好奇，这很长很旧的围墙，在我幼小的心中，像是塞进的一块大大的疑团。

走出我家后院，复行数十步，又是一汪池塘，虽然比不上前门那个池塘开阔，但它形如圆盘，水草丰盛。犹如麦管一样的草梗，又细又长。一层复盖一层，压得厚厚实实，这疯长的水草还一个劲地窜上塘边，爬到岸上，乍一看，哪是水塘哪是地难以区分。

这小池塘的北边，是一大片菜田。远远看去，在这一片菜田的居中部位，有三间黑黝黝的小草屋，那就是刘甲长的“府第”。按民国时的行政管辖，百户为一甲。甲长虽是区区微职，也是百户之长，府上仅拥三间茅屋，可称是“清廉”了。

这一大片菜田再往北，有一条亮晃晃的小河，河水甚丰，却是一条断头河，它远远的从西边插过来，绕过宏兴颜料厂南边的篱笆墙，再往东突，到达交通西路与中山北路接头南侧，猛然断头了。这断头河还有一怪，是两侧堤岸高低悬殊，北岸高耸，南岸平展，平得几乎与菜园连成一片，越往西去，越为明显，颜料厂篱笆墙对面的河堤更是岸不见岸，水汪汪的凹成了一大片芦草杂生的湿地。**（书末附1950年交通西路地形图）**

在满眼的绿色、满眼的亮丽之中，日子过得快宕起来。不多久，我就忘记了住在英华里药水弄的那种逼仄、沉闷。父亲、母亲，还有大姑，常常笑吟吟的，尤其是在一家人团聚的时候，父亲习惯地从大姑手中接过妹妹，高高托举起来，这时的妹妹，笑声如铃，眼眸更亮，好看着呢。本该做夜班白天睡觉休息的母亲，也开心地屋前屋后忙个不停。

不一会，锅屋里飘来了饭香菜香。初到交西头上几年，我家锅屋名副其实，有大灶大锅，灶头置一神龛，内贴灶神画像。烧柴草，支烟囱，烧水做饭时，灶膛里红光闪闪，烟囱上青烟袅袅。

“吃饭咯，快下来吃饭咯”，妈妈连唤几遍，爸爸才抱着妹妹，哼着小调或是当时的流行歌曲，大姑拉着我的小手，开开心心地下到楼下前客堂，面对行人稀疏的交通西路和开阔的池塘，享受着母亲端上的饭菜。尽管是家常便饭，却似一顿顿可口的美味。

一天又一天过去了，转眼就立夏了，一件烦人的意外也悄悄袭来了。

2. 开老虎灶的袁大眼

得福于交西的好水好草，这里的蚊子也体魄壮硕，黑里透亮。烦人的，就是这讨厌的家伙！大白天，它们还算安分，一只只躲在暗角里养精蓄锐，可天一擦黑，不得了，竟然成群结队，像一拨拨轰炸机，嗡嗡作响，在你头上在你身边吵个不停，时不时还叮你一口，你说烦不烦人？

父亲买来了艾条，一盘盘放开，又长又粗的艾条一根根吊在前后门口，吊在过道里，吊在前后楼，点火熏烟。艾条的烟味苦苦的怪怪的，开始一阵还挺有威力，过不多久，也渐渐失去作用，狡猾的蚊子对它竟能习以为常。

父亲又想出了一招，这办法可灵了。每天夜晚，用一块肥皂浸浸水，在潮湿的面盆里擦一擦抹一抹，然后手举面盆，在头顶上左一兜右一兜地来回挥动，口中还"嗡嗡"地不停唤叫。"嗡嗡"叫声会引来更多的蚊虫，果不，挥上七八下，面盆里便黑黑一层。飞蚊撞上湿肥皂，粘上啦。水一冲，再抹肥皂，再挥面盆，连挥几番，战果辉煌。

看着大人手举面盆甩来甩去的，真好玩呢。我嚷嚷地也要抢过面盆，哪能举得动呢，这时，妈妈会递上一只搪瓷碗，碗里当然也少不了抹上湿漉漉的肥皂，我开心地举起碗，嘴里也发出“嗡嗡”的响声，用力在头顶挥动，来回几下，碗里竟也粘到几只黑点点呢。

当初交西的蚊子军团，真是厉害！

烦人的事，还不止蚊子这一桩。记得有一天的晚上，我爬上楼去上了床，刚要躺下，突然听到一声巨响“呱呱——”，吓得我顿然大哭。大姑闻声赶紧走过来，一手抱着妹妹，一手揽住我，安慰说：“不怕不怕，宝宝不怕，是田鸡叫的声音，田鸡不咬人……”

偎身大姑怀中，我不哭了，可什么是“田鸡”？我不知道。

大姑细声细语告诉我，田鸡就是青蛙，它会抓蚊子吃的。还告诉我说，到了晚上田鸡就会呱呱呱叫，蚊子抓得越多叫得越响，你听又叫了，又叫了……”

“呱呱——”响声比刚才更大更猛，前面，后面，似乎从四面八方压过来，但这回，我不怕了，而是满头满脑地想着，田鸡是个什么样子的呢，它的嘴上一定也抹过肥皂，要不怎么会抓住蚊子呢。

终于见到了田鸡。

那是在第二天的清晨。太阳刚刚升起，高高的大屋遮挡住东方射来的曙光，屋后落下一片阴影。阴影斜斜滑入池塘，池塘、水草变成墨绿一片。

在这一袭清冽的凉爽中，大姑紧紧拉住我，蹑手蹑脚往池塘走去。昨天晚上，她答应我今天就去看田鸡，还叮嘱我要脚步轻，田鸡胆子小，一惊就逃了。

我好兴奋，又好紧张。瞪大眼睛四处张望。忽觉大姑使劲摇晃我的手臂，并指指前边一丛水草。

哇！我看到了，看到了。一个碧绿碧绿的小家伙，眼睛鼓鼓的，嘴巴尖尖的。身上好像还有一团团黑点点……正想靠近一点，再近一点，却听到“扑通”“扑通”，田鸡纵身跃起，往上一窜，再朝下一钻，跳下水了，而且有好几只呢。呀，田鸡！田鸡！这一跳，我看得更清楚了，背上是绿绿的，肚子是白白的，两条细腿好长好长。头一回看到了田鸡，就在我家后面的池塘！

那一天，从早到晚，我特别开心，有几回还悄悄摸到屋后，悄悄推开后院的篱笆门，朝池塘那边张望。

“宝宝，你一个人不能过去噢，掉下水塘就没得命了！”是大姑过来了，连声关照我。

我都六七岁了，大姑还喊我“宝宝”“宝宝”，不过大姑的话我是听懂了，连连点头，“嗯”“嗯”答应着，两眼呢，仍舍不得离开那透绿透绿的池塘。

就那么看到一回，我就欢喜上了。几天不见，我真的又想到屋后池塘去，再去看看好玩的田鸡。

终于有一天，我悄悄溜出后院，悄悄向池塘走去，走着走着，忽觉脚下松松的，接着两脚就慢慢往下沉。啊呀！踩在水草上了，看似在岸边，却是一簇簇浮在塘里的水草。“哇——”我吓得掉了魂一样，失声惊叫。

说来真巧，也谢老天怜我，让我活命。

就在这千钧一发生死危急之际，菜园那头飞也似奔过来一个男人，他奔到塘边还没站定，大手已伸了过来，一把揪住我后襟，使劲一拎，将我这个已半身落水的小家伙拖上岸来。

这时，大姑已闻声赶了过来，她脸色煞白，浑身发抖，死死抱住我，眼泪直往下滚。

这天晚上，妈妈下早班回到家，一听这事，也吓得不轻。她急急上楼拿了一包油纸包扎的果子（即印糕、油枣等糕点混合在一起的茶点），紧紧拽住我，往南头老虎灶急步走去。

救我小命的人就是开老虎灶的袁大眼。在他救我一命之前，我也见到过他两三回，但我从不敢正面瞧他，他的样子好让我害怕，两只眼睛鼓鼓的，又大又凶，走起路来两条手臂一左一右，抡成两个半圆圈圈，好像随时就要打人的样子，远远的一见他走过来，我就吓得往家逃。妈妈拎着果子，拽住我的手，就是去感谢袁大眼的救命之恩。

原来，这天也真是局大（命大，巧合的意思），正巧碰上袁大眼到刘甲长家的菜园里买青菜，就在他往回走的当口，猛地听到了我的喊叫，扔了青菜就飞奔过来……

从那以后，我见到袁大眼，不怕了。

那时候，我六七岁吧，悠悠岁月忽忽而过，如今我已年过七旬。六十几年了，袁大眼的身影还清清楚楚，常常浮现眼前。

说来还真奇怪，自那童年落水被救之后，对青蛙，我竟会萌生一种说不清道不明的“情结”。

1985 年夏天，我的女儿芸芸小学五年级那年，被老师推荐参加全市的小学生作文比赛，荣获上海市小青蛙故事大王比赛一等奖。这让我回想许久，女儿哪知她的爸爸小时候因为贪看青蛙，有过一段惊险经历呢。

2014 年，又是一个夏天，我女儿同我那 6 岁的孙女兜兜做游戏，“一只青蛙一张嘴，两只眼睛四条腿，扑通一声跳下水，两只青蛙两张嘴……”她俩一人一圈地轮流往下说，我听着听着，竟会惘然走神，我的孙女，更是不知她爷爷童年时的与青蛙相关的一段难忘往事……

我家的交西老宅，老宅后院篱笆门外水草繁茂的池塘，还有美丽中的陷阱，幼稚时的冒失，让我永生难忘。

3. 热心人三姨娘

当年交西一带民风淳厚，邻里见面，主动招呼，常以“爹爹奶奶”“大爷大妈”等互相称呼。这种像是对自己亲属一样的呼喊，使人感到亲切。称呼的由来则是顺应此人在他本人族里或老家的辈分。如隔壁的李宗甲，本人是三兄弟中的老大，且年已六旬，就呼作李爹爹，他的小脚老伴，也就是我童年玩伴小鼻子的老妈，就被邻居们称呼为李奶奶了。我家北边贴墙隔壁人家，户主被称为潘四爷，再隔壁是潘大爷。潘四爷与潘大爷就是两个亲兄弟，一个老四，一个老大。住在 148 号的女当家，被称作三姨娘，也是因为她就是我家对面住着的一个人称二姨娘的胞妹，理所当然，我们都喊她为“三姨娘”了。

三姨娘个子矮小，瘦巴巴的。瘦得脸上只剩下一层紧包骨头的老皮，两座小山似的颧骨突兀在尖尖的鼻子两边，只是薄薄的嘴唇还有几分红亮。尽管她相貌不扬，却是个热心肠。左邻右舍，不管哪家有个伤风咳嗽，头疼腰酸的，她只要擦到一点风声，总会晃晃颤颤走上门去，传授一番秘法土方。有时还会捎上一包香灰，半块龟壳什么的，指指点点的细说一番，一五一十教给人家如何如何扶正祛邪，转病为安。

可能是三姨娘同我母亲一样，都是纱厂工人的缘故，到我家就更是走得勤，常常一坐半天，也不管我妈妈忙还是不忙，听还是不听，她总会唠唠叨叨，说没个完。

但是，我父亲对她不大欢迎。说她是“老迷信”！

父亲这么说还是有依据的，三姨娘此人的脑子确实迷信，竟会装得下那么多那么多稀奇古怪的法道。

有年秋天，三姨娘的胞姐二姨娘家有点不太平，大丫头成碗子老是夜里哭闹，吵得张老板俩口子夜里睡不着，白天打磕冲。二姨娘家开了个小小的烟纸店，她老公姓张，人称张老板。

三姨娘得知这事，立马要替姐姐解困。只见她手脚麻利地从衣柜里抽出半张黄裱纸，托邻居邹二爷写上几行毛笔小字“天皇皇，地皇皇，我家有个夜啼郎，过路君子读一遍，一觉睡到大天亮”。随后又差她儿子俊高带上糨糊，将黄裱纸贴到茅坑墙上。茅坑就在袁大眼老虎灶与大坟茔之间的空地上，与三姨娘家仅一路之隔。

差儿子贴了黄裱纸，这还不算，三姨娘还“双管齐下”，只见她对姐姐关照一番之后，便隔着一条交通西路，与姐姐一边一个，各自站在自家门口，放声“喊魂”了。

“成碗子……家来呃！”这边是三姨娘拖长音调，含悲含切的大声高呼：“快点家来呃……”

“家来了，成碗子家来了……”那边，二姨娘同样悲悲切切，声调悠长地应答。一个在路东，一个在路西，两人一唱一和，反反复复，十遍都不止。

最后，三姨娘舒展愁眉，连连击掌，开心地大声高呼“好了好了，家来了家来了，成碗子家来了！小魂家来了，夜里太平了！

太平了!"

俩姐妹的街头一幕,活像出把戏,引得路人不由停步,这边瞅瞅,那边瞧瞧,不知所以,莫名其妙。"十三点!"

三姨娘的"高超",远远胜过一般常人。好像进过顶级研究班。有一阵,她又为华子"过关",忙得不亦乐乎。

华子,就是住在我家北边一个小弄堂即西安坊里的一个小家伙。西安坊是五二年以后逐渐形成的,开头也只有四五户茅舍。华子家也算得上是西安坊的老住户了。

华子这小家伙生得还是眉清目秀,可惜先天不足,一出娘胎就有毛病,抱他起来,一条左腿前踢后甩,右腿却像根蔫丝瓜,耷拉耷拉。尽管这个小把戏(即小孩子)与三姨娘无亲无故,可华子爸妈,邻里们称二银哥二嫂子的常为儿子发愁,三姨娘看了不忍心。

"过关!"三姨娘脑子一拍,主意来了。"华子腿子不活络,是一根筋被小鬼捏住了。快点去请过关师傅,替华子做个童子作刀,过过关,童子作刀一做,小鬼就撵走了,华子包好!"

三姨娘性子急,一口气说得气喘吁吁的。二银哥二嫂子却听得糊里糊涂。三姨娘见他俩仍木鸡似地呆不吭声,赶紧又催促一番,"要快,快点过关,不能再由小鬼捏下去了,再捏,腿子要断掉了!"

二银哥俩口子仍有疑惑:"这个'过关''童子作刀'……'童子作刀',什呢弄法呢?"

"这个我来,"三姨娘豪气着呢,"全由我来张罗,先找三四个小伙头子(即男性儿童)当童子,这个便当,镇江、官宝、小和尚……还有小鼻子,不就四个童子了吗。难找的是过关师傅。

你们也放心,大洋桥那块有一个,明个我就带你们去请,跟他约个日子,请他来替华子过关。到辰光,就叫四个童子跟住过关师傅,师傅说什呢,童子就做什呢,这就是童子作刀。”

一阵张罗之后,不几天就在华子家里“过关”了。

这天中饭吃过之后,二银哥将过关师傅接了进屋。过关师傅长得细高个子,穿一身青布大褂,一张长脸黑里泛青。他一双细细的眼睛往屋里环顾一下,便开口吩咐,将方桌子翻过身来,四腿朝天,搁在两条长凳上,随后解开背囊,抽出一条黄绳,围住四条桌腿,绕个几圈,每条桌腿上又插上他事先准备好的红绿纸旗。旗上弯弯曲曲地画了几道黑杠杠。二嫂子也按照事先的吩咐,端上煮得半熟的猪头鸡爪,依照过关师傅的指点,一一供在倒置过来的“关台”上。

“童子呢?”布置停当,过关师傅抬眼一转,提声发问。

“呃,在这块。”站在门口的三姨娘忙将我们早早被她唤来的四个小家伙推上前去,官宝、小和尚、小鼻子和我,一个个抖抖缩缩,我心里更是扑通扑通的,不知道接下来要做什么呢。

“莫怕莫怕,”关师傅露出了丁点笑容,“你们四个童子,只要跟在我后头,一人抱住一样东西,跟住我转,就行了,别的没事,没事!”

过关师傅边说,边将一旁的扫帚、畚箕、扁担,一一分发给童子。塞到我手里的是一把油纸伞。

过关师傅把四个童子的任务安排停当,就朝自己头上扎了根黄色布条,从背囊里抽出一把方头卜刀,右手执刀,左手也捏住个什么的,朝我们四个小家伙吼了声:“跟住我,一个跟一个,走起来!”

我们四个小家伙，起先心里还毛拉拉的有点怵，这会儿反倒觉得蛮好玩的呢。官宝、小和尚、小鼻子，最后是我，一串小黄鱼似的，一个接一个，跟住领头的过关师傅，围住四条桌腿，一圈一圈转悠。过关师傅一边走圈，一边将手中的卜刀的东一伸西一挥，口中念念有词，有时还猛喝一声“斩!”，冒冒失失这么一喊，吓得我差点将抱在怀里的油纸伞滑到脚上。

转了一圈又一圈，小屋门口看热闹的人也越来越多，有的小把戏还要硬往屋里挤。“莫挤，莫挤莫挤!”三姨娘挡住门口，忙得头上冒汗。

七转八转，头也晕了，“过关”最要紧的一刻，总算到了。只见过关师傅停住脚步，大声吆喝着，从二嫂子手中接过一只捆紧两脚的公鸡，按在门槛上，挥起卜刀，猛力一砍，顿然，鸡血飞溅，众人惊退。过关师傅不慌不忙，顺手将卜刀往二银哥怀抱的华子脑门上轻轻一抹，华子脑门上沾了滩鸡血。

最后，过关师傅接过华子，绕到方桌一侧，将华子高高举起，再递给方桌那一侧的华子爸，二银哥接过儿子，低头哈腰，连鞠三躬。

直到这时，“过关”才正式完毕。我们四个童子也各自卸下身负的“关器”。轻松地舒了口气，相互嬉笑起来。每个人呢还分到供台上的一块羌饼，好开心喔!

这天晚上，我爸下班回到家，发现条台上有块羌饼，便问保姆，保姆罗罗嗦嗦说了一通，爸爸听了很为不悦，将我训了一顿。羌饼我更是没捞到吃一口，被爸扔进了垃圾畚箕。心里懊悔死了，蛮好早点吃掉的，我拿回来放在条台上，还以为爸回来见到会高兴呢，没想到……唉!

日月如梭，光阴似箭。前年初冬，我童年的要好邻居，赤屁股朋友小和尚（大名董登高，后又改名董宏）不幸病故。我闻讯甚悲。冒雨前往桃浦七村，在他灵前叩拜致哀，后又随其亲友同往殡仪馆向他遗体告别。悲恸之中，忽听有人唤我“大哥”，抬头一看，顿有陌生之感，再一细辨，“华子！”我脱口而出，是华子，几十年未见了，华子也成了花甲老人，可惜的是一副双拐，从小到老没有离开过他。遗憾！

三姨娘一番苦心，找来的过关师傅，没能赶走小鬼，华子的残疾，依旧附体，拖累了他大半辈子。我想，华子若知此事，也决不会怨怪三姨娘吧！

三姨娘是个热心肠。还有一事，我终生难忘。

我八岁那年春天，或是初夏吧，那天我大姑出门（即出嫁）。一早家里就忙个不停。客厅里香烛齐燃，大门上喜字双贴。我更乐得屋里屋外乱窜乱跑。

迎亲的花轿早早停在门口，轿夫又一遍吹响唢呐。大姑一身装扮，在妈妈的搀扶下，终于缓缓下楼，移步上轿。我正在门口欣喜地张望，忽然，三姨娘拉拉我衣襟，轻声叮嘱我快点上楼，快点爬到大姑的铺上去……

“做什呢?”我好生奇怪，一犟，挣下她的手。

不料三姨娘又死死揪住我，低头附在我耳朵边上，嘀咕了几句，随后，她手更用力，连连推我“快点上去，快点上去！”

我啊，真是傻呼呼的，竟然抬脚就跑，急急上楼，爬到大姑床上，慌慌忙忙，掏出小鸡鸡，对住大姑的被子，“哗哗”个不停……等撒了尿，再飞也似地冲到楼下，大姑已上花轿，在呜拉呜拉的唢呐声中，远远离去了！

过了几天，大姑同大姑伯（姑父）一同回门，一见到我，大姑就问："镇江，大姑出门上轿辰光，你到哪块去了，大姑东看西看找不到你耶，心里头急死了……"

"我上楼去了，到你铺上水了泡水（即撒尿）！"不等大姑把话说完，我就得意洋洋地抢着插话。

"啊？"大姑顿时愕然，"在我铺上……"

大姑伯也十分惊奇："真的吗？"

"嗯，"我得意地点点头，"隔壁三姨娘说的，她说新娘子出门，在她铺上水泡童子水，就养儿子了。"

大姑白净净的脸上，唰地一下红了，稍后，她猛一伸手，将我搂进怀里……

那一刻，我还隐隐觉得，我耳朵边上热热的，湿湿的，现在想来，肯定是我的大姑，流泪了……

三姨娘的一招一招，真多呢！

还有一件事，同样使我终生难忘，有时独自想来，仍然会同当时一样，心生悲酸。三姨娘又做了什么，竟会让我刻骨铭记？恕先不表，容后再说吧！

4. 一台稀罕的无线电

记得是在 1952 年秋天吧，父母下狠心买了一台无线电，还是三极管的五灯机。这在当时，绝对称得上是豪华奢侈品了。我还记得母亲说过，这个无线电要二百二十万块钱哪（旧币，即新币 220 元），要爸爸妈妈两个人的工资加起来，两个多月还不够呢。

真像炸开了锅似的，左右邻居忙乎了，常常拢到我家门口，屋里前客堂的凳子椅子更被占得座无虚席。毫无疑问，老邻居三姨娘是头号座上客。大伙来干啥呢？听无线电！这样那样的广播节目简直百听不厌，当然最喜欢的还是淮剧，只要一播上淮剧，尤其是筱文艳、何叫天唱的江淮戏，一个个就屁股粘上胶水，脚下长出老根一样了。

母亲对左右邻居上门，总是笑脸相迎，有时她还会踮起脚尖伸长手臂小心翼翼地扭一扭无线电的开关，把音量放得更大一些。那时候，这个稀罕的宝贝不是放在齐腰高的条台上，而是悬放在高高的墙壁上。墙上有一个量身定制的木框框，木框上还铆上一条厚厚的铁皮，加了一把铁锁，这只特制的木框牢牢地钉在高墙上，无线电安顿在这保险框之中，小瘪三就偷不掉啦。

有几次，我也站在凳子上，把无线电开得很响很响，不过我可不是像母亲那样想的，好让邻居听得更清楚一点，我那么干完全是出于一种炫耀而已。“嘀，我家有无线电！”心里美滋滋的。

其实，要不要买这无线电，父亲母亲是有过争执的。220万！吓坏人了！母亲舍不得，迟迟拿不定主意。

要花这么大一笔钱，父亲当然也犹豫再三，为了能少掏些钱，他不知道跑了多少家无线电行，还到旧货店转悠了好几趟，比来比去，还是看中了这个壳子大大的、咖啡颜色的美国货。

父亲为什么执意要买只无线电呢？因为他要听广播，要跟着广播电台中的函授班，自学俄语。

父亲又为什么热衷于学俄语呢？这是因为上世纪的五十年代初期，正处于中苏友好的热腾岁月。举国上下，各种宣传苏联老大哥，学习苏联老大哥的活动此起彼伏，层出不穷。你看，在上海市中心的延安路上，一座高大巍峨的中苏友好大厦刚刚落成，苏联社会主义建设成就展览会随即就在这里开幕。参观者真是潮水一般，川流不息。那时候的电影院，基本上都被苏联电影占据了银幕。《明朗的夏天》《第三次打击》《夏伯阳》《列宁在一九一八》等等，等等。苏联影片接二连三、应接不暇。姑娘们爱穿布拉吉（苏式连衣裙），单位里周末纷纷开晚会，拉手风琴，跳集体舞。老老少少都把一首首苏联歌曲挂在嘴边，哼个不停。参加“中苏友好协会”，更成了人们的光彩和追求。就连我这个当时还不过八九岁的小家伙，胸口也别上一枚“中苏友好协会”徽章。

人们如痴似狂地崇尚着、向往着“社会主义大家庭”的幸福生活。学俄语,就是这时代风潮中一朵耀眼的浪花。

我的父亲是个思想活跃、渴求进步的人,加上他好学的禀性,自学俄语,当仁不让。

跟着广播自学,得有无线电。这在当时,对众多“中苏友好协会”成员来说,是道不容易越过的坎。

正因为如此,有个名叫王守成的叔叔,也常常到我家来,同我父亲一起,跟着无线电里的声音“啊”“拨”“衣”“特”地一个一个字母地开始自学起来。有一个字母“p”,发音要把舌头卷起来,抖起来,两个大人跟着学了好几天,也抖不像样,累得头上都快冒汗,看得我哈哈大笑。母亲为了不影响他们学习,常常唤我走开去,看着父亲与王叔叔那副顶真的样子,我越想越好笑。

还有那本厚厚的俄语教材,其实就是一本苏联小学生的语文课本,但它比我们的语文书漂亮多了,厚厚的,封面封底老硬老硬的。翻开第一页,是列宁、斯大林画像,后面有不少插图,有莫斯科红场,还有一张插图,画的好像是一条河,但这河又像小弄堂一样,上面还坐着一条船。那时我一点也不知道这是画的什么名堂,直到长大以后,回想起来,方知这狭狭的两道夹墙似的图画,原来是莫斯科运河以及运河中的一个船闸。

这本厚厚的俄语教科书,我很喜欢。在以后长长的一段日子里,我也不时去翻翻看看。直到动乱的年头,这本书才从我家失去踪影……

有幸的是,2012 年 8 月,我与老伴,同大妹大妹夫一块,跟着一个旅游团到俄罗斯及北欧四国跑了一圈。旅行的第一站就是莫斯科。我亲眼看到了红场,亲眼看到了莫斯科运河。这在童年,真是做梦也想不到的事。我那曾经认真自学俄语的父亲,何曾不也是这样啊。我还空想,如果父亲能有这天,也能到他曾经追崇过的地方周游一番,多好!

5. 我的启蒙塾师王先生

同我父亲一起自学俄语的王叔叔，有个哥哥王守和。王守和就是我的启蒙老师——私塾王先生。

父亲送我进私塾也早了一些。那时我才 6 岁，是在刚刚搬家到交通西路的第一年的秋天吧。

私塾就在我家西南方向不远的两个大草垛边上，是一间坐北朝南的草房。“教室”还算宽敞，有四五排长长的条桌板凳。大大小小的学生有七八个。不同年级的人混在一块，王先生要给我们初蒙的上课了，高年级的学生就自己背书写字。轮到给高年级上课了，我们这几个小把戏也一样自顾自地把书捧起来，摇头晃脑地认字默读。各上各的课，互不相干。

私塾西边有条小水沟，宽不过两尺吧，沟里却有小鱼小虾，游来游去。下课休息，同学们就会一哄而上，争先恐后趴在沟边看鱼看虾。

有一回，河沟里的小鱼小虾经不起惊吓，躲起来了。大伙玩不成了，高年级的几个学生就玩跳沟。只见他们一个接一个，远远地冲过来，猛地一蹦，越到小沟那边，再从那头一阵奔跑跳过来，玩得开心极了。

嘻嘻哈哈你吵他笑的，不觉惊动了王先生。王先生是个孝子，这会正在教室后边的一间内屋里照应他那半瘫的老父拉屎。他的老父不知害了什么病，一天少说也要拉五六趟屎，弄得王先生两手总有一股臭烘烘的怪味儿。正因为王先生的老父屎拉得勤，因此消耗的手纸也分外多。当然，这手纸不用掏钱买，而是学生们练习毛笔字的描红簿、写字帖什么的。一本本写完，王先生统统收过去，一张张撕下，压在王老先生的床头席子下边。厚厚一叠，用不完。有的学生想要出恭了，也会溜进王老先生房里，掀起铺席抽出三张两张。不过，这手纸用起来须得小心，稍不注意，红屁眼就会变成黑屁眼。

这一说，话扯远了。还是拉回来看看王先生吧。

王先生听得门外一阵喧闹，知道学生又在瞎扯蛮了。顺手握了一把戒尺，一头钻出了草屋。

“咳！是哪一个跳沟的？哪一个！”

听得王先生一声吼，学生们面面相觑，一个个规规矩矩，站得笔直。

板起脸的王先生怒目横扫，一个个挨着看过去。没人敢吭一声。

“不对，还少一个，梅翠呢？”

原来，王先生的学生中还有一个叫梅翠的女生，刚才还在教室里的，这会儿怎么不见人影了？

“梅翠——梅翠——”王先生四处一望，大声唤叫起来。

梅翠哪去了呢？

哎呀，这天该她倒霉。她也跳沟了，这会正在小沟的那一边呢。刚才王先生四处张望也不见她人影，是因为她害怕，躲到小沟对面的一堆草垛后边。无奈王先生三唤两唤，只得探出身来，再跳过小沟……

王先生不等她站稳，就一把揪住，按在一条板凳上，"啪啪"几响，狠打屁股。

那戒尺接二连三打下去，梅翠竟也不吭一声。这丫头犟呢。

梅翠这个丫头，比我大三岁，早在我进这私塾之前，我就认识她了。她就是脑后长着一个肉瘤瘤的毛胡子大爷的大闺女，就住在我家旁边的西安坊，与华子家在一条小弄堂里。她平时见到邻居也不大讲话。好像在初中毕业之后，她就进了纱厂，与她母亲一样在梭子纱锭穿来穿去的嘈杂声中，度过了大半辈子，忙忙碌碌直到退休。

王先生那天发威，也是事出无奈。小沟虽说不宽，跳来蹦去的万一失足，跌了进去也总麻烦。王先生逮住一个，打几板子，也是惩一戒十，杀鸡儆猴罢了。其实，王先生心也善着呢，笑起来更是没得一点凶相。

有一天放学，我祖父到私塾门口来背我回家。他刚一蹲下，我就调皮地扒住他的双肩，往后用力一扳，祖父猝不及防，顿时跌坐在地，手脚朝天。这时，王先生正站在草屋门口，见状哈哈大笑，边笑边说"祖孙同乐，祖孙同乐！"

惩罚翠梅事后不过月余，王先生的蒙馆关掉了。好像听一个同学的家长说，私塾关门的原因是王先生的老父老是拉屎，一天七趟八趟，得罪了土地庙里的菩萨老爷，差了个小鬼把他拖走了，王先生忙着下乡为老父找坟地，忙后事，没空教书了。

私塾关了，我倒开心起来，可以不上学了，尽玩了。可是好景不长，没过几天，父亲又将我送进到唐先生开的塾馆。

唐先生一只眼睛有斜视的毛病，看起人来总得歪着脑瓜子，调皮的学生当面叫他唐先生，背后却喊他唐瞎子。

唐先生的塾馆离我家可远了，要走过中山北路，再沿路北边的田埂小道往东，走到沪太路西边一点。如若再过沪太路，就更吓人了，那边有一大片坟地，坟地里尽是刻得活龙活现的人人头。那时候，我不懂这刻的是什么，过了几年之后，我慢慢明白了，沪太路那一片原来是外国坟山。那些石头人，不过是一些信耶稣的人在大石头上刻出来的外国神仙。年复一年，那片外国坟山也几经变更，先是平坟种菜，后又扒了菜地建起民房，眼下则完全变了，当年的一片荒凉寂寞之地，成了现在成天喧嚣、繁忙不堪的沪西长途汽车站。

6. 从曹园到交通路小学

在我进入唐先生开办的私塾后不久，新建的交通路小学准备招生了。父亲得知这个消息，喜出望外，很快就领着我去报了名。

过了夏天，就要开学了，又接到学校通知，说校舍还没有完工，录取的新生临时先到“曹园小学”上课。

开学第一天，父亲特地请了假，送我去上学。“曹园小学”可远了，出了家门要向南一直走到交通西路顶头，再向东拐弯，沿着交通路过大洋桥，再向前插进中兴路……走了好一阵才到校门口，抬头一看，愣住了！这是学校吗？学校怎么跟和尚庙一样的呢？只是大门的拱梁上有两个模模糊糊的黑字“曹园”。那时候，我还没进过正式的学校，看到了这个“曹园”小学，就以为学校同私塾也差不多，好不了多少。

在一间芦席隔成的教室里，开始上课了。

班主任姓马，他自我介绍后，在黑板上写了个字：趣。

“哪位同学认识？认识的举手。”

马老师话音刚落，我就飞快将手一举，不等站直便大声说道：“趣，兴趣的趣。”

“对!”马老师笑吟吟地点点头,“这位同学不仅认识这个字,还能说出是兴趣的趣,很好! 今天我们开学了,就要像这位同学讲的,对学习要有兴趣……”

我开心啊,心里一直乐滋滋的。放学时大姑来接我,我迫不及待把这说了出来。大姑听了也高兴,微微一笑说:“你上过私塾,王先生和唐先生,教过你不少字呐……”

“大姑也教过我的,比唐瞎子教的多……”

“镇江!”大姑头一扭,睨我一眼:“没规矩!”

“噢,”我连忙改口,“唐先生唐先生……唐先生教我认的字,是没得大姑、阿爸教的多,哎唷,汽车来了! 一部汽车来了!”我听到了喇叭的声响。

大洋桥那头,一辆卡车晃铛晃铛上桥了,朝我们迎面开来。我一阵兴奋,几乎要挣开大姑,拍手叫喊。大姑却将我拽得更紧,自从上回我掉下池塘,险些丢命之后,大姑对我真是寸步不离,上学放学,送我接我总是死死拽住我的手,把我的手都捏得发红了! 这会有汽车过来,她更是不放手,只是将我拖到路边边上,让我站停,让我细细看吧。

那时候,在交通西路,从南到北,从早到晚,几乎看不到一辆汽车,难得有汽车经过,就像一块巨大的吸铁石,立即就会吸引一大帮小家伙,跟在汽车屁股后面狂奔猛跑。

有一天,总算来了一部乌黑的小包车,不知为什么在袁大眼老虎灶门口停了一下,喏,一大帮小家伙“轰”地一下,围上去了。

小和尚胆子大,还敢伸手在车屁股上摸一摸。活该他倒霉,他这一摸,偏偏就被车夫看见了,“啪!”一巴掌掀过来,小和尚抱着脑袋直逃。车夫随后就变戏法似的,不知从哪里弄出一把鸡毛掸子，一遍遍地掸车屁股。

汽车稀奇啊，就连比我家门口那灰土路宽上一倍的交通路、大洋桥也不大看得到呢！

至于公共汽车，在我的家附近，更是一条线路也没得。要想到浜南“上只角”，两脚走！还有一个省力的办法，就是在大洋桥桥东铁路口，搭马车。铁路口有个马车站，三四个车夫做着搭客生意。一部马车能乘六个客，送到大统路老旱桥。老旱桥下是两股铁路，一股通南京，是沪宁线；一股通杭州，是沪杭线。翻过旱桥再往南，到大统路三层楼，就能搭上公交车，就便当了。不过，搭马车一个人得花 500 块钱(新币 5 分)，舍得乘马车的人怎会多呢？生意清淡，马车夫经常坐在车厢里头打瞌睡。

在曹园小学待了半年光景，我终于进到交通路小学，不再天天来来去去的过大洋桥，走远路啦！交通路小学就在交通西路南头路口旁边，离家近多了。

嗬，新建的交通路小学真是漂亮！老师的办公室是两层高的小楼，小楼两侧连着八九间平房，那就是一间间教室，远远看去，就像一个慈祥的长辈舒展双臂，拥抱孩子一般去拥抱办公楼前的大操场。光那个操场，嗨，就有五六个曹园小学那么大哩！

大概是学校又大又好看的缘故吧，我的心情也特别好，欢喜到学校去上学，放学了还赖在操场上踢皮球。

有一次，皮球滚到个园园的铁盖子旁边。这是什么玩艺？我好奇地翻开铁盖子，咦，下头有个玻璃罩子呢，罩子里头还有两三根红的黑的细针。这是什呢？一时好奇，竟然忘了拾皮球，反倒拣了块石头，狠劲朝那个玻璃罩砸了两下。

“咔嚓！”玻璃罩裂开来了！

那“咔嚓”一声，就像是从我脑袋里崩出来似的，不得了！闯大祸了，吓得拔腿就逃……

就在我逃到校门口时，听到后面有人喊我，我心里更是害怕，不料那人跑得比我还快，身子一侧拦在我面前：“皮球！皮球不要啦？”

原来是我班上的是杏生！他是坐在我后面一排的个子高高的男同学。

我长长舒了口气，偷眼往操场那边再描一眼，没人追过来了，心里这才落下块石头。

砸玻璃之后，一连好几天，我都不敢去上学了，好在没有人来找过我。我想，是杏生肯定没有报告老师。要不然，马老师肯定要喊我到办公室去了。从此，是杏生成了我同学之中最早最要好的一个朋友。

我又无忧无虑了，日子过得也更快了。忽忽的，天就很冷很冷了。屋后池塘里的田鸡，晚上也不叫了，那些热天一个劲窜到水塘边上的水草，也不那么厚实了，变得干干的瘪瘪的，瘫在塘边上，活像抽了筋一个样。

有一天上课，我后面传来一阵阵咳嗽，声音很响很响，我不禁回过头，只见是杏生满脸彤红，眼泪也都咳出来了。一件灰布褂子，挡不住寒气，冷得几乎要发抖。

就在那眼见的一霎，我陡然心头一震，不由得胆生豪气，三下两下就脱下身上的一件绒线马甲，递给了是杏生。是杏生也是太冷了吧，并不推却，抖抖瑟瑟地将马甲套在身上。

中午放学，我一到家就将这事告诉了妈妈，妈妈说我做得对，还从条台抽屉里拿出一瓶止咳糖浆，让我下半天就带给他。

从那以后，我与是杏生更加要好了。上学放学也结伴同行，几乎天天都是这样。

早上，常常是我吃饱了早饭，背着书包到他家等他一起上学。可是，他常常还站在小灶边上等粥喝。他住在我家后面一条小弄堂里，小草屋门口支着一只面盆大小的黄泥锅灶，灶上一口乌黑的铁锅，煮着大半锅粥。灶膛里塞着碎竹片、竹刨花，火势不怎么大，烟倒熏得我眼睛发疼鼻子酸。

他家的锅灶里为什么塞的尽是碎竹片和竹刨花呢？因为他家是做竹尺的。

一把竹尺，看起来很平常，做起来倒不容易呢，我常去是杏生家，慢慢就明白了。

是杏生的爹（读 dia，是杏生是常州人，称父亲“爹”）先要到竹行里拉回一根根碗口粗的毛竹，依照一根市尺的长宽，用钢锯扁斧锯断劈开，一根根刨光，再按长度一分一分地划上铅笔印子，一把锋利快刀用力在一道道印子上刻下去，再拿过一块蘸上铅粉的抹布，使劲在刻痕上来回地搓呀搓，将黑赤赤的铅粉嵌进刻痕，再细细将毛尺刮光，打蜡……

还有一种“铜丝尺”就更难做了。那一分一分的刻度就不是用刀划用铅粉抹出来的啦，而是用又细又硬的黄钢丝压出来的。这简直就像……我真说不上来了。只见他们用一只陀螺样的细头活络锥，在竹尺的刻度印子上密密麻麻锥下一排排小孔，每个小孔依次插入又硬又细的黄铜丝，再用快刀贴住尺面将铜丝切断，小锤子一阵敲打，压紧嵌进竹尺刻痕中的铜丝，最后再抛光，这种尺看起来就更上眼了，星星点点，闪闪发亮，能卖个好一点的价。

是杏生的爹是个深度近视眼，做尺划刻度真的难为他了。无奈一家生计，是杏生也常常为此忙个不停。他有个弟弟是林生，那时才七八岁，也被他爹唤来唤去的帮忙干活。做得不好还要被他爹“小赤佬小赤佬”的骂三骂四，甚至撩起竹片请他“吃生活”。

那时候，我真是幼稚，怎就不去体谅要好同学家计的艰难，反倒见到林生被训时那副畏头缩脑的样子，开心得哈哈大笑呢！

过不多久，我又转学了——交通路小学的对面、铁路南边新建了个潭子湾小学，可能是学生少的原因吧，就把我们交通路小学的一拨学生拉了过去。那时候，我已三年级啦！

开心的是，是杏生也一起转学了。我俩依然是上学放学结伴同行。

可是有一次，我又做了件傻事。

那天上午课间休息，同学们争先恐后涌向乒乓桌，人多嘛，就双打。我与是杏生是一对。可对面两个家伙很厉害，我俩连连吃瘪。最后一个球，本该是能接住的，是杏生却一个“抢板”，彻底输了，下台！

这个不应该的“抢板”，好让我恼火，头脑一热，竟然朝着是杏生的屁股狠踢一脚。顿时，同学们怦然大笑，是杏生却一声不吭，只是脸颊一红，默默地走到一边去了……

我真后悔啊，不就打打乒乓球嘛，这也输不起，我太小心眼了。

多少年过去了，我常常会想起这件让我后悔的事。

小学毕业后，我就再也没见到过是杏生，后来听说他初中毕业后就去当兵了。前几年，我在市公安局帮助编辑刊物《上海内保》，一位同样退休也在帮助编刊的老公安俞维荣听我说起此事，立即帮我吊卡查档。得知是杏生现住在呼玛新村。我这人忙忙碌碌的，只是写过一封信，也没能联系得上。

常常思念这位老同学，我曾写过一首打油诗：

助父制尺晚也忙
夜半未能入梦乡
豆光萤火灯不亮
冷雨打窗竹更凉
……

后面还有几句什么的，想不起来了……

7. 欢乐的营火晚会

我还写过一首打油诗，为的是另外一位同学——邢义纯：

为求三分利，
耐得五更寒，
无奈寻生计，
蒙学启犹难。
匆匆岁月逝，
一掷花甲年，
学友今何在？
时日可为安？

邢义纯，是我刚从交通路小学转入潭子湾小学时的同窗。那时我们三年级，我八岁，邢义纯已二十三四岁了。

同班同学，年龄悬殊，这在上海解放初期并非少见。我们还是懵懂少年，邢义纯已经是两个孩子的爸爸了。

邢义纯年龄大，自然个子也高，座位就在最后一排，恰恰教室的门正对讲台，也靠最后一排最近。这可好，邢义纯进进出出方便了。为什么呢？因为他几乎天天迟到，老师并不因此而批评他，也不过问半句。因为老师知道，每天一早，正是这个学生最忙碌、最辛苦的时候。他要很早起床，赶到很远的小洋桥，从那边的批发市场贩回青菜萝卜，再赶到潭子湾小菜场，卖完了菜再赶到学校……上课迟到也是不得已啊！

邢义纯为了家庭生计，默默承受着生活的重担。但是在同学们面前，他总是面带微笑，四方方黑黝黝的脸庞因此而更显憨厚和善。遗憾的是，他与我们同坐一个教室，前后不过大半个学期……我好想念他，邢义纯！

那年六一儿童节，学校里开了个气氛活跃的营火晚会。晚会上我几次朝校门口探望，邢义纯怎么不来啊，营火晚会的节目太好看了，你怎么不来呢？

我真佩服校大队辅导员卢老师。卢老师不仅长得漂亮，一双又大又黑的眼睛会说话似的，让人一见就欢喜。而且卢老师天天忙个不停的样子，也让同学们看得顺眼。她一会写黑板报，一会辅导大家唱歌跳集体舞，一会又不知从哪弄来了许多许多小人书……同学们最喜欢跟着卢老师东转西转了。

这次六一营火晚会，不用说，也是卢老师想出来的。真是太成功啦！以至六十多年过去后的今天，每当我一想起我那三年级时的六一之夜，心头依然甜甜蜜蜜！

每个中队都表演了自己的节目，这已够精彩的了。晚会的高潮还在后头呢！

在卢老师清脆动听的报幕声中，四位年轻的海军战士笑吟吟地走到了围成一圈的同学们中间。红红的营火快乐地跳跃着，也像同学们一样，热烈欢迎海军叔叔表演节目——男生小合

唱：远航归来

手风琴拉起了欢快的前奏。随后，叔叔们唱道：

祖国的河山遥遥在望
祖国的炊烟招手换儿郎
秀丽的海岸绵延万里
银色的浪花
也使人感到亲切的甜香
祖国，我们远航归来了
祖国，我们的亲娘
当我们回到您的怀抱
火热的心又飞向海洋

哇！太好听了，真是太好听了！欢呼声，掌声，一齐爆发了，“再来一个，再来一个！”同学们如痴如狂，营火晚会跃上了无法抑制的高潮。

海军叔叔唱得确确实实是好听。曲调非常轻快，歌词非常亲切。四位海军叔叔站在熊熊燃烧的一堆营火旁边，那蓝白相间的海军服，那一拉一合、闪闪发亮的手风琴，叔叔们欢快奔放的表情……全都好看极了……卢老师真了不起，连海军叔叔这么好的节目，她也能请到我们学校里来了！

营火晚会，一直延续到很晚很晚。不料，到了第二天，又出现了一个“高潮”。

那是在第二天上午的音乐课上，老师一进教室，就听到几个同学嚷嚷：“要唱《远航归来》，要唱《远航归来》……”

老师开始还不以为然，不料这呼声越喊越高："要唱《远航归来》了，要唱《远航归来》了……"

有个名叫尹士林的同学，喊声特别的尖，特别的响。只见他尖尖的脑袋架在椅背横挡上，仰脸对着教室屋顶，闭着眼睛一个劲瞎嚷嚷："要唱《远航归来》了，要唱……"

尹士林嚷嚷的模样太滑稽了，他还把《远航归来》后边加了个"了"字，那音调，就更加发噱。没有一个见了不发笑。显然老师也被逗乐了，于是把讲义一合，另辟蹊径，真的为同学们教唱《远航归来》了。

说来也奇怪，这节音乐课效率奇高，短短不到半小时，人人都学会了那首好听的歌曲，就连几个平时一个星期都背不出半篇课文的同学，也唱得一字不漏，音正调门准。

以后好一阵子，校园里随处都可听到"我们远航归来了，我们……"

当然，我也毫不例外，不仅在学校里唱，上学放学路上唱，在家里也唱。我父亲大概是听到我老是唱着这首歌，似乎也耳熟了，也悄悄记住了，有时也会哼上几句呢。

对于为普及《远航归来》作出重大贡献的尹士林，我当然不会忘记。十几年后，他也当上了教师，而且是普陀区重点中学宜川中学的教师！

岂料好景不长，工作不久他便患上抑郁症。适逢我的二弟镇虎在宜川中学担任副校长，对我的这位老同学分外照顾。无奈士林未能康复，反而日见木讷起来，有时上课竟会突然不讲话，两眼失神，痴痴盯住天花板……课上不下去了，只得调任其他的校务工作……再后来，只得提前退休。

士林老同学，现在也是七旬老人了，多么希望你能康复如初，多么希望能与你再次相聚，一起回忆共同度过的那个六一之夜。

8. 班主任李静婉老师

记得小学三年级时，读过一篇课文，大意是有个外国科学家发明了蒸汽机，安装到火车上，开起来声音可怕极了，招来一片谩骂。有个老奶奶还要铁路上赔钱，说她家里的母鸡被吓得不生蛋了。

潭子湾小学就在铁路边上。我上三年级时，大姑出嫁了，我也长大了，上学放学自己走来走去，天天要过铁路，我却不怕火车，一点也不怕。好多同学也一样，放学了并不急着回家，却要赖在铁路边上，铁路上好玩的名堂也不少哩。

“空嗵——空嗵——”

远远的，火车开过来了。这时，道口可忙啦，我们几个调皮蛋也兴奋起来。只见扳道工一边“瞿瞿瞿”地拼命吹哨子，一边用力压下一根长长的木档，警示行人不准通行！可好多人根本就不把扳道工放眼里，猫下腰身，争分夺秒地从木档下钻过去。我和几个同学呢，倒是不慌不忙，闪到一边看闹猛。火车过来了，我们就一节两节地数节数，有时“呜——呜”、“空嗵——空嗵”地跟着学火车的声音。过不多久，我就能把火车鸣笛、排汽、加速一直到火车开远了、消失了的各种声音学得真的一样，以至到现在，有时跟孙女玩开火车的游戏，还能演口技似的秀上一把。

数节数、学声音玩腻了，我们又发明了一个新名堂——压铅笔刀。

这就有点难度了。要趁扳道工不留神的一刹那，迅速将一截短短的铁丝搁在铁轨上，接着就快步穿过道口躲在一旁，只等火车一过就返回铁轨拿铁丝。这时铁丝已被车轮压扁了，就像抹了层胶水牢牢粘在铁轨上，须得使点儿劲才能将它剥下来，捏在手里还烫乎乎的呢。这压扁的铁丝就是我们自己亲手做的"铅笔刀"。大伙还比来比去，谁的铅笔刀最扁，谁的最快。不过这玩法最让扳道工恼火，常常被他吼骂，有时他还抡着木棒追打我们。我们才不怕他哩，过几天趁他不备，又去压铅笔刀了。

不知怎的，这事竟然会被我爸妈知道了。他们少不了板起面孔，对我厉声训斥："你不要命啦！""铁路上压什么铅笔刀，能削铅笔吗？……火车弄翻忒，叫你吃官司！"

更严重的问题是，书包里的"铅笔刀"被爸收掉了！铅笔盒子里少掉了一件喜爱的东西，忍了不几天，我又跟同学到铁路上去了。

奇怪的是，有一个人，说话并没有大声嚷嚷，只是对我轻轻说那么几句，我就听进耳朵记到心里去了。

这个人，就是我当时的班主任——李静婉老师。

李老师讲的话，不仅我爱听，其他同学也爱听。她说起话来细声细语的，音调也特别甜。她不像大队辅导员卢老师那么漂亮，但同学们也像喜欢卢老师一样喜欢李老师。

李老师个子小小的，脸也瘦瘦长长的。夏天，她穿了件浅蓝色短袖衫，还能看到她手臂上有一寸那么长的汗毛。我说一寸长，绝不是瞎说。我常常到是杏生家去嘛，看惯了他家做竹尺，一分一寸有多长，当然清清楚楚了。不过那汗毛很细很细，不留神是看不出来的。被我看清楚了，也是碰巧。

说起来还是上个星期的事了。那天下午放学后，我在前操场晃荡，先扒到围墙上看潭子河上的小船，小船驮着高高的稻草，就像个活动的草房子。小船飘走了，我又拉单杠，不小心手一滑，一屁股跌坐在沙坑里。正巧李老师这天值勤，见状就过来扶我，为我掸掸身上的细沙，接着又翻翻我的衣领，那细细轻轻的动作，就像要帮我捉掉身上的老白虱，羞得我不好意思了，只是一个劲地垂着头……垂着垂着，就看见两条细细的手臂伸下来，伸到我脚边，拎起我的书包……这时，我也看到了李老师的双臂上极细极细的汗毛。

李老师可能担心我从单杠上滑下来跌伤什么的，还替我拿书包送我离校。

“过铁路要小心噢，千万不要在铁路上玩耍，在铁路上玩耍非常危险啊……”临出校门，李老师还朝我挥挥手，“过铁路一定要小心，记住吗？”

李老师的话，就那么两三句，一点也不像我爸妈唠唠叨叨的，可我记住了，真的记住了，从那以后，我就再也不到铁路上去压铅笔刀了。

还有一次，是参观上海历史博物馆。参观快结束了，我和同学们从一道楼梯往下走，快到出口处时，李老师拉住我用征询的口气轻轻对我说：“陈镇江，等会你代表我们班级，讲几句话好吗？”

“我……”

“讲解员阿姨为我们讲了好多好多，让我们懂了不少知识，要不要谢谢阿姨啊？”

我点点头。可让我代表班级……我有点胆怯。

“你作文写得很好嘛，一定也会讲得很好的！”

老师亲切又悦耳的声音，真让我感到身上一阵阵的发热……后来，大家和讲解员阿姨一起围拢在门厅一个圆桶形状的围栏旁边，我竟也壮着胆，说了几句。我说了些什么，不记得了，只记得大家拍手的声音，还是挺响挺响的。

当年的上海历史博物馆，现在已改为上海美术馆。我经常与家人一起前往参观画展。每当参观结束，走到出口处，就会站在那圆桶形状的围栏跟前端详片刻，有时还会手抚栏杆，对孩子们说起我当年在此的一段往事，说起我敬爱的班主任李静婉老师。

9. 父亲的日记

我的父亲是一个热爱生活，并努力丰富生活的人，酷爱读书，就是他广泛的爱好之一。

上海解放初期，上海公交公司乃至后来的市公用局，有三个笔杆子，被同仁们誉称“苏北三秀才”，父亲名列其首。

父亲文笔好，出手快，就是得益于他的勤读，好学。当然，自幼聪颖，天资不薄也是一个原因。

父亲好学，读书的方式颇为奇特。许多古典名著，他反复阅读，读后就在书页上下，留下札记笔录。做读书笔记是很常见的，但我父亲的写法有点特别，他每记一次，都注上月日，以至月日不同，感受不一，细细体会，更觉有味。书页上写不下了，就另用薄本纸张，持续不断，乐此不疲。

特别是一本《古文观止》，不知被翻阅了多少遍，弄得书脊断裂，书页破损。只得用玻璃胶纸补补贴贴。书中有一篇《祭十二郎文》，父亲更是百读不厌。待我稍长，他就对我浅述此文的感人情节和文笔特色。让我朦朦胧胧地知道，这是一篇叔父为其不幸早丧的侄儿写的祭文。侄儿又因幼年失怙，孤苦伶仃，命运更为凄惨。真是天有不测，万没料到，四处漂泊的中年叔父竟为后辈苦侄殓棺送丧，其悲其哀，万言难尽。父亲因他也曾幼年丧母，境遇坎坷，每读此文，唏嘘不已。那景那情，在我年幼的心灵之中，印痕深深！

还有一本是《红楼梦》，父亲竟然一连买过四种不同的版本。常在灯下细读，比对。荣宁二府，上下内外，复杂的人物关系、瓜葛牵绊，父亲都详加探究。他还动笔梳理了详细的"红楼人物谱系表"，恭恭正正地书写在两张大大的月份牌背面白纸上，为的是让子女们阅读这本名著时，得以参考和方便。

父亲还坚持写日记，写法也奇。

打开日记簿，一天接一天地往下写，这大概是众人通用的记法吧。我父则不然。他写日记，每一天的后面要留下很多空页。以便将往后的同一月同一日发生的事情和自己的联想，一篇篇地记录下去，每翻到此，就能得知历年的同一月同一天。这样的日记，看来，也就别有一番滋味了。

1998 年冬季某一天，阴云压顶，北风刺骨。父亲为弄清香港历史上曾经发生过的一件传闻，竟不畏严寒，不顾体衰，连倒三趟公共汽车，远从交西老宅拆迁后移居的桃浦七村，前往座落在淮海中路的上海图书馆查阅资料。他苦苦查找了大半天，终于找到了一篇有关记载，高兴得竟像小孩一样，笑口大开。遗憾的是父亲没能到香港走过一回，到香港旅游观光，现在是多么的方便啊。不久，1999 年 5 月，父亲不幸病逝，享年 77 岁。

万分哀痛之中，我与弟妹家人为父送行。

勤读，好学，是我父亲一生中的最大嗜好。

勤读，好学，与我父亲相依相随，成了他生命中不离不舍的一个重要部分。

父亲生前收入不多，为养育六个儿女，与母亲尽心竭力，身后几无什么遗产。然而，留给我的一份，却十分珍贵！

那是在1985年年初，父亲从报纸上得知一个好消息，《辞海》将要重版发行。父亲一连跑了几家书店，终于买到一本。耗费29.80元，这在三十年前，不菲，有我半个月的工资呢！

父亲买得此书，就像得到一件珍稀宝物，不时翻阅。过不许久，他就割爱，将这厚厚的一本郑重交到我手中。翻开精装的封面，扉页上是几行再熟悉不过的字迹：

赠给江儿留念

1985年购于上海

陈立人

这本厚重的《辞海》，父亲留传给我，我将留传我的子女。因为这何止是一部工具大书，还有比这书更深的许多许多……

10. 娃娃头儿官宝(官宝往事之一)

官宝大名封秀臣,是一名优秀的侦察兵。他 1961 年入伍,直到 1968 年,方才复原。

1963 年军区大比武,官宝五项全能,名列前茅。在一片热烈的掌声中,皮定钧副司令亲自为他授奖,还拍拍他的肩膀说:“小上海,不要回去了,留下来舍得不舍得?”

官宝是上海兵,高中生,有文化,头子活络,业务冒尖。因此,自 1964 年以后部队来了新兵,带兵训练的不少项目都落到了官宝肩上。

然而,官宝不是军官,只是个战士。他连个小小的排长都挨不上。国家兵役制有规定,当兵三年制或者二年制,就是说入伍服役的期限不超过三年。官宝却当了八年兵。

部队重用官宝,却又不提干。这是为什么?原因就是一个:政历问题。

官宝有什么政历问题?他家的情况我还不清楚吗?他的父亲封大爷做了一辈子皮匠,为交西的老老少少鞝过的走鞋(即单布鞋)棉鞋,可以堆成小山了。他的母亲是大丰纱厂的细纱工,大字不识一箩筐,为人是竹筒倒豆子直来直去,肚里不藏半点疙瘩。论家庭出身，绝无问题。问题出在哪呢？原来是他的姐夫！姐夫的父亲是工商地主。这拐了个大弯却又是要命的社会关系，拖了官宝的后腿。入不了党，当然就提不了干。提不了干却又不放他回家，这侦察兵，一当就是八年！

侦察兵，可不是一般的人都能当的。要脑子灵，反应快，官宝从小就是这块料。他聪明机灵，手脚麻利。在我童年和少年时代，这个计谋多端的皮大王就是我们几个小家伙的总司令。

一年四季，不论天晴天阴，官宝都能领着我们疯癫。冬天在荒场上抽嫌骨头（自制的木陀螺）打菱角，刮香烟牌子盯橄榄核，春天扎鹞子放风筝，到赵家花园钓鱼捞拿母温（蝌蚪），夏天下河游水摸虾洗面筋粘假里（知了），秋天下乡捉才吉（蟋蟀）摘无花果……那没完没了的玩啊疯啊，真是太有劲了，个个都晒得浑身乌黑，泥鳅一个样。

那时候，我们几个小家伙，小和尚、小鼻子、小荣子和我这个大眼睛（我眼睛大，绰号大眼睛），对官宝绝对信服，他说朝东，我们绝对不会向西。他说是黑我们绝不会说白。他有绝对的权威，是因为他比我们谁都精明，比我们谁都胆子大。

譬如下乡捉才吉。我们一帮小家伙走在田埂上，他只要耳朵里刮到一丁点“瞿瞿”的声音，我们还没在意呢，官保就会手臂一伸，像指挥官似的示意我们站停。他则微微倾下腰身侧耳一听，就能辩明才吉方位，随后他轻移脚步，轻轻拨开田埂边上一丛野草，三拨两拨，地上一道弯弯的裂缝就露了出来，官宝顺手将一根细棒或草梗插进裂缝一端，再用另一细棒从这一端慢慢顺着细缝往前推，没推几下，就有一只黑油油的才吉从缝隙里蹦跳出来，官宝立即扔掉细棒，捏住衔在嘴上的才吉网，三下两下，就将蹦跳逃亡的才吉收进网中。

下河摸虾,官宝更是不在话下。他竟能看得出哪种茭白、芦草是河虾栖息的老巢。有时淌着浅水,有时潜进深河,慢慢靠近那丛茭白芦草,随后两手合围,在草根上方快速一箍,攀附在茭白芦草根茎上的一只只河虾陡然被袭,哪还来得及逃窜,直喇喇的在官宝手掌里挣扎,刺须扎得他双手生疼,他却毫不在乎,扬起头,手一甩,鲜活乱蹦的河虾,就抛上岸来,落到我们脚边。

当然,官宝出洋相的事儿也有,那也是贪玩惹来的祸。有一回下乡游水,直到天黑了,官宝还不回家。我也急得要死,再不回去,要被下班到家的父亲责骂了。可是我们又走不了。因为官宝下河前脱下的短裤不见了。明明扔是在土坡上的,哪去了?我们几个小家伙找遍了角角落落,翻草丛扒泥堆,就是不见短裤踪影。唉!太贪玩了,早点回家不就没事了吗。光屁股又怎么回家呢!没法子了,大家只得捱呀挨到天快黑了,才抄着小道又挨着一家家后门旁的荒地,偷偷摸摸地往家挪。哪知,赤身裸体的官宝,躲得了初一,躲不过十五,还是被他的父亲发现了。那一顿暴打真是吓人,手指粗的竹子打裂了,官宝屁股上先是一道道血痕,之后血痕也屏开了,鲜血直往外冒。官宝妈吓得脸色煞白,不住地求情,拉劝,也丝毫不顶用。竹子打烂了,换了箬帚再打,官宝硬是没一声讨饶。过不几天,屁股上伤还挂着,又领着我们到乡下去捉才吉了。嗨,这天下乡,他还偷回了别人的一条短裤。

官宝还教我打架,教我打赢了小亮!那天,我好得意。

打架的起由也是捉才吉。

那天下午在一小土坡边上,官宝听到一声“瞿瞿”,正要侧耳细辨，不料小亮插过来了，只见他抓住野草就乱拔一气。这一弄，才吉不叫了。

“你这算什么玩意，”官宝来气了，骂骂咧咧的叫小亮走开。小亮才不肯放弃呢，依然胡乱拔草，巴望这一拔才吉能从草根里蹦出来。

“镇江，揍他！”官宝终于憋不住怒气，朝我努努嘴，“揍！”

小亮这个人，我能打得过吗？肯定是打不过的。别看他个子小，但有一股粘劲。这粘劲可不得了，只要被他抓到手，哪怕就是一丁点，衣角也好，裤缝也好，你就输定了，准把你粘得要命掐得半死。他这一招在交通西路可出名了，一提起袁大眼楼上的小亮，哪个不晓得？（那时小亮家租了袁大眼的房子，住在袁家前楼。）

“别让他抓到，你要先抓他，先抓他”，官宝在我动手之前，连连指导，“不要怕，他冲上来，你让开，趁他转身，飞快抓住他两条手臂，用力甩，甩他个狗吃屎！”

官宝说的打法，还真灵呢。我就沉住气，稳住脚，不主动出击，就等小亮冲过来的一霎，看准他的两臂，猛然抓住，旋即甩起来，凭着一股旋转的惯性，加上小亮个子小，体重轻，竟会把他甩得两脚腾空，任我甩转了两三圈之后，我就按照官宝的指令两手一松，将小亮猛然抛了出去。跌在坡地上的小亮，真像狗啃屎一般，狼狈不堪。可是他也不息手，爬起来还要向我猛扑，我依然按照官保的说法，抓住他的手臂，旋转几圈，用力一抛……后来，我也心里发怵了，这家伙，太有粘劲了，竟然不怕摔，连扑几次。但这一架，终究是我赢了。官宝教我打架，打赢了，而且对手是不简单的小亮呢！

不过,那次虽然打赢小亮,但我有好一阵“后怕”呢,生怕哪天小亮会突然从哪个角落冲出来,抱住我死缠硬掐,我甩不掉……幸好,没有遇上这一天,再过半年光景,小亮的家搬走了,我的担忧也彻底不存在了。

俗话说:看三岁知三十。

官宝儿时就是那么一个机灵、倔犟、富有统领性格的娃娃头,1961年进入军营,当上侦察兵,成绩斐然,“基因”厚实,也是一大原因吧。

11. 屁股上挨了一枪(官宝往事之二)

1968 年秋天,当了八年侦察兵的官宝,复原回到上海,安排到铁路局机务段,在火车头上烧大炉。

说起官宝复原,还有一段颇有时代特征的小故事哩。

1967 年 12 月 25 日深夜,官宝所在的某部侦察连接到一项特别任务,奉命从福州出发。由于当时福建两大派武斗不绝。部队行动也得衔枚结草,不得事先透露半点风声。

那天深夜,先行的一拨人马出动之后,尚余的尖子小分队,随一位姓康的军长及几个团部领导也离营出发。

官宝就是小分队成员之一,随队出发也附带有着警卫的任务。

待得那个康军长和几个团部领导上了一辆中型巴士,官宝与另外几名士兵就站在两排座位中间的走道上。官宝侧旁坐着的就是那位康军长。中巴后面跟着一辆吉普,这车上也挤得满当当,在夜色中两车一前一后,沿着一条国防公路,飞快向厦门进发。哪料到车行不到半个小时,突然传来密集的枪声,官宝一听,知道这枪就在公路两侧很近很近的地方,果不,站在前头的一个战士中弹了,随即又是一个……猛然,官宝觉着屁股上一阵剧痛,手一摸,尽是血。官宝也被流弹击中了……就一忽儿功夫,前后两辆车,就有八个战士受伤!

官宝伤在屁股上侧,紧靠脊椎的左髋部位,若再往左打一公分,官宝就彻底瘫了。幸好,经过一个多月的治疗,他康复了,当然,时时发作的伤痛,不再适宜当侦察兵了,1968 年秋天,他复原回到了上海,回到了他自小生长的根基交通西路。

事后,一起负伤的几位战友和那晚受到保护而脱险的几个团干部谈起这事,几乎无不感慨。那八个负伤的战士,有的被打碎膝盖,有的被射穿肋骨,还有一个伤到肘关节的,手术前手臂能伸不能屈,手术后却只能屈,不能伸。

打中官宝的那一枪,是从公路一侧斜坡处往上击发的,子弹穿过汽车右侧底部,飞进官宝屁股。如不是官宝挡着,子弹就可能飞进那位康军长的胸口或脑瓜了。

古人有话:福兮祸所伏,祸兮福所倚。

官宝在支左途中不幸中了一枪,是祸。然而躺在军区医院的病床上,却结识了一个善良美貌的小护士陈姑娘。这位陈姑娘,以后就成了官宝的结发贤妻。她也是因着某种社会关系的牵绊入不了党,轮不到重用,1978 年复原后随夫生活,来到上海。也算照顾她的特长吧,安排到医院当护士。这医院离家倒近,就在袁大眼家西侧的大坟头。不过大坟头在前几年已被扒开,下面的棺材全都掏空。

扒坟包掏棺材那天,真是热闹啊!交通西路简直倾城而出,人们里一层外一层,把个坟包围得水泄不通。我们几个小家伙费了好大劲才钻进人缝,站到一个好位置上。只见几个身穿蓝大褂的人,扒在一口黑乎乎的烂棺材边上,细心拨弄那一摊烂骨头。不一会，竟从骷髅头里掏出一颗桂圆大小的球球，那球球刚掏出来，还是碧绿碧绿的，掏球球的人将它小心托在手掌上，就一会儿，那碧绿的颜色就暗了下来，真像变戏法一个样。旁边一个人赶紧打开一只小木盒，将小球球放了进去……后来听大人说，那坟包是清朝一个大家人家的坟墓，好的东西早就被盗走了，衔在嘴里的是夜明珠，盗墓的人不敢偷，怕雷劈鬼上门。现在的人不信那一套了，什么样的大坟也敢挖个底朝天了。

掏空棺材铲平坟包之后，出现了篮球场大小的一块空地，后来就在空地建起了一个卫生所。卫生所大小也是个医院，有一天，我大弟镇虎坐在门口看小人书，不知何故，耳边突然有块豆腐干大小的玻璃从天而落，顿时耳朵划破，鲜血直冒。幸好这天妈妈在家，吓得紧紧搂住他，赶忙护送到新建不久的卫生所，包扎止血，这小小的卫生所，还真行呢！

复原后的官宝老婆就在这里开始了她的新生活，后来转到不远处的宜川街道医院，在护士这一行，一直干到退休。

再说复原后的官宝，怎会满足于在火车上烧大炉？一个五项全能的优秀侦察兵，落得个火车副驾驶的份，似乎不公平！

于是，官宝在工作之余，又当上了闸北游泳池救生员，他高高坐在泳池旁的救生台上，手拿长杆套圈，口衔白铜笛哨，警惕的目光四处巡视。当年在侦察连训练新兵的威严，又回到了他那久经风雨，黝黑粗砺的脸上。这一干，竟没完没了，游泳池的头头也不放他啦。五年过去了，十年过去了，十五年过去了，如今，官宝已是七五老人，但一到夏季，游泳馆旁那个高高的救生台上，还能见到他那魁梧高大的身影……

12. 大　头

提起家住交西给水站南边的“大头”，交通西路、乃至南赵宅、潭子湾一带，可说是无人不晓。“大头”，是我们交西的一个活宝。

大头本名叫什么，几乎没人知道，直到我二妹和平上了初中，她班上有个姓李的女同学，就是大头的胞妹，这才知道大头原来是姓李。

大头是个残疾人。

他的那颗脑袋大得出奇，重重地搁在肩膀上，扭头转脸就不够灵活。

他一只眼睛白糊糊的，肯定是失明了。另一只呢，也视力有限，因此想要看清什么，就很费力，得偏过沉沉的头，端详好一阵子。

更加不便的还数两条腿两只脚。腿精细精细，脚又很小很小。“头重脚轻”，在他身上就对上了。

由于自身条件的限制，大头走路就费劲了，先得细细辨明去向，再双手撑住一只齐到膝盖那般高的木凳，依着这木凳，拐棍似的，一寸一寸往前挪。不扶木凳呢，则一定要扶着墙，小心移动。手不着墙又不扶木凳，大头站不到几分钟，身子就要往下瘫……如果没有人来扶他拉他，麻烦了！

大头是个残疾人，如果按照残疾的等级，他可算得上严重的了。然而，大头不怒不愠，心和面善，而且在某些方面他还聪敏着呢。比如，他学啥像啥，狗叫猫叫，惟妙惟肖。因此，一些闲着没事的人常拖住大头，叫他学这叫学那叫的，拿他“寻开心”，拿他解厌气，渐渐的，大头的“名气”越来越响，终于成了交通西路的一个“活宝”。

这样那样的“口技”之中，大头学得最像、叫得最响的就是电台广播，你听：

“嘟——嘟——嘟……嘟！刚才最后一响，北京时间八点正……中央人民广播电台……”

大头说得太像太像了，尤其是开头那几个嘟——嘟——嘟，发音短促有力，清脆动听，最后那个“嘟”，更是音调上扬，有股冲劲，简直就同中央人民广播电台里报时播音一模一样！

拿大头取乐的人，听了无不哈哈大笑。

如果在夏天，他们就更开心了。因为在夏天，不光是学开无线电的声音惟妙惟肖，开无线电的动作也更加好看。

夏天炎热，大头总是打赤膊，露出一左一右两个微微下垂的奶头。

开无线电了，取乐的人先捏住大头胸口左边一只奶头，用力往右一拧，“啪嗒！”口中发出旋转开关的一声响。

随即，大头开始播音：“嘟——嘟——嘟……嘟！刚才最后一响，北京时间八点正……”大头说了一气，取乐的人再捏住他胸前右边一只奶头，再往右一拧，“啪嗒！”大头声息全无，无线电关掉了！

精彩的表演，不收分文。各个乐得前俯后仰的，不可开交。这时候，大头也歪过脑袋，端详着一个个满脸幸福的邻居，脸上也泛起憨憨的纯真的笑意。

一般说来，左邻右舍拿大头取乐，也就是图个开心，笑笑而已。个别的家伙，就有点出格了。竟然趁着大头扶着木凳挪到马路当中那一刻，突然抽掉他手中赖以拄杖的木凳。这一下，大头难堪了，精细的双腿支撑不了脑瓜的重压，弯曲，弯曲，再弯曲，终于整个身子挨到地面，大头瘫倒了。而那个抽掉木凳的家伙，等着的想看的，就是大头难堪的这一幕，咧开大嘴笑得更是合不拢了。

有一次，这事就发生在我家门口。我母亲看到了，连忙跑过去，一边叱责那个作弄大头的邻居，一边扶起大头，直到这时，大头那因尴尬而涨得发红的脸，才得以慢慢复原。

还有一次，我更佩服那些会取乐的人，竟能把大头带到一个非常严肃的场合。

那是我十八岁时的一天下午，宜川街道召集适龄青年，在南赵宅小学礼堂里听征兵动员报告。台上坐着的一个武装部干部，正滔滔不绝，进行着国防教育。突然，广播节目插进来了！

“嘟——嘟——嘟——嘟！刚才最后一响，北京时间八点正……中央人民广播电台……”

“哗——”哄堂大笑……

刹那间，全场目光全部后移，一齐扫向坐在最后一排的大头……严肃的征兵动员大会，乱成了一锅粥。

大头也是个适龄青年，不知是谁，竟然把他载上黄鱼车，拉到征兵动员的会场来了……

大头虽然行动不便，但他常常撑着木凳，一步一顿地挪到我家做客。他家到我家，虽只隔着一条交通西路，斜斜地门对着门，距离顶多也不过二十几米吧，可这短短的一段路程，对大头来说，却像十里八里，他走得不容易。因此，他每回摸到我家门上，我们都十分热情，笑吟吟地把他迎进屋来，扶他坐稳，有时我们正在吃着什么，就会递给他一些，这时他总是腼腆含笑，憨然不语，却从未收受过一次。

1984 年 5 月，我在公安干修班脱产学习，一天休息回家，刚放下包就听妈妈说："大头前两天又来过了，还问镇江呢？我告诉他镇江住到学校里去了……大头嗯了两声，他还想着你呢！"

大头是残疾，是弱智，但在我心目之中他不傻，他怎么是傻呢？他几天见不到我，就会想着我，我怎么就没有想着大头呢！

从那次妈妈告诉我的事情以后，我就再也没有见到过大头。又过了一两年，我才想起他，一问妹妹，得知大头已经去世了！

大头傻吗？不傻。

我才傻呢，真傻！

13. 三网子

我的童年，常常闯祸。

妈妈说我是“闷皮”。老来想想，妈妈说得没错，一针见血。

记得在我十一二岁那年，五月的一天，我又闯祸了。

那天放学之后，我费了好大一番功夫，又是扎竹篾，又是裁仿纸，终于糊了一只纸鹞，系上线团，兴致勃勃在我家后边的菜田土埂上飞奔。借着一股冲劲和风力，身后的纸鹞摇摇晃晃离地而起，正要再往上飞的那一刻，我忽觉“咔”的一声断线了，手拽风筝的那种惬意的感觉顿然全消。回头一看，原来是三网子踩住了鹞子的尾巴，我浑然不知，还一个劲地牵住风筝细线向前猛跑。后面踩前面拉，细线肯定就断了，被我拖起的鹞子离地不多高就一头栽到了菜园里。

“三网子！你走路也不看看！”我气呼呼地喝道，“三网子！”

咳，想不到三网子满不在乎，招呼也不打一个，傻乎乎的笑不像笑，哭不像哭，自顾自往前走去，你说气人不气人！

“三网子！”我又大叫一声，“你赔！”

三网子依然没事一般，头也不回一下，擦过身边，走到我前边去了。

这下，我来火了，四下一看，拣起一块小瓦片，冲上几步，使劲一掷，不偏不斜，小瓦片正中他的后脑勺。

“嗷——”三网子这会儿出声了，抱住后脑，哼哼地往前直窜，生怕我再要砸他似的，逃回家去了。他抱头逃跑的样子，真是可笑，两条短腿摇摇晃晃，就像被人追赶的鸭子一个样。

三网子干其他事呢，也是傻把拉儿的。他都比我大五六岁了，还啥都不懂的样子。

有一次官宝带着我们几个小家伙，下乡（就是到赵家花园）捉才吉，三网子也跟在我们后头，撵也撵不走。

过了中山北路，我们插进南赵宅，在护园河旁边的一个草窝子地里就开始留神起来。三网子呢根本就不会捉才吉，只见他俯下身子，两手乱抓，草皮都给掀起来了，真有一股傻劲。

忽然，扒开的草根下面，猛地蹦出一只才吉，那才吉在我眼前虽只忽呼地一闪，我已看得清清楚楚，那不是才吉，样子蛮像的，其实是一只“棺材板”。才吉的头是圆圆的，而它却是扁扁的，三角头，恶形恶状的，活像一只小棺材。

“不要抓，不要抓”，我大声叫道“是棺材板，抓了要触霉头的……”

三网子哪肯听我的劝告，还以为我骗他呢，只见他猛地往地上一扑，身子几乎整个地压了上去。抓了一手的泥巴，大概那只“棺材板”也被他摁住了。他开心地傻笑不已，飞也似地往家奔去。鸭子似的双腿左右摇摆，看得我们不禁哈哈大笑起来。

真是个傻蛋！可今天我砸了他的头，我又闯祸了，心里不觉有点害怕了。

放鹞子的心情全被三网子搅混了，忐忑不安起来。

担心的事情终于发生了。

父亲下班回到家，这天他非常开心，买了大包小包的食物，有城隍庙五香豆，有香瓜子、兰花干，还有一大袋什锦糖，一包一包的放在桌子上，笑容满面地招呼我和弟妹快来吃。

原来这天，上海市公用局给他颁发了一张奖状，他被评为"党的模范宣传员"。

当时，我并不懂得这模范宣传员是什么意思，只觉得父亲这天心情特好，可他心情越好，我心里就越是……

果然，正在弟妹们兴高采烈，吃这样挑那样的时候，三网子告状上门来了。这傻冒，还一手捂着后脑勺，哭腔哭调地说："你家镇江……把我头砸、砸开来了……"

说着，他松开手，手上是有血迹，我确实把他砸伤了。

父亲的脸色骤然就沉了下来，立即朝我瞪了一眼，掏出一块钱，让三网子先到南头中华坊吴医生那边去上药。

三网子接过钱离去之后，父亲开始教训我了。我却自以为有理，还犟着头顶撞了几句。父亲越说越气，后来扬起手掌，竟要武力训导，母亲见状，赶紧将我拉开，推出门外……

这时，隔壁李奶奶正在门口，蹲坐在园桶边上洗衣裳，听到我父亲一声声怒喝，又见我被母亲推出门外，知道我要吃苦头了，就赶紧站起，将我拉到她家去躲避起来。

李奶奶同三姨娘一样，也是个热心人。她育有四儿三女。三儿子李枢(大鼻子)，小儿子李滨(小鼻子)，与我年龄相仿，都是我儿时的好朋友。大儿子李昂，因为家庭出身的牵连，一生坎坷。解放初他曾进卢家湾公安分局当过警察。这一段历史，他曾几次向我炫耀："新警进分局第一天，开欢迎大会，局长李克致欢迎词，我代表新警致答词……”他说得有声有色，后来不知怎的，他这个“人民警察”当不了一两年，就吃上官司，到青海农场改造去了。事隔十几年，他又回到上海。

有一天，他悄悄对我说：“镇江……你知道我在青海见到过一个人，是谁吗？”他说得神乎乎的，我倒一时弄不清楚了。他接着说：“是鸿漢！”

鸿漢，是我生母的大兄弟，也就是我的大舅。大舅名胥天相，字鸿漢。大舅的事我也略知一二，也曾因历史问题，戴着“反革命分子”的帽子，到青海改造。李昂说他在青海遇到过我的大舅，甚是奇怪！

原来，那一天李昂他正在沙地里挖沟，忽见旁边有个人，好面熟，细看几眼，确认了“他是鸿漢！”于是，趁着队长走开的一忽，悄悄靠了过去，挨着他的肩膀低唤一声。我大舅猛然一惊，抬头看了半晌，忽然两眼湿润起来……

后来，李昂告诉我说，鸿漢与他，以前在盐城曾经同学，鸿漢可是一表人才啊，可惜可惜……

以后，我大舅的事也得到解决，这已是李昂回上海以后许多年了。大舅的历史问题得到澄清，当过国民党的营长不成为问题了，曾经在黄埔八期读书的一段历史更成为他进入卢湾区政协的资本。有关部门还经常派人上门看望，希望他能与那边的老同学老同僚通通信，为两岸合作交流积极做些工作哩。2003年秋季，大舅的一个堂弟，也就是我三外公的儿子胥国清从台湾来大陆省亲。这时对台的政策已宽松了，这个在蒋纬国之后接任国民党装甲兵司令的“国军”高级军官，退休后也能一了他上祖坟祭扫的宿愿。国清舅舅来沪后，我在沪的几个舅舅、舅妈等亲属得以与他重逢。国清舅舅得知我大舅几年前已归天，不胜感慨地说，“鸿漠大哥走得可惜，无论是人品还是才学，大哥都要高我一筹啊！”

这一扯，又扯远了，话还说回来吧，我的父亲毕竟是一个知书达理的人，稍过一会，气也消了。再说这天我砸三网子，也是三网子先惹的事。过了一会，我回到家，父亲又心平气和地对我教育了一番，这件风波总算平静下来。不过，台子上的瓜子五香豆已剩无几，幸好妈妈给我留了一份。那块油酱兰花干，我大口大口咬着真好吃啊！大妹的一块早已吃光了，还站在我边上眼巴巴地看着我呢，想到她刚才也说过三网子的不是，看她支持公道的份上，我就忍痛割爱撕了一小角兰花干塞到她的嘴里……

三网子有个哥哥大网子。他们家里虽然穷困，但兄弟俩都长得肥头大耳，大网子更是高人一头，而且总是脸上挂着笑，成天无忧无虑的样子。有事没事，常在我家门前的交通西路上荡来荡去……

14. 那年闰八月

我家交西老宅的后院，不知受到何方神圣庇荫护佑，种瓜得瓜，种豆得豆，鸡肥鸭壮，左右邻舍，真是无人不夸。

有一年，时逢闰八月，夏季格外久长。后院的这样那样的种植，竟也知晓时节一般，长得特别茂盛。与隔壁李家分隔的竹篱笆，早早地就被丝瓜的叶蔓占得严严实实，密不透风。金黄色的花儿开了一茬又一茬，碧绿的丝瓜结了一根又一根。院角的一棵什么树苗，也不知是谁有心无心扔下的一粒籽，春天冒芽后就不住往上蹿，到得八月，已长到我人一般高，手掌那么大的叶片就像五角星一样，绿得发亮。到了晌午，烈日当头，一只花母鸡和老猫就躺在这棵小树的绿荫下，舒舒服服打盹。

那棵无花果就更不用说了，它本来对土质的要求就不高，何况去年寒天，我和弟妹一起，刨开它的根土，埋进一只可能是到邻家偷腥被打伤而未能救治的小猫，今年这树更是长得兴，又适巧逢上了大年，几乎每天都有暗红的熟果挂在枝头。说真的，我们兄妹几个，无花果都吃厌了。有时即使看见邻家的小家伙隔着篱笆，用竹竿勾挑，也不去驱赶。后来，父亲患了痔疮，听说无花果煮食后会有疗效，他就早上吃一碗无花果煮大饼，一连吃了好几天呢。

后院的花草当中，我更喜欢的是一架葡萄。

这葡萄的枝叶，还有它的藤条，颜色竟会随着季节一次次变幻，让我看得好生奇怪。春天刚发芽时，它的笋苞还微微曲卷着，一层层地包裹着，这时它是一种很好看的火红颜色。刚刚伸出的藤条又长又细，直挺挺的，这时它是嫩绿嫩绿的，嫩绿得几乎透明了。过不几天，叶芽伸展开来，起初的一抹红，也渐渐退去，新绿则取而代之；而越伸越长的细藤，如鲶须一般四处张扬，一旦触及棚架上的细竹，就会迅速缠绕，一圈又一圈，箍住不放犹如弹簧一般。而原先的嫩绿也会一天深似一天，待到盛夏过后，就成了一圈棕色，这时就更像一段生锈的弹簧了。

有一天，我正在院子里闲着，忽见伏在小树下的老猫，蹑手蹑脚爬上了这架葡萄的棚架，稍稍停顿片刻，它就猛力往前一扑，“呼”！一只受惊的麻雀骤然从架上飞起。原来这只老猫发现葡萄架上停了只麻雀，竟想扑来美餐一顿，不料竹篮打水一场空，麻雀没有扑到，它倒在架上扑进了一个空档，“扑”地一声重重地跌落在地上。我赶紧走过去，要抱起它，它却不好意思一般，“呜呜”地轻哼了两声，身子一弓，窜回后屋去了。

老猫这一扑一摔，让伏在小树荫头里打盹的花母鸡也吓了一跳，“咯咯”惊叫着扑腾起来，它伸长脖子四下里张望一番，似乎并没有什么意外，懒懒地扒了扒土，才又伏下肥肥的身子打盹了。

说起这只母鸡，有一阵，还被蒙上了“不白之冤”呢。它是祖父在去年冬天从苏北老家带来的，好长一阵怎么不生蛋呢？每天晌午前后，也能见到它从后屋里扑出来，还“咯咯咯”地叫个不停，好像是生了蛋，一副得意的样子，可是蛋呢？没有啊？祖父也有点奇怪，这只鸡在老家下蛋很勤的呀，怎么到上海就不下了。“噢，是水土不服！”爷爷开玩笑地咧开大嘴，笑了起来。

转眼快要过年了，交西老邻居们都有个习惯，掸尘粉墙，除旧迎新。我家也不例外，楼上楼下，前庭后院认真打扫了一番，就准备泡石灰，刷墙壁了。

这天，我正在后客堂里帮着清扫，忽见黝黑的楼梯下面有只面盆，面盆里竟是满满一盆鸡蛋！嗬！原来我家的那只花母鸡是把蛋蛋生在这楼梯下面啦，生在这隐蔽之处，谁能知晓？难怪它每天晌午时分会从屋里扑腾扑腾地扑到后院，还一边扑腾一边“咯咯”叫个不停呢！

“一只，两只，三只……”我兴奋地数着，一共竟有二十几只！我笑个不停，搁下面盆，就从米缸里勺了满满一罐米，跑到后院，去犒劳那只被冤枉的母鸡了……

漫长的夏季，终于慢慢谢幕了。晌午的阳光不再那么的炽烈，后院也变得萧条起来。有一天，我见到少年报上有首诗，是个叫马尔夏克的苏联诗人写的：

夏天过去了
可是我还十分留恋
那一个个可爱的早晨和黄昏
清晨
田野一片绿

天空一片蓝

……

不知怎的，我一下就背熟了。有好几次，我竟站在后楼的窗口，眼望着消失了嫩绿和浓荫的后院，默默地念诵：夏天过去了/可是我还十分留恋……

夏天过去了，秋天接踵而至。后院篱笆墙角落里的那株小树，挂上了一串毛茸茸的小球球。球球上满是长长的尖尖的细刺，就像是一只只小刺猬。这是它成熟的果实。我和弟妹们小心翼翼地将它摘下，扔到地上，脚一踩，刺壳裂开了，里面的果子黑亮黑亮，果皮表面还有弯弯曲曲的白色条纹，一颗颗托在手里，真可爱。

记不得是谁出的主意了，竟然忍不住地咬开那小巧玲珑的小果果，剥了皮的果仁洁白洁白，还像涂了一层油脂似的，惹得我们几个嘴馋起来，禁不住慢慢咀嚼，“好香！”于是，一颗，两颗……我和弟妹们竟生生地将十几颗果仁吃下了肚。

到了下午，不过三四个小时吧，糟糕的事情发生了，先是虎弟拉肚子了，海妹接着也肠胃不适，我是硬撑着，也忍不住往茅房跑了两回……

不好了，集体食物中毒！我还算机灵，赶紧拉着镇海镇虎到骊山路小医院去挂急诊。医生一听病情，就问我们吃过什么了？机灵的镇海妹立即从袋里掏出一粒小树籽，“就是吃了这个……”

“啊，你们吃了这……这是什么？你们知道吗？”

我们兄妹三人，你看看我，我看看你，谁也说不上这是什么，

“这……我们家里种的……”

“这是蓖麻籽!”医生说着,用力地撕了撕我的嘴巴,“不能吃的,是做机器上的润滑油的! 馋!”

药,是不用开了,我们放心地回家了,从那以后,我又认识了一种植物——蓖麻。当然,嘴巴不要太馋,这也记住了。

15. 雪白的“半耳毛”

在我上初中的那几年，家里养了许多兔子，我记得都是纯白色的“半耳毛”，也就是兔耳朵上并非齐根就长了长毛，而是从半耳腰的部位往耳尖那一段才有密密长长的细毛的一种兔子。

“半耳毛”虽然也属优良的长毛兔，但比起“全耳毛”，它要次一等。而力克斯、青紫蓝和盎哥拉这几种兔子，就更加名贵、更加稀罕了，我家似乎没有饲养过。父亲为了养好兔子，曾经买来几本参考书，我是看了这些书本才知道，兔子还有不少品种，不少名堂呢！

养兔子，也是出于好玩。起先也就弄来一对，一雌一雄，个子小小的，眼睛红红的，雪绒球一般。我们兄妹几个挺欢喜，常常拎着它的耳朵，托在手掌上，左看右看，或者高高往下一扔，看着它蹿奔时一身洁白洁白的绒毛，麦浪一般飘晃抖动的样子，真是好看。

这对小白兔刚到我家那阵，老猫似乎又起馋了，眼光老是凶凶的，盯住兔子不放。不过它也知道，我们都喜欢这对小家伙，也只好收敛收敛，不敢越雷池一步。但对这老馋猫，总得要防着才好。于是我们将一只衣柜腾空，搬到锅屋，改造一番变成了两只兔子又安全又舒适的新家。我们又依照参考书上的方法，搭配食料，放风，清洁兔笼……一系列的科学饲养，做得十分地道。不过一两个月，起先只比拳头大不了多少的小兔，就忽忽地变成篮球一般大小。细柔的绒毛，一丝丝都有一二寸长。密密的长毛全身披挂，仅在背脊上露出一道长毛向两边倒伏的分界线。

兔子的生殖本领真是让人惊叹！不经意中，一对“半耳毛”变成了六只，又变成十七八只，嗬唷，这下成问题了。锅屋里成天骚烘烘的，兔尿兔屎味道太浓太重了！

打扫兔舍成了很是累人的活儿。我每天放学回家，就给兔们放风，趁它们满院子奔跑撒欢的间隙，抓紧清理兔舍里的兔粪残食。有时喂食不当，青草菜皮里水渍多了，兔子吃了也会拉稀。应该是一颗颗球球的兔屎，会变成烂烂的一摊，粘在兔舍的槽板上，得一点一点地铲掉。

槽板下面是只扁扁的大尿盆，抽盆倒尿可得小心，要端得四平八稳，稍一翘头，高低不平，兔尿就会撒到地上。这清洁兔舍的工作，常常由我来干。镇海和镇虎，就忙着为兔们梳理长毛。兔粪、土渣粘在兔子身上，是常有的事儿，梳理起来也不轻巧。

我们还三番五次地当过“接生婆”“护理士”呢。

兔妈妈临产前会有几个明显的征兆：不肯进食了，烦躁不安，并低头用牙齿咬住腹下长毛，一点一点拉个干净……这时候，我们可要分外留神，如不巧是在夜间，好了，我们得做夜班了，守在兔笼旁边，细心观察。一只、两只……通常母兔一窝会下四只兔宝宝。刚落地的宝宝就是一个粉红色的肉团团，全身还没有一点茸毛，眼睛也紧紧闭着。个子偏小的兔宝宝常常抢不到奶头，我们就拨开它的哥哥姐姐，让它独享妈妈的奶水。有时则对它人工喂奶，当然不是牛奶了，而是豆浆。豆浆灌在小小的眼药水瓶子里，一手将兔宝宝托在掌心，拇指与食指轻轻一捏，它的小嘴就张开了，再一滴一滴地喂进豆浆……

后来兔子太多了，实在忙不过来了，怎么办？毕竟是我们亲手饲养的，宰了它来烹饪总觉不舍，于是就一对一对地送给人家。

有一次，我连送人也不舍得了，父亲就对我说，凡事都要大度，要得也要舍，舍得舍得，有舍才有得，我家的兔子，第一对不也是人家送的吗？

父亲的话，我认为说得当然没错，但我和弟妹每天照顾兔们的吃喝拉撒，日渐一日，也有了感情，就拿为兔们供应食料来说吧，我就有好几次到赵家花园去割草。有一次镇海妹要跟我一起去，因是夏天，我不答应，她却偏要去，还说两个人一起割，就割得多割得快。我阻拦不了，只好答应了。正当我们兄妹在烈日下一把一把地割满一大筐青草时，我远远地看到一个熟悉的身影，他不就是我班上的解家仁吗？在他一侧身的瞬间，我还看到了他鼻梁上的眼镜片闪过一道亮亮的反光，就是他，解家仁！他正在一个草棚边上忙乎什么呢？我好奇地走了过去，与他打了招呼后方知，这个搭在沪太路边上的草棚棚，原来是个奶牛场的收草站，解家仁同学正在将他割好的一筐青草过磅呢。新鲜草料卖给收草站，二分钱一斤。解家仁还直言不讳地告诉我，说他要自力更生，为下学期的学费攒点钱。

解家仁似乎不经意的三言两语，说得也是轻轻的，在我听来，却心头一震，因为我清楚他的家境，他与我小学就是同班同学，家就住在潭子湾路小学旁边的一间矮屋里……容不得往下多想，我就返身端起我与镇海大妹一起割来的满满一筐青草，正要给解家仁送过去，抬头一看，解家仁已离开草站，背起大大的空筐顶着火辣辣的太阳走远了……

有舍，就有得；有付出，也会有收获。

有一天，镇海妹去上学，她一进教室就招来同学们惊讶又羡慕的目光。同学们纷纷称赞镇海身穿的一件“绒线马甲”，雪白雪白的，还有马甲上那一丝丝极细极细的绒毛，真是太漂亮了。同学们哪里知道，这件又轻又软的毛线背心，正是我们自己剪积了自己饲养的兔毛，请长寿路药水弄那边的一个毛线编结社纺线编结而成的。

舍得舍得，有舍有得，哈哈，一点不错，为了养好兔子，我是舍去了不少精力，得到的当然不光是一件兔毛背心，更是一种生活的体验和童年的乐趣。

16. 鸽子有情

饲养长毛兔的兴致过后，闲置了几年的兔舍又变成了鸽笼。不过那时，我已在市公安局上班了。

那是在 1968 年初夏，正值“文化大革命”中“造反派”夺权的高潮阶段。上海市公安局的几个“造反派”也不例外。为着表白各自的“忠心”“决心”，成天斗来斗去，闹得不可开交。7 月 26 日这天，还爆发了闻名全市的大规模武斗。

当时，我在市公安局革命造反派（简称“公革会”）宣传组工作。7 月 26 日这天下午，“公革会”千余人聚集在建国西路 75 号大操场上，正在召开一个大会，忽听得大门外警车呼啸，尖声扎耳。我因是大会工作人员，便急步奔向大门探望，还未跑到门口，就见到几个手执短斧、臂戴“消革会”红袖章的消防员（即上海消防总队革命造反队，简称“消革会”的成员）利索地翻上围墙，踩过车棚，跳进大院里来了。随后，他们强行拉开 75 号大铁门，呼啸的消防车就一辆接一辆驶了进来……随即，“消革会”与“公革会”的两派成员展开了一场厮打……“公革会”成员都是机关干部，怎比得“消革会”那些经过训练，又全身披挂的消防队员，因此，“公革会”成员受伤惨重，只见不断有伤员送往附近的东方红医院(即瑞金医院)。但处于下风的“公革会”队员也不示弱,全力反击,有一个就在二楼窗口,端着一只痰盂罐往下倾倒,不偏不斜,一罐污秽全部扣在下面一个正在挥斧的消防员头上……

正当我护送一个头部受伤的“公革会”成员来到东方红医院时,见到了政保四处的顾光明,他鼻子被打歪了,也被送来医院,躺在一架搁在水泥地上的临时担架上。

顾光明是我们市公安局艺术团的指挥,还拉得一手出色的手风琴。因我经常为艺术团编写诗歌朗诵、串联词什么的,有时也客串合唱小节目,因此与顾光明很熟悉。文革开始以后,他当选为“公革会”大委员,是“公革会”七个头头之一。他躺在地上,一见到我就说:“小陈,拿起你的笔,战斗!”可是我辜负了他的期望,并没有为派战拿起笔,写过什么文章。

市公安局两大派之间的这场前所未有的武斗,闹得公安机关史无前例地“关门歇业”了好几天。妈妈也担心我上班会遭到追打,好劝歹劝叫我在家蹲几天。那时,虎弟学校里也不上课了,我就与他一起出门溜达。当我俩沿着交通西路往北走去,快到中山北路时,忽听得远远传来消防车拉警笛的呼啸。虎弟紧张起来,拉着我就要往家跑,我却几分镇定了。这倒不是因为我胆子大,因为我内心还是对消防队员深怀敬意的。就在这次武斗前几年,1963 年初冬,我曾写过一首长诗《许泽林之歌》,后来排练成大型塑像朗诵,在南京路第一食品公司后面的中国大戏院公演。许泽林就是一个年轻的消防战士,在扑救光华印绸厂的大火中壮烈牺牲。这次公演十分隆重,市公安局的正副局长、各处和分县局主要领导全部出席。我父亲也来了。出色的创作及公安文工团赵蕴珠、张瑞民、王元培等人的精彩表演，获得了当年公安文艺会演一等奖。为了写好许泽林这个人物，我曾到虹口消防队，同许泽林生前的战友们座谈，了解他们的生活，感受到他们朴实淳厚的品质。虽只短短几天的接触，但已使我从心底觉得，这是一群最可爱的人。因此，我总认为"7·26"那天发生武斗，责任绝不应该推在年轻的消防队员身上。

"7·26"武斗过后不久，市公检法实行军管了。在文化广场召开的一次干警大会上，张春桥（当时任上海市革委会主任）宣布了这项决定。他还带着几分神秘地说，到公安机关军管的军代表，有的是从天上下来的。后来才知道，"从天上下来的"就是一批刚刚参加过对越反击战的空四军指战员。

军管之后，我进入市公检法军管会政宣组，很快就接受一项任务：筹备举办市公安局造反派大联合学习班。具体工作就是召集公安机关三大派的头头集中到地处松江的华东警校进行封闭式的脱产学习。由于当时华东警校已经停办，教师员工另行分配了工作，只留得荒拓空旷的校园校舍。举办学习班住宿生活都得有所安排，于是又从市局行政处抽调了几个管理人员，75号食堂的厨师朱延琪也是其中之一。

我家饲养的第一对鸽子，就是朱延琪送给我的。同时，他还送给我一袋赤豆，作为鸽粮。

也同养兔一样，起初的一对鸽子，繁衍生育，不过两三年，就成了十七八只的一大群。

每天清晨，鸽群放飞，盘旋云天，蔚为壮观。傍晚，鸽们一只只又从天外归来，进食后各自进入小巢，"咕咕"不停，好像在交流一天的见闻心得，久久方才安静下来。

常言道血浓于水，这是对人类而言。鸽子何尝不也这样，族群同类的聚合，孵育后代的精心，可称是构成这个物种不灭、日益庞大的强大基因。

就拿孵育后代来说吧，为父为母的一对老鸽真是辛苦啊。

从孵蛋到幼鸽出壳，大致要 20 来天。在这二十几个日日夜夜，全由雌鸽与雄鸽这一对夫妻轮流值守，今天雌鸽孵蛋，明天换成雄鸽孵蛋。轮到孵蛋这一天，几乎滴水不进，粒米不食。成天就伏在孵窝上面，微张翅翼，严严实实护盖着蛋蛋。偶尔站立一下，也是两脚拨动拨动身下的小蛋蛋，为的是让蛋蛋承受到的孵温更加均匀，以使蛋中的胎儿发育更加健全。值守到第二天清晨，换岗之后，方才进食，然后汇入放飞的大群，放心地在云天翱翔。

待到幼鸽出壳，反哺喂食又得十几天。接着是耐心指导摇摇晃晃的子女学跳学飞，直到鸽宝宝们独立生活，这一过程前后得有一个来月，一雌一雄的两只鸽子，这时已是瘦巴巴的，就剩一副骨架了。你说这可称得上是恩爱夫妻，模范家长了吧！

大约是在 1969 年初夏的一天傍晚，天色渐渐暗了下来，外出的鸽子一只只回家归巢了。

“怎么还少一只？”我的小弟阿六有点奇怪，问我道：“缺一只孵小鸽子的雌鸽，怎么到现在还不回窝？”

阿六比我小一轮，那年虽只十二三岁，但干什么事都比我细心。养鸽子用心也不例外。每天傍晚，他总要到鸽笼旁边，细细看一看，数一数，这天恰恰就发现了问题。

又一个小时过去了……一个夜晚过去了，那只雌鸽还不见踪影。

第二天清晨，该是它与雄鸽换班，上岗孵蛋的时候了，仍然还没回窝。急人哪！我们不住地仰头探望，盼望它能出现在隔壁后院小金家的那座二层楼房的屋脊上面。那时，我家的鸽子每每放飞或归巢，总是先在那高高的屋脊上稍停片刻。屋顶上那一道突起的瓦楞，就像是它们的中转站似的。

这一等，又是整整的一天！

这一天，正在孵窝的雄鸽竟然一动也不动，硬是牢牢地护着自己尚未出壳的宝宝，我和阿六有几次将食将水伸到它的嘴边，它毫不动心……

终于，雌鸽回来了。

只听得空中一阵微微振响，抬头一看，那只离群的雌鸽已从空中栽下一般，站在小金家的屋脊上了。它扭转头颈，四处张望一番，好像警惕地巡察一下似的，随即就箭一般直插鸽笼，那动作简直是太美太美了。就是两点之间一条直线那种最短距离最快速度的滑翔，一进鸽笼，就扑向孵巢，换下雄鸽，顶上了岗位……

这一系列的动作，仅仅发生在瞬刻之间，真是让我感动！再细一看，原来这只迟迟归来的雌鸽，翅翼上粘满了血迹，血迹已经干涸，暗红暗红。毫无疑问，它是外出时遭到袭击，挂彩负伤了，但是它还是挣扎着、努力着……终于回来了！

我和阿六连忙给它递水送食，阿六还细心地伸手将它抱出鸽笼，拉开它的翅膀，让陈宪小妹为它一点点地涂上药膏……在给它上药的时候，它还犟着要挣脱开去，要钻回鸽笼，它也心急啊，就同我们一个样呢！

鸽子孵蛋，固然会产生可爱的新一代，但一对老鸽实在辛苦，体能的消耗实在太大。为了“保健”，我们也曾限制老鸽孵育。方法也很简单，就是在雌鸽下蛋后，即将蛋取走，窝中无蛋可孵了，它也就像其他鸽子一样正常生活了。

上世纪六七十年代，市场物资供应还很紧张，鸽蛋可是十分难得的营养品。那时，我正同侯彩英相识相恋，送点鸽蛋给她，也是个不错的主意。有一次，我与她相约，正准备再给她一对鸽蛋，伸手一摸裤袋，怎么黏糊糊凉丝丝的，呀，一只鸽蛋被我在不经意中压碎了，那一刻我的表情一定十分的尴尬，四十多年过去了，记忆犹新。

17. 父亲的“自传”

“我出生在一个剥削阶级的家庭，父亲陈贵选富农成份，家乡解放前夕家有耕地六十余亩，雇长工二人，佃户数户……”

这是我父亲书写的“自传”的开头几句。这份自传，父亲写了改，改了写，不知倒腾了多少遍，一张张草稿，就搁在前楼的长台上。我那时虽读小学三四年级，但也看熟了，开头几句都能背得一字不漏。

父亲那么顶真，那么辛苦地写他的“自传”，以至牺牲了不少个睡眠夜和礼拜天。为的是什么呢？一句话，就是要积极争取入党。

在上个世纪的五十年代初期，入党是一件非常崇高、非常光荣的事。那时候，人民群众对共产党真心拥护，党组织在群众之中有着很高的威信。广大的共产党员在国家建设和社会生活中，真正起到了先进模范作用。共产党员，是个光荣的称号。入党意味着面临更高的要求，更严峻的考验。政治上要求进步的人，都迫切盼望能早日跨进党组织的大门。我父亲就是这千千万万迫切要求入党的茫茫人群中的一个。

可要入党，门槛不低。对“家庭出身”这一关尤其把得严。

是凡申请入党的人，都得认认真真地向党的基层组织递交书面申请，并忠诚老实地书写“自传”，把家庭的祖辈父辈以及兄弟姐妹等直系及近亲的政治面目、历史问题及现实表现交代得清清楚楚，还要一次一次地接受党组织的审查、考验。在这不断反复的过程中，加强学习，加强改造，也就是用党章和党组织的要求，不断对照，自我检讨，深挖差距，狠刨根源，从思想上、意识上和生活习惯生活作风等各个方面，使自己脱胎换骨，以实际行动表示自己与党同心同德、要求进步的决心……

入党，真难，对我父亲这样出身不好的人来说，更难。

所以，父亲的“自传”，写了一遍又一遍。要不断地深刻检讨，不断地加深认识，还要积极工作，关爱集体，热情为群众服务……以实际行动表明自己与剥削阶级家庭彻底决裂，脱胎换骨，站到了工人阶级这一边。

一关又一关，父亲终于经受了组织的严峻考验，1954 年 6 月，在党的生日前夕，光荣地加入了中国共产党党组织，成了一名共产党党员。

父亲不仅自己积极要求入党，对我也是“政治”上非常关心。决不轻易让我接触那些“成分”不好的亲属。在我从小学直到工作的一段很长时间里，父亲就是不让我到他前妻的老父即我外公家去。因为我外公是地主，我大舅是国民党军官、历史反革命。父亲生怕我一同他们接触，就会掉进染缸，使自己变成一身黑，就会影响自己的前途，造成难以挽回的严重后果。

对那些贫农出身的穷苦亲戚，父亲则视为知己，备加关心，还同妈妈一起，接纳他们借住在我家中。这先后有福仲夫妻、冬初大爹爹、唐大姑一家，还有我二舅、三舅以及其他几个苏北老家来沪的贫困同乡。

为了入党，父亲可谓用心良苦！那时候，我还不大明白，父亲为什么会做出许多不近人情的事情，如对祖父冷漠，对岳父疏远回避，以至在一段时间里断绝往来。他的这些“不孝”之举，明里暗里招来了一些亲友的非议。父亲则听之任之，我行我素。难道他内心深处真是这样想的吗？在我们弟妹的心目中，父亲是个善待家庭、恩爱妻室子女的人，怎会对祖父、对岳父那般的态度呢？

现在想来，父亲那样做，一是他为了表示自己“积极”“上进”，也是在那个特殊的年代里，采用了一种特殊的方式，违心的方式，来甩掉压在头上的阴影，以求达到他维护家庭、保护子女的目的吧。

想到这些，我竟不能自已……俱往矣！还是说说我的祖父吧！

我的祖父名陈贵选，因面相不凡，尤其是那张嘴，大得出奇。乡亲们都称他“嘴大爷”。

“嘴大爷”慈眉善目，在乡间很是有名。解放前他不仅房屋田亩颇丰，还当过保长。

据悉，解放初期“镇反肃反”时人民政府对反革命分子的认定，其标准是：凡在敌伪党政军宪几个方面，只要任过某职，即为历史反革命。如是国民党员，须为区分部成员；如是从军的，须是国民党军队的连职以上的；如果在汪精卫的“和平军”里当过差，即使是小兵小卒，也是历史反革命。保长就是一个从政方面的够得上历史反革命的职务。对我祖父这样一个既有田产、雇长工，并担任保长的具有双重历史问题的“罪人”，家乡土改划成份时，只是评他为“富农”，真是网开一面，放他一马了。

“恶有恶报，善有善得。”我祖父的经历，还是应了这句俗语。

乡亲们对我祖父还有一个称呼：“肉头”。顾名思义，“肉头”就是底子厚，油水多。是贬还是褒？各说不一。但对我祖父嘴大爷这个“肉头”，乡亲们还是深怀感激、深怀敬意的。

据乡亲们的叙说，当年上头派员下乡抽捐抽丁时，嘴大爷自掏腰包，为那些交不起捐、出不了丁的穷苦人家“顶差”，这样的善事时有发生，一次次做多了，祖父就被一些人称之为“肉头”。对于这个多行善事的“肉头”，乡亲们记恩于怀。家乡土改时，村上有个富户，论家产并不及我祖父，但此人暴扈，刻薄，招来很大的民愤民怨。他还非常封建，无端阻止死去丈夫的儿媳改嫁，一定要让她守贞节、守活寡。实质上是把儿媳捏在手上当婢当奴，做牛做马。土改时，儿媳一把眼泪一把鼻涕地揭发诉苦，乡亲们愤恨不已，竟然当着乡干部的面，硬是抡起扁担，将这个老封建活活砸死。

我的祖父，则完全不是那样的人了。

有个叫王四的人，是我家的一名长工。他对我祖父更是感激有加，连连向土改工作组的干部坦陈：嘴大爷是个忠厚人，与那个虐待儿媳的老封建完全不一样。

说起王四，这个在我家待了好几年的长工，刚到我家时，仅有一身破旧衣衫，随他进门的，还有一条黄狗。因是王四带来的，家里人也就叫这条狗为“王四狗”。

王四狗同他主人王四一样，进入我家后，结束了四处奔波的处境。日子一久，它就成了我们家里的一条忠犬。

有一年秋天，传言鬼子要下乡扫荡。乡亲们惶恐不安，纷纷寻找藏身之处。祖父也不例外，举家迁居盐城城内，在一户亲戚家中借住。但曾祖母死活就是不肯离开老家。祖父费尽口舌，横劝竖说也无济于事，只得让步了。在以后曾祖母孤身一人留守老家的十几天中，王四狗竟然每天一个来回，从城里奔回老家，看望一下曾祖之后，再奔回县城。这一来一去，六十华里，王四狗累得气喘吁吁，但一天也没停过。像是在为主人互报平安。王四狗，忠犬义犬也。

还有一个帮我家烧火（即做饭）的曹小妹。在我家年份多了，与我一家人相处也很随便，就像是我们家里的一员。大约在1950年前后，曹小妹也来到上海，嫁给一个在肥料公司跑船的小唐，后来养了四个孩子。因一时无处居住，万般无奈之中，她记起我家待她不薄，就打算到我家借住。我的父母一听此言，当即应允，并很快将后屋清空，热情地接纳她们一家。因这时曹小妹已是小唐的妻室，父母就叫我们称她为唐大姑。唐大姑一家六口人，借居在我家，先后有两年之久，直到后来在泰山宅盘下了一间草房，才搬离我家。

唐大姑在我家借居时，也帮我家“烧火”。她有时还同我说起以前在苏北老家的往事。有一次还很认真地说，我的生母同我父亲相识，就是她“多嘴”的。意思就是由她牵头的。她还一个劲地夸奖我的生母：“这个胥家大小姐啊，真是长得体面！”说我生母是她先前在胥家墩子，见到过的再体面没得的人了。

胥家墩子，就是我外公胥士和的老家。外公祖上在盐城老家门前的大莽河边上垒一土石高墩，墩上常年有家丁守备，监护过往船只。有时也干些抽头勒索的勾当。几代下来，远近闻名。于是胥家墩子就成了外公家院的一个代号和这一带的地名。

我的生母胥玉坤，是外公的长女，1946 年因产后风，不幸卒于上海法租界广慈医院，享年仅 26 岁。

家乡土改前夕，外公举家搬迁上海，成了“逃亡地主”，戴了一辈子黑五类的帽子。直至 1978 年九十岁归天，也未得以摘除。有幸的是他能看到长子胥天相（鸿漠）头上的历史反革命帽子被摘掉了，并能从青海劳改场释放回沪，总算父子能在有生之年见上了一面。

18. “平江会馆”之谜(一)

在我家大屋东面,越过门前的交通西路,再越过马路那边的大水塘,水塘再东边有一道很长很长的灰白围墙,围墙里面就是平江会馆。

平江会馆是干啥的? 平江会馆好玩吗? 在我家刚搬到交西的头几年,父母对我的发问总是欲言又止、吞吞吐吐,不肯明确回答。

父母越是这样,我心里越是好奇。有时还会呆呆地站在门口,远远地看着那道灰白斑驳的围墙,忽东忽西,乱想一通。

终于有一天,这个令我好奇的谜团解开了。我明白了,平江会馆原来是这么个吓人倒怪的地方!

为我解开谜团的人,仍然是那个被我父亲视为老迷信的热心邻居三姨娘。

记得那是在我九岁的时候吧,一个阴沉沉的下午,快要下雨的样子,我与大官宝、小和尚、小荣子,还有小鼻子等几个童年伙伴,没敢往远处跑,就聚拢在我家门口刮香烟牌子。

玩着玩着,不知是谁面朝东边“喂——”地一声叫唤。唤叫停了片刻,奇怪的事情发生了。东面方向,也就是大水塘过去的平江会馆那头，竟像有人应答一般，也传过来一声“喂——”

这“喂——”的一声应答，虽然很微弱，很低沉，但是很清晰，也很悠长，真的就像那头有人发出的声音一个样。

我们几个小家伙顿时怔住了，香烟牌子呆呆地捏在手里，也不往地上甩了，你看看我，我看看你，不知这是什么名堂。

“再喊喊看！”大官宝天生是个敢闯敢惹的家伙，只见他一扭屁股，转身朝东，还将两手合在嘴边，围成喇叭形状，屏足力气长吼一声：“喂——”

稍顷，那头的声音又过来了，“喂——”，比刚才那一声回应更清楚，更悠长。

哈哈，这可好玩了，小家伙们不禁你喊一下他吼一下的，我当然也憋不住一股好奇，使劲朝东放声大叫起来：“喂——”

正当我们玩得起劲时，三姨娘从她家里急匆匆跨出门来，她人还未站稳，急迫的声音已经炸雷似地落在头顶：“不要喊、不要喊！”

三姨娘这冒冒失失的一咋呼，真把我们几个给叫愣了。她也不等我们回过神，就神乎乎地把我们拉到一块，压低嗓门说道：“不能喊啊！你们晓得平江会馆里头是什呢吗？……那里头，尽是死人棺材，你们这一喊，死人的魂就会……就会来勾你们了……”

“啊！”三姨娘这一说，我顿觉汗毛直立，一下子变得结巴起来，“那……那……那边是个坟茔滩吗？”

“不是坟茔滩，”三姨娘偷眼往东边睨了一下，又尅住喉咙说，“平江会馆里头是一间一间的，一间一只棺材，比坟茔滩的棺材还要多呢，是有钱的人家停尸首的地方，死人先在会馆里摆一阵,隔个年把,再埋下地。你们小把戏不懂事,不能再对住平江会馆瞎喊啦。”

“嗯……嗯,”几个小家伙,似懂非懂地答应着,小和尚还不住点着头,脑后的小辫子也随着点头一翘一翘,样子真是滑稽。

我呢,这才算是明白了平江会馆是个什么地方,也总算明白了我的父母为什么老是不肯直截了当地回答我的疑问。原来是他们担心我知道了平江会馆的真相,心生惧怕吧。

奇怪的是,当我知道了平江会馆的真相之后,倒并没有怎样的恐惧,而是好奇心更加结棍了。竟然常常在瞎猜瞎想,那里面真会有一只只棺材?一只只堆起来吗?就像搭积木吗?……

不过,我的小伙伴们也有几个对三姨娘的话是绝对相信的。小和尚就是一个。他后来就再也没有对着平江会馆大吼大叫了,他真的相信鬼魂会应声找他呢。

那时候,小和尚家里养了条黄狗。这狗常常屁颠屁颠地跟在小和尚后面,东蹓西蹓的。小和尚也欢喜带着它,训练它奔跑跳跃。大水塘也是他常常驯狗的一个地方。我们几个小家伙常常站在水塘边上,看着小和尚将一只皮球用力往水塘里掷过去,再拍拍狗头,手一挥,那黄狗很听话一般,很快就一个纵身跃入水中,使劲游向远处那浮在水面上的皮球,张口一咬,衔住了。再返身游回岸边,举起头来将球交还小和尚。每在这时,小和尚就会得意地拍拍那黄狗的脑袋,拎起它两条湿漉漉的前腿,让它站立着,摇来摇去地亲热一番。

自从听了三姨娘那回“忠告”,小和尚就不再往大水塘里扔皮球了,也不让他的黄狗贸然跳进大池塘了。这恐怕是他觉得池塘那边紧贴着平江会馆,让狗下到这水塘里,会有什么不吉利吧。

可能是这黄狗常在水塘里游来游去地玩上瘾了，陡然不再让它下水，它还挺别扭呢，时不时脑袋耷拉，一副垂头丧气的样子。

有一天中午，我端着饭碗，在西安坊小夹弄里边吃边与小和尚瞎拉呱。不知怎的那黄狗竟站立起来要抢我碗里的饭菜。我也无意地拨了它一脚，只是轻轻的，只是想把它赶开而已。想不到这家伙竟然张嘴咬了我一口，顿时右腿小腿肚上落下一个黄豆大的洞眼，随即就冒出血来。当时我想，不就是一个小小的伤口吗，没啥的。踢伤划破，对我还不是家常便饭吗。有一回到赵家花园扳柳条，那一跤摔得才厉害呢，额头上裂开一个大口子，一路捂住跑回家，擦点红药水，抹点消治龙，不几天也就好了。这回被狗咬一口，能有多大伤？没想到父亲下班回来，一见我小腿上涂了红药水，连忙问我原因。一听说是被狗咬的，二话没说，赶紧就请小和尚的老子董大爷踏上三轮车，载着我到石门路南京路口的公交职工医院，又是打针又是包扎的，弄得像什么负了重伤一般。

那条黄狗后来不知哪里去了，它留在我小腿上的一块伤疤却直到现在。那疤痕虽然还没有一分硬币那么大，但圆圆的，亮亮的，清清楚楚地记录着我的童年往事，记录着父亲对我的关爱。

19. “平江会馆”之谜(二)

我在童年时候,有个怪癖,就是越觉得好奇的事,越是要打听。越是觉得害怕的事呢,也是越要去听去看。

夏天晚上,我们交西一带的左邻右舍,都喜欢搬出小桌小凳坐在门口吃晚饭乘风凉。那时没有电视,可好玩的助兴节目也不少。你看,饭碗一丢,我与几个小家伙就常常围住隔壁的李奶奶,也就是小鼻子的老妈,听她给我们讲鬼故事。别看李奶奶没啥文化,讲起鬼故事却是有头有尾,有声有色。光吊死鬼,她就能讲出好几种,有舌头拖到地上的,有没得下巴箍子的,有穿黑袍子的,有穿白袍子的等等,等等。说到僵尸鬼,也有各种各样的、这样那样的大鬼小鬼男鬼女鬼如何如何地把人弄死,又如何如何地去对付……说着说着,李奶奶还会冒出一句有水平的文绉绉的话来,“魔高一尺,道高一丈!”李奶奶讲得活灵活现,常常听得我们心惊肉跳,但愈是这样,愈是要听……真是奇怪!

李奶奶绘声绘色,有一拨没一拨地讲鬼,我们听得带劲,忘得也快。但有一段我至今还能记得。李奶奶那晚说的是一个教书先生,主人留了晚饭,又喝了几杯酒,回家时天色已暗。走着走着，怎么不对劲了，明明是一条熟悉不过的小路，怎么眼前有道白墙了。往后一转，又是一道白墙挡着。教书先生慌了，心里暗想是遇到鬼了。越是想越是怕，不禁吓出一泡尿来。这下倒好了，一边尿一边就听到一个女人的声气："先生你不要撒尿了，求求先生不要撒尿了，我走……我走。"后来那道白墙真的就塌了下来，泡在尿里没得了……

不知什么原因，听着这故事，我会想到小时私塾里的那个王先生。竟然会把走夜路的教书先生同我小时的王先生连上了。所以，这个故事，我还真能记得牢牢的，不会忘记呢。

对平江会馆的好奇，也是我童年时候的一个亮点。那次听了邻居三姨娘说，平江会馆里一间一间的放着棺材，我心里更觉好奇。

终于有一天，我真的进到平江会馆里去了！

当然，绝对不是我单枪匹马。只身一人进入平江会馆，那我是绝对不敢的。

那天领头的，还是大官宝。跟随在他后边的，除了我，还有小荣子、小鼻子……小和尚只是远远地跟在我后边，似乎也没有进到最精彩的部位。

先要交代一下。我们进平江会馆的时候，门前的那口大池塘已经填没了。大池塘已变成了一块空地，我们称之为荒场。这块新出现的荒场虽然也成了我们玩耍的好地方，但在我看来，总不及以前那大水塘。大水塘在我心目中，比荒场更好玩，更可爱。

大水塘填后不几天，我家屋后的小水塘也填掉了。无奈啊，我心里好一阵惆怅。

填平大水塘和小水塘,听大人说,主要有两个原因:一是夏天蚊子太多,要消灭四害,苍蝇蚊子老鼠麻雀。蚊子是一害,水塘填掉了,蚊子就消灭了。二是交西地势低,一下大雨地面就积水。到了秋天,潮汛、暴雨、台风三害齐袭时分,更是不得了。交西一块地方常常积水齐膝,家家户户淹水尺把深。怎么办?得铺粗大口径的排水管。政府是为交西居民做了好事,一卡车一卡车地运来极粗极粗的下水管,那管口都快有当时的我一人高了!我和几个小伙伴竟然能站立在那管子里,钻来钻去地玩躲躲蒙蒙。要在长长的交通西路埋下这么粗这么长的排水管,挖出的土方往哪搁,最省事的办法就是填池塘,哈哈,这也可谓一举两得了!

再说那天,我们几个小家伙穿过大荒场,壮着胆子向平江会馆走过去了。待得靠近了,才看清楚这长长的围墙已经残缺不堪,墙头上的野草在风中抖晃。沿着墙脚往南,十几步开外处有一道豁口,支着两扇黑漆斑驳的边门。边门半敞半掩,门里有条青砖便道,一块块砖缝里冒出高高低低的油葫芦草。便道两边,果真像三姨娘说的那样,左右两排平房直统统地往里伸去。平房一间间的门对门。我跟着大官宝,提心吊胆地往里走,猛听得他卡着嗓子闷叫一声:“有棺材!”这一叫,可把我吓得魂飞魄散,往前也不敢往后也不是,呆呆地原地站立。官宝真是胆大,竟然朝我招手,示意我们快点过去。于是我便壮壮胆,朝前小跑几步,紧挨在官宝身旁,侧头一看,那黝暗的门洞里果然有口棺材,搁在厅堂正中的两条长凳上方。这时,小鼻子小荣子也蹑手蹑脚走了过来,一个个屏声敛气,跟着官宝再往前挪。又走了十几步光景才到了夹弄顶头。出了夹弄,见得一块四方方的空地,空地一边似有一座戏台，虽已古旧不堪，却很是气派，雕梁画栋，翘檐飞角，实是好看。再细一瞧，这戏台两侧，连着好几道夹弄，夹弄两边全是一间间厅室，估计都是停柩之处。我这么一想，又觉汗毛林立，低声催促官宝快走。哪想到官宝这家伙，越看越来劲了，竟然又绕着戏台，往对面一道尤为宽敞的夹弄里走了过去。原来这里有一间特别高敞的大厅，两旁贴墙置放十多把椅子，虽是尘埃厚积，却能看出是丧家聚首议事的场所。与居家不同的是那中堂部位，却是一道灰青石壁，不是关公老爷或字画之类，壁上刻着两羽仙鹤，依旁一株虬枝老松。壁前基座上尚有几支残香断烛，也都经年历久，倒的倒，歪的歪，没有一丝亮艳的色彩了。

跟着官宝，走着走着，我胆子竟也壮了几分。不再像刚进来时那般惧怕了。只是在想，这么大个平江会馆，咋的就没有个人影呢？难道就不用管杂打理吗？后来，我慢慢知道了，原来解放后不久，土葬就逐渐被取消了，人死了火化（一些少数民族除外），用不到棺材了，当然就无须停柩待葬，这平江会馆也就日渐萧条，不几年就变得一片荒芜了。直到 1955 年前后，方有几户人家，在这一间间停柩房里安置下来。不过几年，便也住满了人家，这里“地段”虽然不佳，但房屋结构，比起交西一些贫苦人家的茅草房，倒也好了许多。直到二十世纪八十年代，这一大片地块被某开发商看中，推倒平房，改建高层，成了身价不菲的“新黄浦平江小区”。

这平江地段，明明地处普陀区，与黄浦区丁点也不搭界，怎么叫上了“新黄浦平江小区”？原来当年征购平江新村这一大片土地、并在此拆平房建高楼的开发商，就是红极一时的上海新黄浦集团。也许是为了标榜它的业绩吧,旗下一些建筑项目,均冠以“新黄浦”的前缀。改造后的平江小区也不例外,远在百米之外的共和新路立交之上,就能看到树立在平江小区高层屋顶上的巨大字牌——“新黄浦平江小区”。

20. 杨育文与崔鹤安

小荣子有个表兄，大名杨育文，他家住在我家斜对面，隔着交通西路，一间沿着路边的草房。

他母亲小脚，不出远门，成天在家洗洗涮涮，缝缝补补。他的父亲是个挑夫，几乎是一根扁担不离肩，代人家挑货送菜，早出晚归，忙个不停。有几回，我还见到他挑回两大萝的“马鸡菜”(马齿苋)，这马鸡菜大概是从赵家花园铲来的吧。这野菜被他家用开水一烫，摊在门前铺地的芦席上，晒上几天，再用盐巴一擦一拌，就成了每顿不离的菜肴。

杨育文长得和他娘一个样，尖嘴龅牙，瘦头猴脑，因此得了个外号：杨狗子。

他形象不佳，但脑瓜十分聪明，读书成绩门门优秀。因此，他娘老子视他为宝，百般偏护。他还有个姐姐，长得也是尖嘴龅牙，二十好几都没能找上个对象，好得她在纱厂里有份工作，每个月“关饷”，发的薪水除自己开销，还贴补家用，她唯一的弟弟杨狗子也沾到了不少好处。

杨育文大号杨狗子，不仅是他长相有那么点关系，更是这家伙常常出言不逊，找茬挑刺，好占人便宜。他说起话来，尖尖的嘴唇上下乱翻，黄兮兮的龅牙厥得老高，常常是吐沫横飞，招人讨厌，因此他与人讲话时，常常会一手掩口，却又滔滔不绝，每每要弄得人家几分难堪，他方罢休。

杨育文比我大三四岁，记得他在南赵宅小学升五年级的时候，非常得意。有一次我们几个小家伙正趴在地上刮香烟牌子，忽听得不远处传来一阵嘶叫："让开让开，快快让开！五甲杨大爹爹来了！"抬头一看，是杨狗子风风火火，冲了过来，呼啦一下搅了我们的牌。他还一脸奸笑地说："我上五年级了，你们懂不懂，我就是高级知识分子了！"当时，我一下没转过弯来，他说的这话是啥意思，以后才明白，他新发的教科书封皮上印着"高级小学课本"这几个字，五六年级不过就是小学高年级的意思，他竟说自己是"高级知识分子"，真是有他的！

杨狗子见我们几个低年级的小学生懵懵怔怔的，愈发显出得意的神情，随手捡了根棒冰棍，叉腿弯腰，在地上划了几笔，写了个"胯"。

"你们哪个认得？这是什呢字？"

这个字，我还第一次见到呢，不认识。大官宝、小荣子、小和尚几个人也都摇摇头，说不上来。

"哈哈，我说你们都是低年级吧，低年级怎么会认识这个字呢？"杨狗子仰头狞笑，嘲笑我们一阵后忽又盯住我说："镇江，你蹲下来，仔细看看，这是什么字？"

听他这么一说，我真的蹲下身去，正要细细辨认那字的当口，忽觉得被他用力一摁，整个人差点扑倒地上。这狡猾的杨狗子，竟然摁住我的脑袋，往他裤裆里塞。他一边塞还一边说："这字念'跨'，裤裆下面就叫胯，嘿嘿，胯下的胯！"

可恶的杨狗子，出手好重，摁住我的头往下死压，一时压得我透不过气，亏得官宝仗义，用劲推他一把，才把我从他的压迫下解救出来。

杨狗子见我脸憋红了，额上沁汗了，竟然得意地嘿嘿狞笑："记住了吧，胯下就是……"我没等他说完，屏足力气，一头朝他肚皮撞过去，杨狗子猝不及防，往后踉跄几步，要不是挨到墙上，准会摔倒。

这下子，轮到我笑了，看着杨狗子手捂肚子"嗷嗷"叫的样子，官宝、小和尚也都乐得咧开嘴巴，笑个不停。

不过，从那以后，"胯"这个字，我倒是牢牢记住了，不仅记住了，还知道了古代有个韩信，忍胯下之辱，终成赫赫大将的一段典故。

在交西，说起脑瓜灵活的聪明人，除掉杨育文，还有不少呢。我的二舅崔鹤安也可算一个。

二舅比我大六岁，在他十二三岁的时候，随外婆从苏北建湖大崔庄，来到上海投靠他姐姐姐夫，也就是吃住全在我家了。我父母不仅照料他日常生活，还供他上学，待他亲如一家人。

鹤安二舅读书十分用功，加上脑子活络，也同杨育文一样，成绩优秀。小学毕业后考上了市重点行知中学。学校在大场，离家很远。二舅就住校读书去了。

有一次周末放学，他回家时穿了一条新做的兰卡其长裤，从前面看，裤脚管上两条笔直的褶缝，又挺括又漂亮。可后面一看，后屁股上却贴上老大两块园园的补丁，看起来好生别扭。惹得我也发笑了。二舅却不以为然，还一本正经地说："加块补丁，更耐磨哎。"

还有一次，也是周末，他回家就欣喜地说："老校长陶行知的秘书亲自来为我们上课……"讲的什么内容，我一点也记不住了，只见鹤安二舅说得眉飞色舞的，我想肯定是很精彩吧，说到二舅他心里去了。

二舅待人和气，笑口常开，模样也俊俏，左右邻居都与他合得来，谈得拢。不知怎的，连我被杨育文摁住脑袋往裤裆里揿的那事他也知道了。事发那天，二舅远在行知中学呢，他怎么会知道的？肯定是谁告诉他了，是谁呢？至今我也不明白。

终于有一天，二舅也捉弄了一下杨育文！

那是在二舅放暑假的一天下午，二舅与几个年岁相仿的左右邻居，在我家客厅里打"杜洛克"。杨育文也来了，只见他一会在这个背后指指点点，一会在那个旁边唠唠叨叨，不停地说东道西，似乎就他一人是扑克高手，说得别人都厌烦了，杨育文绕到谁人身后，谁就像撵苍蝇一般，讨厌地要赶他走开。

杨育文自觉没趣，就往靠墙的一张竹床上躺着去了。竹床又宽大又凉快，杨育文伸腿展臂的好舒服，不一会便呼呼睡着了。

竹床一头，正好搁着一把长柄刷子。二舅一见，就悄悄拿起来，又蹑手蹑脚撩起杨育文的裤衩，将长柄刷贴着大腿根，伸进了他的裤裆。

杨育文，丁点都未察觉，睡得死猪一般。

二舅这么做，其他几个打牌的，大鼻子、大官宝等人，个个都看得掩口窃笑，却又一个个硬是憋住忍住，不发出一点声响。大伙真是想到一块儿去了，似乎今天是天赐良机，好来教训教训这个爱占便宜的家伙！

大伙继续打牌，却在坐等杨狗子出洋相的一刻。

果不一会，听得杨育文喉头“咕噜噜”一下，要翻身了。可他翻身的那一霎，我看得太真切了：杨育文的脸刷地黄了。他蓦然一惊，双手飞快地朝下身捂去，显然是翻身时突然受到一个硬物的戳击，他又浑然不知那硬邦邦的是什么玩艺，惊吓、紧张、疼痛……在一瞬间交汇，他这一瞬间的惊愕表情，也让二舅和几个打牌的人大笑不已。

过了好一会，杨育文才回过神来，小心翼翼地抽出裤裆里的东西，一看是把长柄刷子，气愤地往墙角一扔，开始发作了……

“你不是胯下胯下的吗，今天也让你领教领教。”二舅得意地笑着说道。大伙也附和着，你一言我一语，杨育文是个明白人，当然知道今日之祸，事出有因，任凭憋红了脖子气红了脸，也是无话可说了。

从那以后，杨育文爱捉弄人的习性，真的有了收敛。但好吹自夸的个性，还是与他紧紧相伴。

他高中毕业后，考进了华东化工学院。这下子他又得意非凡了，不时在我们面前炫耀，一会说自己学的专业是国家重点，是什么尖端的有机化学，绝对绝对的保密，一会又说他们这个系不可讲名称，只能用代号……大学毕业后，他被分配到山东某化工厂。在这一行，他倒也干出了些名堂，被评上了高工，成了名副其实的高级知识分子。前不久，育文大哥还与他表弟小荣子通电话，说他退休后还在受聘上班，又干了几年才彻底下来了，同儿子一起住在泰安一套大房子里，还让小荣子转告，向我向鹤安等几个儿时伙伴问好，并邀我等到泰安作客呢。

我的鹤安二舅没有上过大学，中学毕业后进入上海压缩机械厂当工人。起初该厂就在中山北路近共和新路那边，占了一片很大的场地，离家也很近。不过两三年，这家工厂就内迁到安徽大别山去了，一是路远，二是工作忙，二舅与我们来往少了。在条件艰苦的大别山，二舅乐观开朗的性格，支撑着他度过过了他的青春岁月，并与一个贤惠的女工结伴，育有一子一女。我的这两个表弟表妹都很出息，表弟建中是医学博士，表妹建华是合肥科技大学教授。

二舅现已年近八旬，依然随和开朗，乐观豁达。去年暑期，我那被评为上海市特级教师、在德育教学方面颇有建树的大弟镇虎去安徽合肥支教，返回时特地绕道大别山，看望了二舅二舅妈。舅甥相见，分外亲热，道今叙昔，滔滔不绝，二舅的话语中少不了对当年居住在交西的往事回忆，少不了对当年交西老邻居的探询和问候。

21. 弹簧厂里的武家兄弟

“喳喳喳喳——脚踏风火轮，小哪吒来了——”

一听到这嘶哑的吼叫，我就像打了兴奋剂，刹那间就激动起来，飞也似地冲到门外。不光是我嘛，就连那些大人们，也同我一样，抑制不住突然涌上心头的兴奋，纷纷探头，向马路上张望。

说时迟，那时快！

应着那吼叫的句尾，“小哪吒来了——”刚落，就见一个胖乎乎实墩墩的“赳赳武夫”，莽莽闯闯地从我家门前的石硌路上，双脚擦着地面，一闪而过！

那“武夫”的脚下，还真如他吼叫的那样，火花飞溅，伴着那飞溅的火花，还发出“咔咔咔”的响声。“脚踏风火轮，小哪吒来了——”真是好像好像呢！

这可是一档非常好看的节目，不容错过噢，就那么分把钟的一瞬间，太精彩了！

尤其是在夏天的傍晚，我家的左右邻居们，贪图太阳歇工后的晚凉，家家户户在自家门前，在交通西路的路沿边儿，摆开了小桌小凳，开始了吃喝闲聊，那大声一吼，“小哪吒”猛地冲将过来，冒起一地的火花，助兴！

这,怎么回事呢?

好！先说说那个“小哪吒”吧。

“小哪吒”是住在交通西路西安坊,即我家北边不过三四十米的一个老邻居。他家沿着路边,开了一爿弹簧厂。“弹簧厂”,是邻居们的叫法,其实那小小的规模,只能算是个“弹簧作坊”,专门为沙发厂加工沙发弹簧。“小哪吒”比我大三四岁,好像不上学,成天帮着他那开弹簧厂的老子,干着拉风箱,拽钢丝、绕弹簧一类的活儿。粗细不一的钢丝,十分硬韧,无论是拉是绕,每道加工活儿都十分费劲。“小哪吒”干这行好几年了,因此,锻炼得一身蛮劲。加上他长得粗短黑壮,外形上一看,呆头呆脑。因此,邻居们都称呼他“成呆子”,倒把他的大名“武登成”给忘记得光光的了。

尽管张三李四都唤武登成为“成呆子”,可我却认为,他不呆。他脑瓜才活络呢。要不是这样,那“脚踏风火轮”怎么玩得出来。这别出心裁的花头精,要换张三李四,肯定是想也不要想!

再说说那精彩的“脚踏风火轮”吧。

成呆子在交通西路上一阵奔跑,脚下咋的会火花四溅,像个小哪吒似的呢?

原来,这家伙事先把加工弹簧时拉断了的废钢丝,截成很短很短的一段段,再使劲扎到木拖鞋鞋底上,他穿上这“钢丝鞋”,在高低不平的石硌路上擦着地面一阵猛跑,借着夏天黄昏暮色,还不火花四溅,还不发出“咔咔咔”的响声?还有他那奔跑前粗哑的一声大吼,一家家在门前摆开的饭桌旁,还不引爆阵阵喝彩?

凭良心讲，成呆子当众表演的这档节目，是有相当高的难度，也具有几分危险。他脚下穿的不是跑鞋不是钉鞋，而是硬邦邦的木拖鞋。在高低不平的石硌路上猛跑，其牢固性和稳定性都有问题。有一回，成呆子就出了洋相，刚一起跑，鞋带绷了，他一个踉跄，差点头栽地。在一阵哄笑中，成呆子返回弹簧厂，将那断了皮带的木拖鞋加上几颗芝麻钉，修修弄弄，又出来了。成功的第二次赢得了更加热烈的掌声。

这档节目，当然也不是天天上演，隔个十天八天的，成呆子就会兴致上来，再来一趟。

因此，“小哪吒”、“成呆子”，也像我们交通西路上的第一号公众人物“大头”一样，玩出名了。

我说“成呆子”不呆，还有一例。

他竟敢跟我家对面那个开烟纸店的张老板（也就是我家好邻居三姨娘的二姐夫）打赌：吞鸡蛋糕！

怎么个赌法呢？

只见张老板在他小店门前的条桌上，摆上二十只鸡蛋糕，黑油油的圆蛋糕，高高的一堆，香喷喷的，诱人哪！

张老板设赌局，发话说：“点一根线香的功夫，哪一个把这二十只鸡蛋糕吞进肚子，白吃，一分钱不要。若是吞不进，赔三倍钱，七分钱一只的蛋糕，二十只……三倍……就是，”张老板劈哩叭啦算盘一拨，“四块二，哪个来？吃得进，屁股拍拍，走路。吞不进，掏钱，四块二！”

说句老实话，看到那一块块圆圆的鸡蛋糕，我口水都要淌下来了。

油亮亮的鸡蛋糕，太让人眼馋了，围观的人足有一大圈。

就连那个卖仁丹十滴水的小矮子，觉得好玩，也不再吆喝，不去做生意了，拢到人群旁边看热闹。这小矮子比成呆子还低几寸，人虽不高头却不小哦，现在知道了，他是个"侏儒"。隔上几天，就会在我们交西现身，边摇摇摆摆走动，边口喊"卖仁丹、十滴水哟……"一副大大的竹匾挂在头颈里，竹匾里搁着几包仁丹十滴水。我母亲看到他来了，就会或这或那的买一点，也不管家里用得上还是用不上。

快嘴快舌的杨育文也来了，唠唠叨叨说个不停。

大伙你一言他一语的，噪了半天，没人敢赌。为啥？倒不是二十只蛋糕肚子装不下，担心的是只准干吞不准喝水，一支细细的线香，不一会就烧光了，这点辰光吞二十只鸡蛋糕，能行？吞不进得倒赔三倍钱，要四块多钱呢……合计来合计去，摇摇头，不合算！

"我来！"大伙正疑惑着，成呆子肩膀一纵，把挡在前头的杨狗子顶开。他挤到条桌跟前，二话不说，抓起一只蛋糕就塞进口中。

真如狼吞虎咽，三口两口，蛋糕下肚了……接着又是一只，再一只……连吞了七八只，还是一股猛劲，可到了十只往后，明显慢了下来。

竖在条桌上的那支细细的线香，眼看着烧掉小半根了，成呆子发急了。腮帮子拼命地鼓动，无奈，鼓不出更多的口水，没得口水，那蛋糕，再香再甜，也难下咽哇。

凭着一股憨劲，成呆子还是猛猛地咀嚼着，使劲地吞咽着……到了最后关头，那支线香已快燃尽，只剩下拇指那么点高了，条桌上的蛋糕，也被一一消灭，最后一只已捏在成呆子手中。只见他费了九牛二虎之力，将口中那干乎乎的面团吞了进去，张开大口，终于把第二十只撕成一块块的塞进口中，一转身，拨开人群，往外就走。

“不行！嘴巴里的，要吃干净。”

一心想要滑脚的成呆子，被张老板一声喝住。

这可要他命了。那最后一口蛋糕，变得干屎疙瘩似的，吐不出咽不下，他迸足劲道，嚼呀嚼的，额头上汗液冒出来了。围观的看客也密匝匝的加了一两层，说三道四的好不热闹。

线香已烧到了最后，青烟也散尽了。成呆子还艰难地搅动着腮帮……白吃那香甜可口的美味，这会儿却是活脱脱的受罪。周围七嘴八舌的声音又响个不停：“成呆子输掉了，赔钱吧，成呆子认局！”

可是，没想到张老板这时发话了。

“算了，算了……”只见张老板手一挥：“走吧走吧，算你白吃！”

成呆子一听，如获大赦一般，一边举起胳膊敬礼似的，一边转身，快步离开了烟杂店。

似呆非呆，像傻不傻的武登成，从那以后，在交西一块更加出名了。人们一说起弹簧厂，就想到成呆子，一说到成呆子，就想到弹簧厂。这小子活脱脱成了他家弹簧厂的活名片。

武登成有个兄弟，武小二。武小二性格与他哥哥却是完全不同。武小二虽也长得矮短短的，但文静内向，他也帮助家里干这干那，但再忙再累，也不声不响。干完了活，也不像他哥，有事没事地东窜西窜，只是安静地坐在风箱旁边的小板凳上喘喘歇歇。大概是他老实吧，讨得他老子偏爱。后来不知进了什么学校，又不过几年，到一条轮船上去了，当上一名“生火”。有一次，他穿着鲜亮的水手装，回到交西，可亮眼了，他哥哥也吧唧吧唧的，好像在说，兄弟你有出息了！

交通西路上曾经名噪一时的弹簧厂，在公私合营的私营工商业改造中，消失了。那是在 1958 年左右吧。

弹簧厂消失了，再过不久，石硌路也翻建成了平坦的水泥路。奇怪的是，“喳喳喳喳——小哪吒来了！”那嘶哑的吼声，穿着木拖板，在交西的石硌路上飞奔的成呆子，还一如昨天，在我脑中记忆犹新。

22. 赵家花园

半为细作半自然
七色巧布四季艳
赵园花农六代传
八方扬名一片天

以上这几句打油诗，是我对赵家花园的赞美与回忆。

其实，我与赵家花园的接触，时间并不算长，也就短暂的两三年吧。大约在我十一二岁时，开始跟着童年时候的“娃娃头”官宝，还有小和尚、小鼻子、小荣子一起常常去赵家花园玩耍，到我十四五岁，赵家花园已逐步平园盖房，先后建造了甘泉新村、宜川新村、宜川中学、骊山路街道医院，不久就面目全非了。就这两三年，基本上还是在夏天放暑假的日子“下乡”(即到赵家花园)，因此我对赵家花园只能是知其一角，认识肤浅，但就这花园的一角，已让我兴奋不已，流连忘返。

赵家花园，真是我童年的乐园。

赵家花园，简直就是一片天赐人间的福地。

勤劳聪慧的赵园花农，专营园艺，世代传承，经过二百多年的精心打造，赵家花园的一坡一垄，一河一泽，一草一木，乃至一房一舍，都打理得那么的可爱，那么的迷人。而且，这一大拨好景致，就座落在我们交通西路的北侧，与我家仅仅就隔着一条中山北路和一个小小的南赵宅！从我家步行，刻把钟就可到达赵家花园南端的一条小河，或称作花园的护园河吧，小河上有个泥木矮桥，一过桥，呵，满园的绿啊，扑面而来，这时，你都不知该往东还是往西，或是再往深处走去，因为每一个方向都是美景，每一个方向都让你痴迷……兴奋之中，我的头脑里竟会冒出这样一个猜想，父母亲当年选择在交西建房砌屋，也是看中交西靠近赵家花园，喜欢赵家花园吧！

赵家花农种植的花草树木可多了。他们培育的月季、腊梅、香橼、桂花和草本花卉风信子、黄金菊等尤为出色。可是，童年的我，哪懂什么园艺，哪懂什么欣赏，来到赵家花园，只知道一个劲地玩，粘知了捉才吉、捞蝌蚪戽鱼虾、拔花草摘无花果……现在想来，何尝不是对美景的亵渎，何尝不是对花园的损害。童年的我，还有调皮捣蛋的一帮小家伙，真是不懂事啊。

有一年放暑假，我迫不及待又要去赵家花园粘知了。用什么粘呢？做面筋！于是我偷偷地从面粉袋里勺了半勺面粉，生怕被保姆发现，就溜到小荣子家旁边的一条小沟边上。先将面粉稍稍蘸上水，揉成面团，再将面团浸在小沟里，不住地洗捏，洗呀搓的，面团越来越小，颜色也越来越黑，最后就剩下很有弹性的一小团，稍一吹干就粘在手指上了。哈，面筋做成了，我赶紧将它缠在一根竹筷上，飞也似地去找官宝，喊小和尚，几个人又准备下乡去了。

官宝却是不急不忙，很有一副行家的派头，接过我亲手洗成的面筋，先是侧着头打量一番，随后伸出一根手指头，轻轻点触了一下那黑乎乎的面筋，“嗯……粘得住。”他手指移开时，拖出了一丝丝细细的筋筋拉拉。“行！”官宝笑了，爽快地说了声“走！”

那一刻，我真像吃了蜜糖一般，开心得勿得了。几个小伙伴们也全不例外，官宝这时已动作利索地从屋后抽出一根细细长长的竹竿，粘着面筋的竹筷就插在竹竿的一端。嘻嘻哈哈的，一帮小家伙直往赵家花园而去……

记得有一次，我们几个小家伙走到一圈木槿围篱旁边，听到一阵“杜惹——杜惹”的叫声，官宝又习惯地伸出手臂，示意大伙放轻脚步，以免惊飞树上的那只“杜惹”。

杜惹，是我们对一种绿翅白头的知了起的名字。这种知了，比起常见的黑头黑翅知了要少多了，但要比它好几倍呢，再说它的叫声也不是“知了知了”那般嘶哑那般吵人，而是“杜惹——杜惹”，柔和多了，好听多了。因此，一听到这个叫声，大家分外开心，一个劲憋住要嚷嚷的兴奋，一个个扬起头来，瞪大眼睛，像探照灯似的，细细往树上搜索……

终于发现了那只身披绿纱长袍的杜惹，它正舒舒服服地隐居在两根细枝分岔的当口，加上几片绿叶横竖交错地遮挡，发现它可真不容易呢。

官宝看准了方位，从我手中接过了竹竿，粘上面筋的一头慢慢往上伸，悄悄挨近那只杜惹……在最关键的一刹，竹梢使劲往下一摁，“杜——”一声拖长的叫声从树梢传来，“嗬！粘住了，粘住了，”大伙好开心噢，忙着将杜惹从面筋上摘下。杜惹的翅膀上，还粘着一丝丝黏糊糊的面筋呢，它还一个劲地掀动双翅，逃是逃不掉了，只得在我们随带的一只小竹笼里拼命地扑腾。

还有一次，也是到赵家花园粘知了。那是在一条小河边，河边长着一棵老柳，知了没粘着，一团面筋却撸在高高的树桠上了。面筋没有了，就玩不成了，官宝一急，竟甩掉木拖鞋，手脚并用，往树上爬去。不知怎的一失手，竟然重重地从树上摔下。这下肯定是摔得不轻，只见他横在地上，闷掉了，一丝声息也没有，脸色也白得吓人。这下我们几个小家伙慌了，傻傻地呆立着不知如何是好。幸亏官宝慢慢动弹了，约摸过了七八分钟，才扶着树干摇摇晃晃站起来……

江南春来早，还只三月头上，赵家花园已是莺飞草长、柳绿桃红。有一年初春，我爷爷趁着还没返回苏北老家的空闲(那时候，我爷爷每年农村冬闲时来沪，过了春节，乡下农忙前返回老家)，也到赵家花园来赏景。那天，我还带上一副鱼竿。这鱼竿在当时很是少见，是三级头的，一级级可以套插起来，鱼竿表面打着清漆，亮晃晃的、十分漂亮。说起这鱼竿，还是我父亲出差长春第一汽车厂从东北带回来的。听父亲说，长春第一汽车厂旁有个胜利公园，公园里有个大湖，可以钓鱼。出差时厂里安排过钓鱼活动，还送了他这副鱼竿。我常常在家里将它一节节套起来，甩来甩去地做着钓鱼的动作，巴望能有那一天，真的拿着这付漂亮的鱼竿真正地去钓鱼。

这一天终于出现了！我好开心好开心。祖孙俩兴致勃勃地走过了中山北路，走过南赵宅，走过赵家花园南端的小木桥，在靠东边的近沪太路的一片绿地里，果真见到一汪篮球场大小的池塘。池塘里水草丰茂，乌黑的小蝌蚪游来游去，明晃晃的水面还不时泛起串串气泡。我一见那泡泡，就急不可耐地插鱼竿装鱼线。鱼饵则是就地取材，用木棍在塘边菜地里挖出的半截蚯蚓。那蚯蚓又粗又黑，捏在手里硬硬的。因我第一次钓鱼，不觉心里有点发毛，可还是硬着头皮将它装上鱼钩，甩进池塘……

鱼线上连着一根鹅毛管，它半截探入水中，半截露出水面，在轻柔的春风里微微晃动。池塘周围，长着几棵老柳，树杆粗砺却向池塘一边伏倒，一根根细长的枝条触及水面，一丝丝的也在春风中微微飘荡。我和爷爷沐浴在这赵家花园特有的春风和清香之中，惬意地享受着赵家花园的午后阳光。

那天，爷爷还带了一本古书，随意地往田垄上一坐，随意地翻开书来，只见他宽大的两片嘴唇砸巴咂巴，他念的什么名堂……我才不在意呢。我的双眼朝他只是匆匆一瞥，就死死盯住那微微晃动的鹅毛管了……晃啊晃的，忽然，它猛地往下一闷，整个的就沉到水面下了。我的心也随之一沉，那一霎，真是好紧张好紧张，亏得还算手脚快，就在这鹅毛管往下一沉的稍后一瞬，我双手握竿，往上一甩，哇，好重好重，我惊叫了起来："钓到了，钓到了！"

爷爷早已抛下古书，一跃而起，过来帮忙了。我费了一番不大不小的力气，把那鱼儿拎出了水面，唷……

可能是吃钩浅的缘故，那拖到岸边的鱼儿蹦跶了几下，不几个打挺，便从鱼线上脱落下来，我赶紧双手按住它，死死握在手中。可不一会儿，我又手一松，将它抛进池塘，回过头就招呼爷爷快走快走。爷爷显然也明白了什么原因，动作敏捷地拣起地上那本古书，紧上几步，一前一后，很快离开了那个池塘。

原来，就在我紧紧摁住鱼儿的时候，池塘对岸忽然冒出一个八九岁的小男孩，这小男孩一见我们钓到鱼了，便飞快地往塘边一农舍奔去。

小男孩的这个动作，让我害怕了。怕什么呢？怕他唤来家里的大人！一是担心会抢了我们的鱼竿，更担心的是我爷爷头上的那顶“帽子”，他是个富农，随时随地都得要夹着尾巴做人，千万不能惹是生非。万一真有个大人出来，盘问起来，那可麻烦大了。那一刻，我真是头脑清楚，动作果断啊！

匆匆离开池塘，匆忙得连鱼竿也是边走边收，还心有余悸地回头探望了几次，直到绕过一片无花果地，也没发觉有人追赶过来，紧张的心情这才慢慢平静下来。游园的兴致被这一搅，也萎了几分，我和爷爷草草转了一转，便回家了。可能这是我祖父唯一的一次光顾赵家花园，可未能尽兴，遗憾！

兴许赵家花园曾为沪上一片名园吧，就像南市区（现并归黄浦区）的露香园一样，园不存，名犹在。在现今的宜川新村，还有一个居民小区名曰“赵家花园”。在这小区旁边，辟有一小小的宜川公园，入口处竖着一块说明牌，称这里曾经是赵家花园的小小一角。可早先的赵家花园，赵家花园里那些辛勤聪慧的花农，早已形影稀疏，早已难觅踪影了。

三月韶光，常忆赵园柳嫩花媚；一年好景，难忘赵园桔绿橙黄。

赵家花园，常在我记忆中，常在我睡梦中！

23. 咸菜叶子打漂漂

大约在 1955 年夏季，一天中午，我正在家里吃饭。不料邻居潘大妈一脚跨进门来，她人还未站稳，急急促促的话音已响了起来："镇江妈妈，下半天……三点钟，开会……在凯国家的门口，开会……"

潘大妈是我们这一块的居民小组长，显然是她也刚刚接到上面的通知："才将（刚才的意思）居委会王主任，还有童同志才关照的，下半天开会老要紧的，家家都要着个人去，不能缺席……三点钟，凯国家门口，不要忘记哦！"

说完，潘大妈就匆匆退出门去，又挨家挨户通知去了。

要开什么会呢？潘大妈通知得这么急吼吼的，不像往常开居民会，都是早早就告诉一家家的。我见潘大妈忙忙碌碌的样子，不禁嘀咕起来。

正巧的是那天妈妈要上中班，下午没空，这会就由我去了。

带着几分好奇，二点三刻光景，我就掮了一只小板凳，往凯国家的门口走去。凯国大名顾凯国，也是我小时候的一个朋友，只是他家住在靠近中山北路那一头，算不上是近邻，因此，我与他的交往也就不如同官宝、小和尚等人那般密切。

凯国家门前有块空地，半个篮球场一般大小，空地西头就对着刘甲长屋后的菜田及断头河。户籍警童同志，还有一个居委会的女干部，已经早早到了这里。只见童同志手里拿着一本讲义夹，目光四下探望，一边还往本本上记着什么，大概是在清点到会的人数吧。

不一会，左邻右舍们都陆陆续续过来了，凯国家门前那块小空地已挤得满满当当的。有的站有的坐，叽叽喳喳，像茶馆店似的。只见童同志三番五次抬起手腕，在看手表呢。大概是准三点吧，他挺挺腰，踏上一块石墩子，大声宣布说，要开会了，大家安静……安静。接着，他开门见山，直截了当，说是要宣读一个文件，文件的主要的意思就是从明天起，全上海要统一实行粮食计划供应，按照常住人口即正式户口，每人每月定量配给……

这个文件，确实是太意外了。童同志还没把手中的两页纸读完，四下里就唏嘘不已，议论四起。有的还控制不住失声惊叫。不知是谁，竟然唉叹一声，扬起手里的蒲扇，贸然冒出一句牢骚："这……这不是吃户口米吗……肚子要饿瘪忒了！"

童同志耐心地看着、听着各人的反映，过了一会，他提高声调，要大家安静，安静。又对文件内容作了一番说明，解释，但大家依然叽叽喳喳的，一听到要宣布粮食配给标准了，刹时个个竖起了耳朵，会场安静得空无一人一般。

粮食配给标准，按劳动性质和年龄大小划分：重体力劳动者，每人每月 45 斤；轻体力和脑力劳动者，每人每月 33 斤；中学生和无业居民每人每月 25 斤，3 岁以下幼儿每人每月 6 斤……

"哇——"又是一阵阵惊讶的议论。一句话，这定量标准，太少了。

这粮食定量供应，在头几年，还问题不大，到了上世纪的六十年代初，矛盾突出了。连续三年困难时期，粮食供应十分紧张，几乎家家都是紧巴巴的。不少孩子多，肚子大的人家，常常弄得寅吃卯粮，为了多吃一口弄得争争吵吵，家庭不和的事情也不少呢。

沪太路631弄，就有这么一户人家。四个小家伙常常抢饭吃，一个月的计划米二十四五天就吃完了，月底前五六天，常常是杂菜充饥，胡乱度日。小家伙们更是饿得慌，哭闹不宁。老外婆被他们闹得头胀，只好天天用一杆小秤称米，每人每顿几两几钱，尅得死死的，这样一来，才算计划好了，在半饥半饱中勉强度日。

还有不少人家，大锅煮粥，水多米少，“咸菜叶子打漂漂，萝卜干子栽猛子”，稀粥，就是一天天的主食。

同样一锅饭，现在可能一天也吃不完，当年却是一顿也不够吃，这又是为什么？

原因很简单，现在吃的食物太多太多了，而那年头则是太少太少了。除掉粮食按人口定量供应，其他副食品，如食油、肉、鱼、蛋、豆制品等脚跟脚也定量配给了，有的还按户供应。如五人以上的家庭为大户，每月发油票2斤，肉票1.5斤，蛋票2斤……炒菜烧汤哪舍得多放油，点点滴滴的，漂点油花就不错了。吃鱼吃肉简直是梦寐以求的奢望。每户人家一个月才能开一两次荤。肚子里没得油水，白饭白粥就特别香，三大碗能一捋光。因此，那时候，几乎家家都在为安排口粮精打细算。家家都在想方设法多弄点吃的，什么山芋、胡萝卜、大白菜等等，一进菜场就抢个精光。渐渐的，排队抢购愈来愈烈，天麻麻亮，就拎着菜篮去菜场排队了，排上一两个小时等开秤是家常便饭。如果要买肉，则要更早排队，为的是能赶在前头买到肥膘肉。越肥越壮的油膘，越受欢迎。稍晚一点就轮不到了，一个月的那么点肉票只能买回斤把瘦猪肉，没膘没油的，倒霉！

有一天，我与小鼻子凌晨三点半就出门，听说沪太路彭浦桥菜场里肉肥，就赶去了。一看人已排了不少，赶紧又另找菜场，七转八兜，竟摸到福州路浙江路口的一个大菜场，总算买回了一斤多猪肉，但算不上很肥，心里总是不大满意。后来我工作了，单位就在福州路上的市公安局，常常路过那个大菜场，不由得还会想起那个艰苦的岁月。

1959 年 9 月初，我考进了交通大学预科。这所学校与交大分部设在一起，面积很大，远远超过地处徐家汇的交大本部，条件也很好，学生全部住读。报到后我在寝室里安顿好了，便与两个室友在宽广的校园里东逛西逛，发现校门东侧有个小卖部，进去一看，货柜里竟有鸡蛋面包！油纸包着的鸡蛋面包！四角方方的，包装纸上还印着一只母鸡，母鸡正伏在草窝窝里生蛋呢。这面包旁边是个价牌：2 角/只。这里竟有面包，可以买的面包！太让我兴奋了。要知道在那时候，食品店可谓是名副其实的“失品店”，货柜里空空如也，货架都成了摆设，即使有些食品摆放在上面，多半也是陈列品，你尽可以欣赏，但绝不可以买走。哈！我们学校里还有面包！我连忙掏出身上仅有的 5 毛钱，急急忙忙地买了 2 只。回到宿舍，连忙将它锁进放衣物的木板箱。那舍得吃呢？每天只是打开箱子闻闻它的香味。好不容易挨到星期六下午放学，我迫不及待地将两只面包放进书包，带回家中。一进门就将面包掏出来交给妈妈，妈妈也很惊讶，不等她发问，我就告诉她是学校小卖部里买的……话还没说完，站在一旁的虎弟快手快脚，抢过一只就拆开包装纸，饿狼似的大口大口吞咽起来……搁在板木箱里的面包，兴许是放了五六天的缘故，包装纸上已渗油了，面包表面也起了一层酥皮似的，今天来看，早已过了保质期，可在那时候，难得啊！

看着虎弟吃得津津有味，我心里高兴，虽然自己没舍得吃过一口，却像就是我亲口吃到了一样。

可惜，交大预科小卖部有面包供应，也就那么一回。后来别说是面包，就连橄榄、盐金枣之类的小零食，也很少到货了。

物资最为紧缺，供应最为紧张的一段时间，还在后头呢，大约是在 1961 年吧，也就是在三年困难时期最严重的关头，食品店里忽然有东西了。但是这些上架的食品要凭票供应。这时候每人每月发四张糕点票，即每人每月能买到四块小糕点（常见的有两种蛋糕，一种是很小的方形蛋糕，称白蛋糕，另一种是黄里透黑的黑蛋糕）。白蛋糕八分钱一块，黑蛋糕差一点，七分钱一块。这四张糕点票，可不能随便乱用啊，须得在伤风感冒身子不适或周末外出需要的时候，才计划着支付出去，一张一张地换来那些诱人的少之又少的糕点食品。

至今，我还十分清晰地记得，1961 年 9 月底的一天，父亲下班后，一脸喜色，悄声悄语地招呼我和弟妹们快快上楼。我事先一点也不知道父亲这样做是为的什么，我和弟妹们一个个上楼之后，父亲见一家人都围在一块了，才揭开面前的一只铝皮饭盒子，顿时就觉得有一股香气钻进鼻子，再一看，饭盒子里是一块一寸见方的红烧肉。那红烧肉太诱人了，红红的亮亮的，油膘又是厚厚的，我们几个正在吃惊之际，听得父亲说："今天单位里庆祝国庆，聚餐了，真是难得一次，一人一块红烧肉……”说完，父亲拉开一把小洋刀，将那红亮红亮的大肉，先是把肥肉瘦肉细细分割开来，再分别对肥肉和瘦肉左一刀右一刀小心切割，变成十几块小小方方的肉丁丁，让我们每人各得一肥一瘦的两块，还要我们慢慢吃，慢慢吃，多嚼嚼，多嚼嚼……

父亲看着我们兄妹几个吃得那么贪婪，那么有味的样子，高兴地微微笑了起来。还叮嘱我们，这事不要跟保姆去说。

这时，我才明白父亲为什么要把我们悄悄唤到楼上。原来父亲是想让我们能多吃到一点。因为我们家先后用过几个保姆，尽管是保姆，但吃饭同桌，不分内外，唯独这一次，父亲对保姆保密了，我想他也是为了子女，违心了吧。

24. 出席全国青创会

全国青年业余文学创作积极分子大会，1965 年 11 月 15 日，在首都北京召开。

大会前后进行了十六天，隆重、活跃，在每一个与会者的心中，留下了深刻难忘的印象。

上海代表团共有 40 名成员，其中文学创作积极分子二十余名，其他列席会议十余人，有市委宣传部宣传处处长徐景贤、团市委宣传部长金颂椒、上海市群众艺术馆馆长方行、《萌芽》杂志社资深编辑欧阳文彬等等。

我有幸成为这次青创会的一名成员。当时我刚从上海市政法干校毕业，分配在市公安局交通处办公室，工作才半年光景，时年 21 岁。

能够参加这次全国性的青创会，我既光荣又惭愧，深感名实难符。在文学创作上，我虽作过不少努力，也写出过不少东西，但有影响的作品还是拿不出手的。我所写的大多还是朗诵诗、报告文学以及小散文、短篇小说之类，写过的几个小剧本，也是“勾栏瓦舍”而已，不登大雅之堂。比起上海代表中的其他人，尤其是几个已进入作协的人，差距甚远。因此，当我接到出席全国青创会的通知,觉得十分意外。交通处团总支书记盛桂林同志,还十分郑重地在星期天到我家中报喜。他代表上级部门对我父亲说:"小陈这次当选为全国青年业余文学创作积极分子,过几天还要上北京去出席光荣会。小陈同志在文学创作上获得的荣誉,不仅在我们交通处是第一次,可以说,在整个市公安系统也是第一次,这是小陈自己刻苦努力的结果,也是你们父母教育培养的结果,我受市局政治部委托,代表组织,向你们全家表示祝贺,表示感谢!"

盛桂林同志的一番话语,说得我心里热腾腾的,既激动又不安。父亲听了,脸上洋溢着欢欣的红光,连连说:"感谢组织,感谢领导,是组织关心培养……"当时,镇虎弟也在一旁,脸上同样充满了喜色。

家访过后不几天,我又接到上级通知:上海代表团 11 月 10 日下午 6 时前到群众艺术馆报到,进行集中学习,11 月 12 日出发赴京开会。

报到那天,下午四时许,我早早来到了位于外白渡桥下的上海市群众艺术馆(这里原是苏联驻上海总领事馆,因中苏关系破裂,于 1963 年撤馆,改为上海市群艺馆,若干年后,又恢复为现在的俄罗斯驻沪总领事馆,群艺馆则迁址到徐汇区古宜路),在住宿处放下行李,就见到一个身穿蓝色制服的男同志,正在默默地清扫房间,见我进屋,只是朝我点头微笑一下,又继续清扫。当时我也朝他微微一笑,却未在意,还以为他是群艺馆的服务员呢。第二天集中学习开始了,只见他也同我们一起坐在会议室里,经领队介绍,才知道他就是全国劳模、长锦轮服务员杨怀远同志,也是一起赴京参加青创会的上海代表。

一一介绍了上海代表和列席人员的姓名、单位之后，领队接着说，等会市文化局孟波局长要来看望大家。还有团市委书记张浩波同志，他到新疆看望建设兵团上海青年，刚刚回到上海，也要过来看望大家……

孟波是位作曲家，当时由他谱曲的一首《我们年轻人》曲调激昂，非常流行。于是，在等待两位领导到来前的空隙，大家便在徐建华的指挥下，高声齐唱起这首歌：

我们年轻人
有颗火热的心
革命路上当尖兵
哪里有困难
哪里有我们
赤胆忠心为人民……

正当大家兴奋地高声唱着，孟波、张浩波两位领导笑吟吟地走进了会议室，在一片热烈的气氛中，与大家亲切交谈……

两天集中学习，一晃结束了。

11 月 12 日早晨，外白渡桥笼罩在白茫茫的雾气之中，嗖嗖的江风送来阵阵寒意，我的心头却是热气腾腾。有生以来第一次要上北京，怎么能不由衷地感到激动呢！群艺馆还为我们准备了豆浆油条、生煎锅贴等花色丰富的早餐，大家兴奋地匆匆用餐之后，便提上各自的行李从群艺馆出发，前往北火车站。载着四十位与会成员的交通工具，是事先召集好的二十几辆三轮车。哇！这一特殊的车队还挺吸引人呢，长蛇阵一般，一路浩浩荡荡，从外白渡桥北堍，穿过长阳路、吴淞路、四川北路，再插入河南北路，直达北站广场。很快，我们便登上13次特快列车，进入了四人一间的软卧车厢。

软卧车厢！听说这在当时是局级领导干部方可享受的乘车待遇。我们这群年轻小伙子，竟也乘上了，好叫人羡慕呢！

13次特快列车是当时国内速度最快、服务最好的模范车组。它一路飞驰，仅仅行驶了23个小时，就把我们从上海送到了北京。

出站后，大客车载着我们一行年轻人，又特意开上长安大街，从天安门前缓缓经过。刹那间，车厢里响起了一阵欢呼……

大会主会场设在全国政协大礼堂。在这里，我们先后听取了中宣部副部长周扬、中国作家协会副主席刘白羽、北京市市长彭真等领导同志的报告；听取了几位著名作家的精彩讲演；听取了各地创作积极分子的交流发言；观看了大型革命歌舞剧《东方红》，以及展示国防力量的内部纪录片《向毛主席汇报》等等。分组讨论就在各自入住的宾馆中进行，每天的会议及讨论安排得十分紧凑。星期天，则放松一下，大会安排参观游览，如参观故宫博物馆、游览十三陵、密云水库。游十三陵那天，发给每人一包酱牛肉、红肠夹面包，当着中午的干粮。我是第一次到北京，第一次见到壮观宏伟的故宫和气派非凡又神秘莫测的明代皇陵。也是第一次品尝北京的酱牛肉、大红肠，真是好吃极了。

会议结束后，在我们离京的前一天，大会又安排大家游览长城，我因是分组讨论的记录员，这一天按照大会秘书处的要求要写出小组学习总结，只得留在虎坊桥宾馆里埋头写总结了。未能登上长城的这份遗憾，直到三十多年之后，在我女儿女婿的陪伴下，方才得以愉快地弥补。

青创会前后十六天的程序中，最为激动的一刻，是在 1965 年 11 月 28 日下午，在灯火辉煌的人民大会堂，我们受到了中央首长的亲切接见，我见到了敬爱的周恩来总理，朱德委员长，以及彭真、贺龙、叶剑英、李富春等党和国家领导人。

第二天，《人民日报》头版刊登了这次接见的新闻照片。我因站在第一排，且又身穿民警制服，就显得分外醒目。大会秘书处还为每人印发了这张照片。我一直珍藏着，直至 1997 年，因筹建上海公安博物馆，经凌荣生、周冬生几位同事几番催促，我才交了出去。岂料当时的公安博物馆筹建组保管不善，将这张照片弄丢了，好让我失望！幸亏科室里一位搞摄影的徐景霓同志，事先为我翻拍了照片，虽然不甚清晰，但多少还是弥补了我的遗憾。

青创会结束后不久，上海市公安局召开第四次团代会，我出席了这次大会，并在会上作了参加全国青年业余文学创作积极分子大会的体会发言，受到了大家的称赞。

这时，已近 1965 年底，文汇报上发表了姚文元写的文章《评历史剧海瑞罢官》，人民日报也转载了，并引发了一场“学术讨论”，预示着一场席卷全国的政治动乱即将开始。不久前同我们一起赴京，作为全国青创会观察员的市委宣传部的徐景贤，成了市委写作班“罗思鼎”的一个主要成员，在上海工人造反派砸烂“旧市委”的一月夺权成立了“上海市革命委员会”之后，他又荣升为上海市革命委员会副主任，成了地位显赫，仅次于张春桥、姚文元的“徐老三”。

这场“史无前例”的文化大革命开始后，我受当时造反风暴和极左思潮的影响，也与大多数的机关干部一样，参加了上海市公安局革命造反派联合会（简称公革会）。1966 年 5 月，便离开了工作一年左右的交通处，调入公革会政宣组。1968 年市公检法实行军管，我被调入市公检法军管会政宣组。当时，不少单位上班下班之前，得进行“早请示”“晚汇报”。即排好队齐立在毛主席像前，先齐唱《东方红》，再齐读一段毛主席语录。我所在的军管会政宣组也不例外。齐唱时得一人领唱一下起个头，这由大家轮流着。偏偏有个姓纪的军代表，是个结巴，领唱可苦了他了：“东，东……东，……”憋得他满脸通红，下句还是出不来。大家都强忍住，千万可不能笑喷，那可是极不严肃的噢。

文革初期，好笑的事真不少，疯狂的事儿也随处可见。有次我经过南京路全国闻名的中百一店，门前大橱窗上糊着一张大红喜报：经科学家精心研究，我们伟大领袖可以活到 200 岁！这是全世界人民最大最大的幸福……这张大红喜报引来了无数人围观和欢呼，真是特大特大的喜讯哦！

这种事儿，在我们短短的一条交通西路，也时有发生。我家南边有个邻居邹二爷，他有个非常文静内向的二闺女，忽然就天天像上班一样坚守岗位，手举红宝书，站在她家二楼窗口，面向马路行人，不停地呼喊革命口号，背诵老三篇。她能半天一天地这么着，邹二爷也劝不得拉不得。再往邹家向南不多远，有个开业医生，就一忽之间就被揪斗了，千怪万怪，怪他娘老子，给他起的名字惹了祸：车仰西。什么意思？敬仰西方，崇洋媚外！

“文革”大潮，真是“如火如荼”“风起云涌”。在我参加的全国青创会上，许多作报告的著名作家纷纷成了牛鬼蛇神，不多久，横遭批斗的厄运也落到了我父亲头上。幸好我还留在原单位，没受到多大株连。

1969 年秋，一度被“砸烂”的市公安局政治部恢复，我则进入政治部宣传处。从那以后，我的工作主要是搞文艺创作。20 世纪 80 年代末，我开始编辑刊物《剑与盾》《东方剑》，兼任《人民公安报》记者、上海公安报刊审读员等。退休后受聘于《上海法治报》《上海内保》等报刊，继续采编工作。虽很辛苦，却也乐此不疲，劳碌了大半生。

25. 二妹陈和平

1952 年 10 月,年方三岁的新中国迎来了一件盛大的国际活动——举世瞩目的亚洲及太平洋区域和平会议,在我国首都北京隆重召开。

恰逢这一年,10 月 7 日,我二妹出生。

盛年喜事多,国泰人丁旺。父亲十分高兴,未等二妹呱呱坠地,大名就给起好啦——陈和平。

翻阅《辞海》,得知"和平"一词有三个解释:

一是与"战争"相对。《宋史:孙沔传》:"比契丹复盟,西夏款塞,公卿忻忻,日望和平。"

二是和顺。《礼记·乐记》:"耳目聪明,血气和平。"

三是声乐和谐。《诗·商颂》:"既和且平,依我磬声。"

上世纪五十年代建国初期,确实是我国社会安定、民心顺畅的和谐年代,点点滴滴的记忆,虽是那么遥远,却又是那么清晰,就像颗颗明亮的串珠,时时在我脑海里闪亮。

那记忆中,印象最深刻的还是我的父亲。父亲常常舒眉笑脸,声音不高不低地唱着这样那样的流行歌曲和家乡小调。有时他在客厅唱,有时他在后院唱,有时他在楼上唱……那嗓音,虽不算好，还时而跑调，但那是他的心声、舒畅愉快的心声。

父亲的歌声，飞到东，飞到西，整个家院也变得温馨起来。

和平妹一出世，就落进了家庭的温馨之中，承受着父母的关爱和环境的滋润。渐渐的，在她身上形成了开朗、大度、自立等一些我们其他几个哥哥姐姐比不上的好习性。

和平很小的时候，就爱干净爱整洁。自己的衣服、物品，大大小小零零碎碎，都整理得有条有理，小小的年纪就不用大人操心。到了八九岁的时候，她更像个小大人一样，每天都是早早起床，习以为常地抱起齐她肩膀一般高的扫帚，认真扫地、抹桌，连得前门外的一块空地，也扫得干干净净。邻居李奶奶、三姨娘，还有潘四妈等长辈们也都常常夸奖她。

和平还喜爱体育活动。上学时她跑步跳远都比班上女同学强，她也不喜欢女生那种叽叽喳喳，因此，被人称作“假小子”。

这“假小子”的称呼，其实也是由来已久，还在和平妹二岁左右、牙牙学语的时候，父亲让剃头师傅沈保友为她理了个小平头，短短的头发，圆圆的脸，乍一看，就是一个小男孩。

沈保友就在我家南边、隔着几家门面的沿街房子里开了爿理发店。就像皮匠封大爷为我们交西人鞝了几十年的鞋、老虎灶隔壁裁缝店的孟爹爹为我们做了十几年的衣裳一样，沈保友为我们交西人剃了几十年的头。剃头理发得站着，这可难为他了。因为他一条腿长一条腿短，是个翘脚。父亲则不允许我们这样乱叫，要我们叫他沈叔叔。

当时，我父亲的族亲福仲二爷二妈这对小夫妻，因没有房子，就借住在我家。二妈很欢喜和平，常常抱着她左邻右舍地串门，还常常打趣地问和平：“你是男的吧？”那时和平年幼，有几个字发音不清,"女"字这个音更是别不过来,常常说成"鲁"。一听二妈这样问她,就连连回答"鲁的鲁的"。听她这一说,二妈更是乐得哈哈大笑。"假小子"这称呼也就给和平对上了。

和平妹妹的小平头,一直留到上小学,以后才蓄起长发,梳了两根短短的辫子,这时,她才像个小姑娘了。

和平妹读书用功,她成绩好,还爱看书,老师和同学们都喜欢她,还被大家推选为中队长。

翌年,虎弟进了宜川中学,当上了大队长,小弟阿六三年级,也戴了个"一道杠"。有一天父亲忽然来了兴致,带着他们到宜川照相馆拍了张三人照,大、中、小三个队长侧着身,站成一排,齐刷刷地敬着少先队队礼,这张照片还像模像样的呢!

和平妹小时候,也有过不顺的坎口。1961 年夏天,她病了一场,那病势真是凶险,现在想来,还叫人后怕。

那年夏天,天气特别热,早上才八、九点钟,那东边的太阳就火球一般,烤得地皮热烘烘的发烫。不到中午时分,我家后院里的无花果叶子就无精打采,一片片耷拉下来。邻居们在这毒日头下面,也都懒得出门,偶尔碰面了,开口一句就是:"热死了,热死了!""这个鬼天,热死人了!"

就在这人人抱怨热浪难挡的高温时分,和平妹怪了,竟然怕冷!而且还不是一般的怕冷,她冷得直哆嗦,厉害的时候,上下牙竟会"格格"抖得出声。一件厚厚的绒线衫套上身了,还是抗不住,还是冷!过了三两个小时,忽又体温急急往上窜,刚才还冷得发抖呢,骤然又浑身火烫,黄豆大的汗珠,从额头上一个劲往下滚……

这忽冷忽热的，可把和平折磨苦了，只见她一忽儿全身蜷缩，一忽儿气喘吁吁；一忽儿脸色煞白，一忽儿又腮红耳赤，整个人都站立不住了，哼哼唧唧地躺倒在床上。

这病，还来势凶猛，昨天和平她人还好好的呢，才过了一宿，第二天上午就感觉不对了，口干唇燥脑门有点发烫，午饭也没了胃口，待到后晌，陡然就浑身掉进冰窟一般……

交西左邻右舍，可说是没有不透风的墙，一家有事，家家知晓。这天傍晚，热心老邻居三姨娘就急颠急颠的来到我家，顺便也把吃饭时老是端着碗串门子的小妹陈宪落在她家台子上的碗筷送过来。她不等我妈把和平的症状说完，就抽开按在和平额头上的手掌，很有把握地开口道："是打摆子了……没事没事……打头（从前的意思）在我们乡下，打摆子多哩，乡下有个法子好得快哩，到荒田里拔几棵稗子草，烧水喝……"

三姨娘说得有板有眼的，忽又焦急地唉叹一声："不过上海这地方，到哪块去找得到稗子草？……赵家花园，不晓得有没得？稗子草，就是那种像长得细小小的，稻穗子样的……"

热心的三姨娘对待邻居，就像是对待自家人一样。她正要再往下说呢，我父亲下班回来了。他一见和平那付病容，二话不说，赶紧带着她，连夜赶往公交医院，挂了急诊。

抽了血一化验，医生就说："疟疾。"

"疟疾，俗称'打摆子'，上海人称'冷热病'。对付这毛病，只有一种特效药：奎宁。也就是'金鸡纳霜'。很抱歉，这种药断货已半年多了……自然灾害嘛……"医生无奈地摇摇头。

眼看着医生两手一摊的模样，我不禁一阵寒噤，顿觉得心里往下一沉：没有特效药，和平妹怎能受得了？

怎么办呢？……

忽然，我想到了一个人：肖鸿！

和平发疟疾那年，我正在交大预科读高二，肖鸿就是我的同班同学。他是从泰国曼谷来到上海求学的一个华侨。我忽然想起肖鸿，就是希望得到他的帮助。因为我听人说过，金鸡纳是热带的树木，金鸡纳霜就是挂在那树干上的一层白霜。肖鸿就是从地处热带的地方过来的，也许……这么一想，立即就往学校急步赶去。

真是老天有情，肖鸿果然还在学校宿舍里呢！虽然已放暑假了，他还要等候另外几个华侨学生，再过两天，就一起回家了。

肖鸿听我急吼吼地一说，立即丢下手中的一本小说，从上铺骨碌碌地下到地上，套上一双橡胶夹趾拖鞋，那迅速的动作，与他平时那付懒洋洋的模样，判若两人！

肖鸿快步向校门走去，一边走一边急促地告诉我，他有个表兄，就在校门对面的上海工业学院上学，他有药……说话间，就到了他表兄的宿舍，这位与肖鸿一起回到国内的泰国华侨一听救急，二话不说，立即打开皮箱，取出一支小手指粗细的玻璃瓶，瓶里装着几片白色的药片……

我如获至宝，飞快一般赶回家中。匆忙之中还算有着几分细致，将这白色的药片，请医生过目，回答十分肯定！太好了，当即，我就按照医嘱让和平妹服了两片。

果然是特效药，名不虚传，立竿见影！当晚和平妹就没有发烧，怕冷的感觉也没有了，第二天早上，再服一片，那吓人的疟疾就完全被压下去了！

和平妹病好了，暑假，我也过得踏实了。开学之后，我一见到肖鸿，就连声道谢，肖鸿却没这事一般，淡淡一笑，算是领情了。

高中毕业以后，肖鸿不知去向，当年高中的校友聚会，也有过好几次了，竟也未能打听到他的一点消息。

1970 年 5 月，毛主席发表了“全世界人民团结起来，打败美国侵略者及其一切走狗”的“5・20”声明，这以后不久，和平妹报名到北大荒，编入黑龙江建设兵团第 41 团，在北国边境密山，风雪严寒中渡过了十年的青春岁月。

和平妹离沪出发那天，全家都到车站送行。

那时，我还未结婚，女友侯彩英也带上她母亲亲手缝制的一套新衣，送给和平，并一起送她到火车站。

火车站不是北站，也不是西站，而是北郊彭浦桥下面的一个铁路编组站！只见一趟趟的火车在这里装卸、编运，杂物成堆，烟尘飞扬，活脱脱一个嘈杂不堪的货场。

更让我看不下去的，竟有一大帮头戴藤帽，手持钢钎的“文攻武卫”，像押送犯人似的，吆五喝六地在此把守。有两个年方十八九岁的姑娘，正紧紧拥抱，痛哭离别，冒地就过来两个“文攻武卫”，硬是用长长的钢钎，插进两人紧拥的胸间，硬撬硬扳，硬生生将两人分开。

和平妹，那年才十七岁，从未出过远门的女孩，这一别，天南地北，遥遥三千里！

和平妹似乎没有一丝伤感，好像还脸上带着笑，扶了扶略微嫌大的绿军帽，挤上绿皮列车，最后，还回过头来，向爸爸、向我挥了挥手……就那匆忙地一挥手，她身后涌上列车的人流就将她淹没了。

那离别的一刻，真是无法形容，只听得汽笛一响，车上车下，哭声一片……

我们真是不知道怎么离开那杂乱不堪的编组站的，只见父亲脚步变得摇摇晃晃，我赶紧扶住他，隐隐的，觉得他的身子一阵阵颤抖……

骨肉分离，思绪茫茫。

日历在期盼中艰难地一张张撕去。然而，得到的消息总算让家里放心。

和平妹在一封封来信中，总是高高兴兴地报告着她在北大荒的快乐成长，一忽儿是参加了高炮连，当上了女排排长，与解放军一起学习高炮射击，她们女排还代表41团参加了师部举行的军训比赛；一忽儿是被团部表扬，成为生产标兵；一忽儿又是当了代课老师，教当地老乡和老场员的孩子学语文……和平好开心，真像当时有一首歌中的唱词：北方的天，阳光灿烂……

1974年9月，我在市公安局政治宣传处工作，一度脱产写作。为写好反特小说《斗熊》，曾到东三省边境地区采访。9月13日，采访告一段落回到哈尔滨。我想借机到密山去一下，看望看望和平妹。自她离家之后，心里老是惦挂。

从哈尔滨三棵树继续往北，火车竟然开了一天一夜，方才到达一个小站——密山。真是远啊！

火车站旁不远处停着三四辆灰土老旧的道济客车，一块字迹模糊的牌牌表明这儿是长途汽车站。似乎没有一间像样的候车室，倒是门旁趴着一辆铁锈斑斑的小坦克，很是引人注目。原来这是 1945 年苏军攻占东北，击败日本关东军留下的纪念品。像这样的纪念苏军功绩的碑呀塔什么的，我在东三省采访了大大小小的七八个地方，几乎每处都能见到。长春沈阳哈尔滨，这些省城不用说了，就连绥芬河，这么一个很小的北疆边境小城，火车站前也有一座苏联红军纪念碑。

问清了去向，挤上一辆客车，又在收割了庄稼，显得荒芜、空旷的茫茫田野中行驶了三个多小时，这才到达了黑龙江建设兵团第 41 团团部，再搭上一辆胶轮大车……傍晚时分，终于见到了和平！

那一刻，激动之情，无法言表。

太突然了！和平妹怎么也不会想到，大哥会到北大荒来看望她。

那一刻，连队里的人们也都个个惊讶不已。他们纷纷说道，千里迢迢，怎会有人从上海到北大荒来探亲？自建团以来，多少年了好像只有过一次……

当我说明了自己是因为要搞创作，写小说，经过上级同意才到北国边境采访，并顺道探望妹妹的情况后，和平妹及她的战友们更是为我高兴，为和平高兴。

趁着天还没黑下来，和平妹就忙不迭地带着我连队里这儿看看那儿转转。

几排泥坯房，就是知青们的家。粗糙厚实的木板门一推开，顿觉一股烟酒混杂的臭味扑面而来，等视觉适应过来，就见到地上东倒西歪的酒瓶和香烟屁股，再看几张木床，被褥杂乱不堪……当然，这是几个男知青的住处。和平妹与另外三个上海女知青的房间就干净多了，但也是昏昏暗暗，有一股土坯味儿。

和平妹拉着我在她的铺沿上坐下，一个劲儿打听着父母的近况，尤其是父亲，还在被审查之中，关在牛棚里，爸爸身体好吗？一定要保重……当我问到她的情况，她则欣喜地说着这样介绍那样，我当然不住地点头，微笑地附和称是，心头却涌上一股酸楚……

接着，和平妹又领着我，看望了几个老场员。他们穿着几乎是一个式样的黑棉袄，腰里胡乱地扎了根脏兮兮的布条，听得和平介绍，就冲我张口一笑，样子十分憨实，一笑之后也就没什么话了。这几个老场员在连队扎根成家，有了下一代。因此他们的住房也稍大稍高一些，屋里虽然多了几件实木打成的桌子凳子，却并没有什么摆设，只是地上有着厚厚的一层瓜子壳。这里的人，不管男女老少，都会捧把葵花籽嗑个不停，那皮儿壳儿随口一吐，满地里尽是。

连队住处挨着一大片平坦坦的黑土地，那黑黝黝的土地就是和平妹终日劳作之地。土地被整成一垄一垄的，和平妹领着我沿沟垄走了一会，地里种的玉米全收了，玉米秸秆也拔了，在黑乎乎的暮色中显得极为空旷、苍凉。

走了约莫百十米，不再往前了。和平说，一垄地有一千多米，每到收玉米时，一早就出工，背上干粮水壶，沿着这沟垄边走边掰苞米，一垄地走到那头就中午了，坐田垄上吃了干粮，再往回走，继续干……没有一个人手上不是……和平忽然不往下说了，话题也陡然转移，好像讲起一件什么开心的事儿了。

待我们兄妹俩人回到连队，和平的室友已忙不迭地招呼我进屋，吃饭啦！两张矮桌拼在一起，摆上了五六只搪瓷碗，满碗满碗的尽是白菜炖豆腐、白菜炖粉条，还有一碗土豆炒肉丝……

这是室友们特地为我，从老场员家里搞来的，七八个姑娘在小矮凳上围坐一圈，又说又笑，吃了顿难得的开心饭。

北大荒，北大荒，真是又大又荒。我算是亲身体验到了。只是那晚我独自站立在借宿的小屋门口，仰望夜空，发觉天上的星星特别大，特别低，就像无数明亮的钻石缀在头顶一般。这倒是我此生难得见到的一大美景。

在这艰苦、枯燥、远离亲人的北国边境，和平妹一干就是十年……人生最美好的十年，我佩服！

第二天天不亮，两个女知青又忙活着为我张罗了早饭。饭后，知情们依依不舍与我道别。

和平妹陪我坐上一辆拖拉机似的“尤特”，这辆连部特地派来送我的专车，响声极大，但比起胶轮大车，速度快多了。它一路颠簸着往团部再往火车站赶去，路过一个土包包时，和平告诉我，那土包下面埋葬着一个浙江知青。他是前年被熊瞎子拍死的。那天他独自一人赶路，偏偏不幸遇到了一只黑熊，熊爪子往他脸上轻轻一拍，半张脸就没了……

我默默地听着，和平妹语调不紧不慢，我明显地感觉到，这语调平静得与她的年龄不相称。多么的不相称啊！

那天是 1974 年的 9 月 15 日。

下午 3 时许，我们到达了密山火车站，和平妹要乘上最后的一趟长途班车返回，只得与我道别。这时往哈尔滨的火车还没到站，我就趁着候车的空隙，信步踱向那趴在地上的废坦克，接着又站到了坦克上面。忽然，觉得脸上一丝丝的凉意，细一看，阴沉沉的天空正在往下洒落一片片的白花花，原来下雪了！这天才 9 月 15 日！9 月 15，上海还是暑气未消的“秋老虎”，密山已下雪了！

第二年春节前夕，和平妹回上海探亲，捎回两大袋东北特产——一粒粒圆滚滚、黄澄澄的大豆！足有一百来斤！还有葵花籽！好让我吃惊，这一路上怎么扛的？真有她的！

十年之后，1980 年 8 月，和平妹结束了黑龙江建设兵团的工作和生活，同一批幸运的返城知青一起回到上海，考进上海公交北区长途站，当过售票员、财会兼工会干部。数年之后，又考入中国图书发行总公司上海办事处，经过几年工作锻炼，提升为公司办公室主任。

和平妹从小就性格开朗大度，经过北大荒十年的炼练，更添几分爽直。十年的分离，也倍增了她的儿女情肠。上尽孝道于父母，下致仁爱达侄儿。她能记住我家老老小小二十几口各人的生辰八字，真让我惊讶！每到谁谁生日这天，都会收到她的祝福和礼物。我的女儿芸芸至今还珍藏着一只吉他，这只吉他就是芸芸十岁生日那天，和平同镇海、陈宪三个孃孃一起送给她的礼物。平时，只要得知我丈母娘身体不适，和平都要关切地询问，还一次次上门探望。

宽厚待人，诚恳待人的品格，使和平妹结识了许许多多挚情好友。从北大荒一起回沪的知青周梅菊就是其中的一个。

周梅菊平日话语不多，待人却是掏心掏肺。她常常到我家来探望我父母二老。在我父亲晚年病重的那些日子，小周更是不计路途遥遥，多次从远在沪东的大杨浦，倒换几次公交车，赶到我家交西老屋拆迁后远居西郊的临时房，照料我的父亲。有一次，适巧我也去看望老父，未曾进门，就见到小周端着痰盂从临时房中走出来清理，连得帮我老父打扫洗刷的脏累杂活，也都慨然而为。和平妹的朋友真是非同一般！

1996 年 8 月，我的小弟阿六不幸故世，全家十分悲伤。弟媳宝凤更是哀痛不已。和平经常登门看望，并以极大的慈爱，呵护年幼失怙的侄女松松。后来，宝凤决定闯荡澳洲，换个环境让自己减少一些精神痛苦，也是为了让女儿得到更好的教育。然而，一道很大的难题挡在了她的面前：年仅十岁的松松谁来照料。就在宝凤为难之际，和平妹坦然伸出援助之手，担当起“托孤”重任，她与小周一起，悉心照料松松的生活，辅导松松的学业，在这几年之中，像慈母一般默默奉献。和平妹的慷慨作为，给了宝凤极大安慰，也使我们全家倍感亲情可贵。宝凤也是好样的，只身一人，在异国他乡刻苦打拼，学外语、钻业务，终于站稳脚跟，并成就了一番事业。松松被接到悉尼之后，也努力适应环境，不过两三年，学习成绩跃居班级前茅，高中毕业后进入远近闻名的悉尼大学攻读法律，现已成为一名青年女律师。

2002 年 9 月，和平妹 50 岁生日快要到了。一天我接到大妹镇海电话，意要为和平祝寿。她还说爸爸妈妈走得早。和平单身一人，不容易……说着说着，竟流露了几分伤感。

为和平妹庆生，我双手赞成。我也完全理解镇海身为大姐的一片用心。但祝寿一定要开开心心，要“锦上添花”，不要显露丁点惋惜。这也符合和平的性格。要在家人团聚的氛围中让和平这个有着不一般经历的亲人更加感受到家的温馨。

于是，我写了一段不成诗不成文的短句，在全家团聚为和平祝寿的席间，由我女儿芸芸、儿祥祥放声朗读。

芸芸和祥祥朗诵时，我女婿庄国强还手举一只红皮小鼓，随着音节啪啪有声地“伴奏”,这即兴发挥的“插科打诨”,益发增添了为和平祝寿的欢庆气氛。

日月如梭,白驹过隙。自 2002 年 10 月在常德路白鹭酒家欢宴,一晃又十几年过去了,和平妹也步入了老龄之列。但她秉性无改,开朗依旧,又似乎越发年轻越发活跃了。如今,兴趣似乎也更为广泛,学外语,搞摄影,听讲座,还常常寄情于高山大川,名胜古迹,成了一个不知疲倦的“旅游达人”。每次旅游,每到一地,她都通过微信,发来照片,图文并茂,让亲人与朋友们分享快乐,发自内心的快乐!

经历了磨炼,更珍惜甘甜。

命运使和平失去很多,磨炼又使她得到了许多许多。

二妹和平,大哥要向你学习!

26. 那年冬天特别冷

1973年冬天，尤为寒冷。一连几天气温下降到零下六七度，天色总是铅一般灰暗，寒气像锥子一般，拼命发挥着它钻人肌骨、令人颤抖的功能。太阳早就被撵到了厚厚的乌云后面，大雪却是说下就下，不到一夜功夫，门前屋后，一片亮白。

我家的交西老屋，一年年变得漏风漏雨了。尽管在休假的日子里，能干的丁根宝小妹夫常常打老远赶过来，帮助父亲修这补那。尤其是在夏天，他常常顶着烈日，和我们兄妹一起，使劲地合水泥，拌煤渣，敲敲打打，做成一块块厚重的"煤屎砖"，用以修缮老屋，并在后院加盖了一层小楼。这些自建的土木结构，毕竟身子单薄，哪挡得住凛冽寒风。尤其是在那一年，1973年的冬天！

那时候，我已搬到浙江北路北高寿里。可爱的女儿芸芸出生也快半年了。但是，我心头的仍然压着一块沉沉的石头：父亲还被关在"牛棚"里。"假党员""漏划地主"等大帽子还紧紧套在他头上。父亲每天上班第一件事，就是站在公交三场大门口那幅毛主席画像前面，请罪，反省，接着就拉过一把大竹帚，在公交三场停车场上扫垃圾。清扫完了，再一辆接一辆地擦拭公交车……直到天黑，他才疲惫地踏进家门。这样的日子，让我揪心！这年的冬天，让我倍感寒冷！

有一次，我抽空回家，已经是晚上九点多钟了，却见父亲还没休息，佝腰埋头，凑在惨白的灯光下写着什么。我探头一看，心里就冒火，不由地粗着嗓子说道："有什么好检查的……天这么冷，不如早点睡觉！"

父亲听我这一吼，果然收起纸笔，干咳了几声，语气平缓地对我说："写个小东西，不费劲的，抄几段语录，写几句口号，交交差就没事了。你们不要放在心上，我没事，真的没事！"

说着说着，父亲还露出得意的神情，问我一个哭笑不得的问题："你晓不晓得，那把天津大扫帚，怎么扫法才省力？"

不等我回答，其实我也没法回答，父亲就笑吟吟地告诉我："握住扫帚柄的两只手，用力要上下相反，下边的手往里拉，上边那只手，用力往外推……这么扫，就省力得多了。"父亲一边说，一边还做着手势，那神情就像掌握了什么绝技似的，好开心呢。

父亲表露出来的开心，我不知道是真还是假。至少，从他的言语中，从他的神情中表露出来的意思，好像是关牛棚扫厕所有啥？不也一天天的过日子嘛，你们天天起早摸黑的挤公交车，上班下班，不也辛辛苦苦吗？

其实，我何尝不知，父亲这种开心的表露，是在安慰着我们，让我们尽量地减少牵挂，减少精神上的压力。尤其是对我，这个在公安机关工作的长子来说，吃政治饭嘛，家庭出身的问题，父母成份的问题，可是不得了啊！

父亲的坦然，让我心安了许多，那刺骨的寒冷，也减轻了它的淫威。交西老屋里的温度，似乎也上升了几度。

给老屋带来温暖，最大的功劳还是属于我的母亲。

在父亲被批斗的漫长日子里，母亲如同以往一样，竭尽所能地做出好菜好饭，轻声慢语的关切，问病递药的照料，更是不用多说。交西老屋，虽已破旧，却不失是一个尚能遮风挡雨的老窝。

往事悠悠，让我感叹。我的母亲，真是不容易！

我的母亲出生在苏北建湖大崔庄。外公外婆是属于“赤贫”一类的乡下农民，生育了六个子女，母亲是老大。在乡下实在活不下去了，就将她送给上海沪西药水弄王姓人家当童养媳，不幸小丈夫早丧。待到她十二三岁，就进纱厂当童工，这时才请人起了个大名，叫崔桂芳。

在纱厂当童工的日子，苦不堪言。

有一年市场大萧条，她童工也当不成了。经养父东求西托，好不容易才又进纱厂。不过，这不是先前苏州河边上的那爿厂了，而是远在真如那边。厂里不供食不供宿，从药水弄到纱厂，足足有三四十里，母亲那时候何等劳累，不堪设想。

熬过寒冬的人，倍知春天的温暖。

上海解放后，我母亲真是翻了身。不仅生活安定，日子过得好了起来，还能同父亲一起在交通西路盖起一幢宽敞的二层楼房。母亲心满意足，上班干活格外起劲。年年都被评为先进生产者。

1953 年，上海市总工会在浙江杭州，建造了一所屏风山工人疗养院。母亲是第一批疗养员。她真是做梦也没想到，以前的小童工，会有今天的好日子。

意想不到的事还有呢，就在母亲与第一批赴屏风山的疗养员集结在北火车站，等候出发时，市总工会、市妇联的领导前来送行了。

“桂芳……桂芳！”

突然，母亲听到有人在呼叫自己的名字，定神一看，啊呀，是汤桂芬！汤桂芬正向母亲快步走来，“噢！是桂芬大姐……好几年没见了……”

汤桂芬紧紧握住母亲的双手，连连点头说：“是啊是啊，上海解放后，就不见你人影了，我还以为你生病了呢？桂芳哎……”

“没……没病没病，”母亲连忙回答，“我，我……”

母亲不知怎么解释，加上火车很快就要开了，便匆匆与桂芬大姐道别了。

再说汤桂芬大姐，她是何许人呢？原来她是上海市妇联的一个副主席。这当然是上海解放后她的职务。而在解放前，她则是沪西纱厂地下党组织的一个骨干。她以纱厂女工的身份作掩护，不时向工友们传播反压迫反饥饿的道理。1942 年前后的几年之中，她与我母亲同在统益纱厂做工，我母亲受到她的影响，也逐步懂得了一些进步的道理，还几次一道去“斩萝卜头”。

“斩萝卜头”就是跟拿摩温斗。拿摩温就是东洋老板手下的监工。有一次，与统益纱厂一墙之隔的申新九厂闹罢工，我母亲得知隔壁的工友们为坚持罢工，已一天一夜没吃没喝，就带头把馒头包在申报纸里，扔过围墙。工友们纷纷学样，一包包的大饼饭团纷纷扔了过去，有力地支持了申九罢工……后来，由汤桂芬作介绍人，我母亲加入了地下党……

我母亲上面这段历史，我们兄妹六人，从未听她说过，一直到了“文革”才被“捅”了出来。大约是在 1967 年 8 月，我记得是个大热天，忽然有两个自称是统益纱厂造反队的人，跑到我家来找我母亲谈话，意思是怀疑我母亲“脱党”，有“危害党组织嫌疑”，要老实说清楚。我母亲是个厚道的纱厂女工，没什么文化，也不大会说话。面对造反派的逼问，竟一时急得不知所措。愣了好一阵，才断断续续说出了她“脱党”的原委。她说：“后来不是解放了吗，工人翻身了，我想厂里也没有拿摩温了，也不用斩萝卜头了。再说，我又养了个闺女，在家里坐月子，就没去参加组织生活……”

听了我母亲的这段“交代”之后，两个造反派表情古怪地互看了一眼，稍后又扔下几句教训的话来。但从那以后，他们再没上过门。

对母亲这段历史，父亲的评价是：朴素的阶级感情，入党动机好！

“朴素的阶级感情。”这句话，确也说到了点子上。

母亲一生勤劳，在纱厂里干了一辈子，自己省吃俭用，待人却真诚大方。

我家从浜南药水弄搬到交通西路之后，房子大了，条件改善了，先后接纳过一时无处落脚的冬初大爷、福仲夫妇、唐大姑一家等，他们到我家借住，短则七八个月，长则三四年，母亲从不嫌弃他们。母亲的弟妹数人，也都在交西老屋中度过一段一段的时光。

就说我的小舅崔鹤富吧，他在老家出生时一只手有六根指头，外婆真是厉害，竟然一口咬掉大拇指旁多余的那一根，抹上一撮香灰，就让他听天由命了。要不是我母亲哀求外婆，省吃俭用贴补家用，这个小弟早就送给人家了。后来，他也与外婆一起，不时从苏北老家来沪，吃住全在我家，直到小舅十八岁进了部队当兵，复员后又在父母的张罗下，经过常熟一个叔叔介绍，进入常熟供电局工作，并与常熟针织厂工会干部顾彩珠相识，结成了一个美满幸福的家庭。看到小舅笑呵呵的样子，我老是想，要不是当年外婆那“啊呜”一口咬下去，你肯定是当不成兵，也不会有现在的好日子了。

这个比我大三四岁的鹤富三舅，也同他二哥鹤安一样，聪明机灵。有一天他竟对我说能“穿牛鼻子”，什么叫“穿牛鼻子”？我不懂。他就从线板上摘下一段尺把长的细线，一头塞进鼻孔，不住地吸气，那细线也慢慢往鼻孔里缩去。不一会他张开嘴巴，伸手居然从喉咙口拉出那缩进鼻孔往上窜的线头，两手捏住线的两端，来回拉扯，像拉大锯似的，看得我吓丝丝的目瞪口呆。我想如果现在电视里有这档节目，准定会打上两行字幕：危险动作，切勿模仿。

再说那个结束了穷苦日子的外婆，似乎得了“开心症”，整天乐颠乐颠的东家西家的串门子，还不时摊开手掌，对着邻居得意地说：“看我这手，红彤彤的，血色啊，我几天不吃肉，就没得这个血色了……闺娘女婿，好哇，常去买肉，叫我吃嗳！”

对待我的祖父，我母亲也力所能及地上尽孝道。

由于祖父是富农分子，这个家庭成份问题长期压在我父亲头上，他对待祖父的态度就同我母亲不一样了，常常沉着脸，懒得与祖父说话。父亲还不准他多与我们兄妹接近，生怕影响到我们的前途。有一回祖父淋巴发炎，父亲竟粗声凶气地不让他与我们同桌吃饭，将爷爷的饭碗扔到后屋里去，并下命令一般只准他一人待在后屋，像关牛棚似的将他“隔离”起来。我母亲则不然，不时前去问寒问暖。那年，我女儿芸芸才两岁不到，一次竟也端了杯水，晃晃颤颤地送到后屋，递到老太爷手里。我女儿小小年纪，就有一份孝心，我想，是她祖母作出了样子，有所影响吧。

祖父的富农帽子，不仅牵连了他的儿子，还牵连了他那远在江西的闺女，即我亲爱的大姑。

1954 年春，我大姑与姑父响应国家号召，离开长宁区人力工会，带头前往江西奉新山区。凭着年轻人一股积极向上的热情，到祖国最需要的地方去发挥作用。不料由于上海有关部门工作粗忽，未同江西当地落实好安置事宜，招致当地农民对这批突然过来的“上海人”冷眼相看，以为他们是来“抢粮食吃的”。到了“文革”，这批“上海人”的日子越发不好过了，我姑妈因家庭出身问题，受害更是难以言表。郁郁不欢，日积成患。挨不了一两年，姑母就病重不起，只得在 1968 年夏天，由姑父送回上海，回到她当年与兄嫂一起生活的我家——交西老屋。

屈指数来，我有十四年没见到过我的大姑了。得知大姑回来了，我十分兴奋，下班后匆匆赶回家(那时我在市公安局交通处办公室工作，住河南路消防队楼上集体宿舍)。可一见面，我心陡然一沉！这是我的大姑吗？咋的这么衰老这么消瘦，瘦得几乎脱型，瘦得连我这个侄儿都不敢认她了……眨眼间，我心如刀绞，眼泪夺眶而出。

我的大姑，我童年时受到她细致照料、待我和镇海大妹妹如同妈妈一样的大姑，那时候是多么的清秀多么的出挑啊。左邻右舍哪家不夸奖她？她牵着我的小手接送我放学上学，常常招人回头……可眼前，她骨瘦如柴，气喘吁吁，几乎连与我打招呼，说几句话的力气都没有了。

大姑得的是可怕的肺结核，已经到了三期。谁都知道，这病会传染。可我母亲不当回事，悉心照顾她。在大姑最后的日子里，我一反往常，不是只到周末才回家了，而是每天一下班就往家跑，想方设法买到一些水果，尤其是上海蜜梨，那可以润肺的梨呀，我到处去兜，盼望能让大姑吃上梨，减少一点病痛。

老天不留啊，大姑还是走了，42 岁生日还没到呢，走了。

大姑是带着忧愁带着遗憾离去的，百般的抑郁之中，总还有着一丝欣慰，那就是历尽苦难，总算还能回到交西老屋，回到了兄嫂和侄儿小辈家中……

“文革”带来的灾难，何止是数不清的家破人亡。在提心吊胆的颤颤岁月中，我父亲不仅经受了失去亲人的打击，还遭受了一次次批斗，遭受了一次次的人格侮辱。多亏有了母亲的照顾，有了家的温暖，父亲方得熬过寒冬，终于在 1976 年国庆节前获得了“解放”。

27. 我的母亲

我的母亲自从童年离开苏北老家，来到上海之后，只有两次出过远门。一次是 1953 年到杭州屏风山工人疗养院，在风景如画的九溪十八涧享受了七天清闲。还有一次是在相隔三十年之后了。1984 年秋天，退休后的父亲带着她到北京玩了几天。那时候，出门旅游还是很稀罕的事情。三姨娘、邱二妈几个老邻居听说我母亲要上北京，无不显露出惊讶、羡慕的神色。尽管不像现在旅游入住宾馆酒店，而是住在亲戚家里，这在那时候，也是个很为破费的事儿了。

我家的北京亲戚，是胡忠俊。

他虽只长我父亲一岁，但辈分大，是我父亲的亲舅。我们兄妹称呼他为大舅爹爹。上海解放之前，他也同我父亲一样，在沪西英华里当过小学教员，日子混得不顺畅，于是在北平解放之后，他便去了首都，投靠他的堂叔胡乔木。胡乔木当时任中央宣传部副部长，分管意识形态领域诸项工作。胡大舅爹爹到京之后，得到了乔木照应，很快就被安排在新闻出版署直属的外文印刷厂，他在这个单位，一直干了四十余年，直到退休。

说起乔木老长辈，我先插一段与本文无关的往事：1989 年，就是我进入《剑与盾》文学杂志社任编辑的第二年，上海市新闻出版局执行上级条文推进报刊整顿，其中有一项规定为严格限制报刊数量，严格执行“一局一刊”。我市公安局有两种公开发行的刊物，即《人民警察》和《剑与盾》，按照规定必得停办一刊。由于《人民警察》是在上海解放初期就已创办，并由陈毅题写刊名等历史原因，出版局作出了《人民警察》保留、《剑与盾》停刊的决定。但是从当时的实际情况来看，《剑与盾》比《人民警察》更受读者欢迎，它的发行量每月高达 80 万份左右，是《人民警察》的四至五倍。这么一份兴旺发展的公安文学刊物奉命停刊，实在可惜。编辑部同仁以及市公安局有关领导都想方设法，让它重生再办。但走了不少门路，市出版局都是死死一口咬定。没辙了，于是决定走上层路线，直接上北京，到出版局的上级部门国家新闻出版署做工作，以求复刊成功。

这项任务交给了我与另一位编辑张斌。为增加成功系数，我父亲特地写了封信，请他的舅舅胡忠俊相助，如有可能，烦请转呈胡乔木，以求关照。此间政治部组织处的老徐同志，也托请他的连襟，就是在中央工作的邓力群相帮。经过多方努力，国家新闻出版署终于同意，但新办的刊物须得更名，并采取一个折中的办法，即由上海市公安局与上海文艺出版社合办，以免违反“一局一刊”之规定。于是，便出现了后来的由原市委书记陈丕显题名的《东方剑》这份新的公安文学杂志。

再说我父母二人到北京游览，受到舅父一家热情款待，舅父还陪同我父母游览了天坛、颐和园及长城。在紫禁城故宫博物馆，母亲有生以来第一次见到了皇宫，还在金銮殿上到“龙椅”坐了一坐。回到上海，她一边将带回来的茯苓饼、山楂糕分送给左右邻居，一边得意非凡地说：“北京真好玩呢，我连皇帝的龙椅也坐过了，这辈子死了也心甘了。”

我父亲这次北京之行，还促成了他的大舅与二舅胡忠铸二人之间的和好。想起这事，父亲就特别开心。原来胡忠俊与后来担任盐城龙岗中学校长的胡忠铸，虽是两个亲兄弟，但几十年来不通音信，视如陌人。起因是还在兄弟俩少年时候，有一次哥哥背着弟弟过桥，不知怎的，忽然弟弟从哥哥背上滑落下来，险些掉进河里，惊慌不已的弟弟回过神来，即怒声责备哥哥存心要淹死他，任凭哥哥怎样解释，弟弟就是咬定哥哥不安好心。就这么个矛盾，竟然越积越深，越积越久，以致经过了人生的大半辈子，还耿耿于怀。我父亲这次到北京之前，先到龙岗中学看望了二舅，与他促膝长谈，转告了他兄长的诚意及多年来与胞弟音讯不通的愧疚，费了好大一番口舌，终于得到了满意的答复。赴京旅游时，父亲把二舅的转变复告了大舅，大舅激动啊，几十年的恩怨，经我父亲的斡旋，终于化解了！

父亲从北京回沪之后，似乎完成了人生重大使命一般，心情舒畅。家院似乎也随之恢复了数年之前的生机。偌大的后院之中，虽已树木花草不再，鸽棚兔舍也没有了，取代的是一座自建的二层小楼。但变得狭小的天井里面，还是置上几口水缸，饲养了黑玛丽、珍珠、水泡眼等名种金鱼。有一阵鱼缸换水时可要特别留神，因为雌鱼撒出的一粒粒白籽，经过太阳照晒，竟然变成了极小的鱼苗。鱼苗得及时捞到另一只小缸之中，以免遭到大鱼吞食。这捞鱼、换水等活儿，主要由细心的小弟完成，父亲则手扶老花眼镜，乐不可支地一旁观看。在搜救鱼苗的过程之中，不时迸发出一阵阵孙辈开心的嚷叫，更是增添了不少乐趣和温馨。

不久后，父亲接受了公交三场的聘用，忙于物资调剂工作。为此，他又经常出差到鞍山、包头等钢铁基地及长春汽车厂，千方百计联络以前的老关系老朋友，不辞辛苦地为单位搞回急需的材料、配件。繁杂的家务，则由我母亲承担。

那时，我的小家已搬离交西老屋，很少回家，帮不了母亲。幸有虎弟媳妇淑萍，她勤劳又贤惠，是利群药房经理，上班工作井井有条，闲时则帮我母亲料理家务，还不时问寒叙暖，就像我母亲的亲生闺女一样。

母亲忙碌着，也快乐着。她是一个知足的人，感恩的人。

在母亲看来，家中上下内外，样样都已称心如意。父亲的"政治问题"解决了，退休之后还被单位聘用。六个子女都有了稳定的工作，虽说大闺女镇海还在常熟，但已从插队的大义公社抽调进城，后来还在常熟半导体器件厂当上了副厂长。这个大丫头从小就聪明伶俐，有年夏天大热，做夜班的母亲白天在楼上睡觉，也热得额头冒汗，才三岁不到的镇海见了，竟会随手拿起一块床边的布来为妈妈擦汗。妈妈一惊而醒，只见擦汗的竟是一块尿布！从小就懂事的大丫头，身在常熟，心在上海，时不时回沪探望父母，捎回这样那样的常熟土产。文革开始不久，常熟有个造反派头头长得人高体健，相貌不凡，他钦羡镇海妹好看能干，千方百计地追个没完，海妹却不为所动，不求高攀。后来，结识了真才实学的外科医生黄凯平，组成了美满幸福的家庭。她这自个儿作主，不让父母操心的终身大事，却让父母特别的高兴特别的称心。

再说二闺女和平，虽然年过三十了还是单身，母亲少不了为她的婚嫁操心，但到后来，也就变得舒心了。觉得二丫头也像她姐一样，不做那种“拣到篮里就是菜”的迁就事，不吃那种“选错夫君嫁错郎”的后悔药。邻居潘大妈多烦心啊，就为她的大儿子大儿媳成天价的吵架闹离婚，弄得头疼脑涨。为平息潘大妈家的争争吵吵，我母亲费了不少口舌，这不光是因为两家是近邻，还因为我母亲自她退休之后，不知怎的被居委会看上了，当上了交西居委的调解干部。因此，我父亲常常开玩笑说我母亲是“班子里的人”。

更让我母亲高兴的是孙辈个个聪明活泼，读书也肯用功。大孙女芸芸小学时就获得过市少年宫举办的作文比赛第一名，考初中成绩名列前茅，进入了市重点上海中学。大外孙女阿薇从常熟来沪后，跟随外公外婆一起生活，并插班进入交通路小学，她倍加用功地经过了一段适应期，毕业时也以高分考进了普陀区重点宜川中学。小外孙女丁佳瑾则不时跟着她的两个小表哥大祥祥小祥祥，一忽装解放军打仗，一忽玩躲猫猫，楼上楼下满屋里窜，休假日的交西老屋热闹非凡，常常乐得爷爷奶奶眉开眼笑。

遗憾的是，这样的好日子，对我母亲来说是太短太短了！1985年开春前后，母亲隐隐发觉，走路不如以前脚步稳扎，身子不由自主摇摇晃晃。因为有血压高的老毛病，这也就不往心里去。我们这几个子女，也真是疏忽，谁也没有料到，这时候，她已身患肿瘤，而且转移到脑部，形成了可怕的胶质瘤。走路不稳，就是脑部神经受到肿瘤压迫的原因！

看到了可怕的检查结论，我陡然惊愕。莫大的焦虑、不安笼罩在一家人头上。母亲立即被送进小妹陈宪工作的利群医院。

宪妹与同事们关系很好，个个都“大宪”“大宪”地热情称呼她。母亲入院后也倍受关照，我们一家人更是不分昼夜，轮流陪伴照看。无奈病情严重，医无回天神功。母亲弥留之际，似还牵挂着小弟阿六。当时阿六还未成家，母亲断断续续地“阿六……阿六……”小弟明白母亲的心意，连忙唤来他的女友郭宝凤。小郭是电话局团委干部，模样出挑，待人热情，她来到我母亲病床前，低声又亲切地喊了声“妈——”我母亲欣然含笑，眼角似有泪花闪闪……

1986 年 6 月，母亲不幸离世。享年 67 岁。在入太平间前，大儿媳彩英绞了把热毛巾，细心地替她擦了双脚……

劳累一生的母亲，一路走好！

大殓那天，全家人哀痛不已。我是长子，双手将母亲遗像捧在胸前，离开家门正要出殡，只见隔壁三姨娘泪眼汪汪与几个邻居已围在门口，他们也来为我母亲送行。三姨娘则拉住我的手臂，轻声嘱咐：“镇江，等到上桥了，你要轻轻喊哪，妈妈，过桥了，过桥了……你不要忘记啊，要不，妈妈魂就摸不着家来了，记住啊……”

“嗯……嗯，”我连连点头，鼻子连抽了几下，还是忍不住一阵阵发酸，泪花也滚落下来。

灵车缓缓开动了，往北，上了中山北路，又往东拐去，前边就是四号桥，我依着三姨娘的叮嘱，低垂下头，下巴紧贴着母亲遗像，轻声说道：“妈妈，过河上桥了……上桥了，妈，过河了……”

过了四号桥，灵车沿共和新路往北拐去，快上柳营路桥了，我又轻声低语：“妈妈，过柳营路桥了……”

松鹤厅里陆陆续续站满了前来为我母亲送行的亲友。我当时在公安干校进修班上的两个同学，许培星和宋卫国，也打老远从西郊赶了过来。

母亲生前单位的一个工会干部介绍我母亲生平，称崔桂芳同志有着深厚的无产阶级感情，曾在1942年加入过中国共产党地下组织，一生忠诚老实，积极工作……

母亲归天头七那天下午，依照习俗，家里为母亲做七。交西老屋的厅堂中，香烛供品一应齐全，大祥祥、小祥祥和瑾瑾三个孙辈接在大人后面，跪成一排，我正看着他们认真地大幅度地合掌叩拜，忽听得敲门的声响，开门一看，竟是我女儿芸芸回来了！

那一瞬间，屋里老小顿然一怔，真是出乎意外，芸芸也回来了！

那时候，芸芸刚进上海中学，才初一，平时要住校。进校离校全得家长接送。上中离我交西老宅，又是那么的远，乘公交至少得倒三四趟车。“芸芸你怎么会摸到爷爷家中来的？”大妹小妹不约而同地问。

芸芸一边捋头抹汗，一边答道：“我记得是今天，为奶奶做头七……我要给奶奶叩头。老师也同意我请假了……我就回来了。”

“这么远的路，芸芸你怎么认得的？”

“是老远老远的，路上有一个多钟头了……不过，我问清楚了乘车方向，不会迷路的。”芸芸说着，就忙不迭地挨到小祥祥身边，与她的弟妹们跪成一排，朝向奶奶的遗像叩拜起来。

民风厚道的老宅交西那块，真是没有不透风的墙，我家家祭的事儿，很快就传开了。当晚，信奉神灵的邻居三姨娘坐在门口乘凉，一看到我就不假思索地说：“镇江哎，你家做儿女的，孝顺噢，小的也懂事，老妈妈在天上会保佑你们呢！”

我默默地点点头，感谢快言快语又贴心热心的三姨娘！

我也要深深地感谢交西老宅前后左右的老邻居们，是你们，与我家和睦相处，互帮互助，让我母亲在亲如一家人的环境中，走完了她的后半生。

我想，平生不求奢望，知恩知足的母亲，一定会含笑九泉，欣慰在天了。

1986 年大寒时节，我的慈母骨灰落葬。墓地选在常熟虞山，在这方景色秀丽的江南福地，先母长眠安息。然而，她的音容笑貌，则时常浮现在我的耳际眼前。

28. 从小尹到老尹

元旦过后的一天上午，按照“预约”，我同刚来《东方剑》杂志社实习的大学生小王，顶着寒风来到地处普陀区东北角的宜川派出所。

刚一落座，所长韩素友就快言快语地说：“破案的情况以后再说吧。先写写我们的老尹，老尹这个同志，不简单！他 18 岁当民警，一干就是 43 个年头。他头发白了，快退休了，从没离开过我们宜川街道，一辈子就在一个派出所……43 年了，不简单哪！”

说着说着，韩所长不由地动了感情，语调中洋溢出由衷的尊重：“在我们宜川街道，许多人不一定知道我这个所长，却没有人不知道他尹昌贵。五十年代的居委干部还习惯地喊他小尹，许多小一辈的则喊他尹爹爹，我们这里的居民中苏北人比较多。喊爹爹，是亲热，当家里人一样了。”

韩所长赞老尹，夸老尹，说得我心里也热乎乎的，就像是在这三九寒冬忽地吹过一阵暖暖的春风，就像是同样感受到老尹那火一般的热情……

一、18 岁了,一定要好好干哪

那是在 1954 年的初夏。

刚从中学毕业的尹昌贵告别家乡,从扬州来到上海。他在警校集训了三个月,就被分配到普陀公安分局交西派出所(1958 年归并宜川新村派出所),当上了一名户籍警。

当时的交西派出所,管辖的是大洋桥西头交通西路的一片简房棚户区,而派出所本身也就是两间矮平房。两只锈迹斑斑的铁皮柜,三张写字台以及几条高低不齐的长板凳,便是所里的全部家产。一只抽屉两人用,一顿干饭两顿粥,条件差生活苦,尹昌贵不在乎,他常常想到的却是入所那天难以忘怀的情景。那天,他从所长手里接过履历表,一项项认真地填写着。当他凝视着“参加革命年月”这一项,两眼湿润了:“当警察就是参加革命!我尹昌贵从今之后,就是参加革命了!”

那天夜晚,他失眠了,翻来覆去地弄得铺板吱吱响。院墙外的池塘里传来阵阵蛙鸣,这在家乡听惯了的声音,那晚入耳也分外地亲切。

他想起了家乡,想起了临行前老师和父母的叮嘱。他流着泪,暗暗对自己说,尹昌贵,你 18 岁了。一定要好好干哪!

“年轻人怀有远大的理想,老年人越活越年轻……”那时候,尹昌贵常常哼唱着五十年代的这支流行歌曲,还有“我们要和时间赛跑”“二呀么二郎山”……他像那个时代的许多人一样,血液里有着更多的质朴与纯真。

他白天下户口段,晚上过录户口资料,半夜里还经常拿起竹梆,绕着一间间民房巡查打更。他没日没夜地干,浑身似有用不完的劲。可是有一天，所长喊住了匆匆出门的尹昌贵。

“小尹，这几天你干什么去了?”所长有点严肃地问。

“查户口啊，天天都在查户口。”尹昌贵抹抹额上的汗水，坦然地回答。

“当然是查户口，可你是怎么查的? 你到龚家宅王大妈家里，听王大妈说她有五个小把戏，大的是个丫头。18 岁了，你就叫王大妈把大丫头喊出来看看，有没有这回事?”

“有的有的，”尹昌贵连连应道，“18 岁是成年人了，所长不是说对成年人要见面知人，见人知情吗，我就……”

“你就冒冒失失了，是不是?”所长的语气缓和了下来。“小尹，你一心要想尽快熟悉成年人口，这很好，可是工作方法怎么能不注意呢? 王大妈是把这事当个笑话告诉我的。你可不要再当笑话听哦!”

“噢……”尹昌贵顿时醒悟，一拍脑门，转身就奔到王大妈家里，连声道歉，弄得王大妈倒不好意思了。

从那以后，风风雨雨几十年过去了，担任居民小组长的王大妈与尹昌贵一直同心协力，互相配合。当年 18 岁的大丫头王桂英几年前也从闵行一家工厂退休，一回里弄就接上娘的班，勤勤恳恳任劳任怨地干起了里弄工作，现在已当上居委主任了。

从那一次批评后。尹昌贵变得细心了。热情之中融进了窍门。年轻人的理想也就很快变成了现实。

地处苏州河北侧、俗称“浜北”的交西地段一度是个棚户多、文盲多、卖力气吃粗饭多的“下只角”。在五十年代那一阵，还有许多苏北、安徽的农民，一到冬闲就抱只鸡夹条被来到这里，有的投亲靠友暂住一阵，有的则长住下来。这些贫苦朴实的农民，多数认得牛屎狗屎，就是不认得孔夫子。尹昌贵把他们当作自己的亲人一样，为他们念字写信。后来他又协助文教主任在居委会的小屋里办起了扫盲班。

一个个连名字也不会写的睁眼瞎子能识字了，多开心哪，见到尹同志柴米油盐的也会唠上一阵。

每年夏末秋初，一刮台风，交西一带少不了要"涨潮水"。一些上了年纪的居委干部至今还清楚地记得，那时候小尹同志经常是"风来上屋，水来下河"。要刮台风了，他就和里弄干部到潭子湾的草船上买来草绳芦席，爬上危房棚户压芦席扎草绳。潮讯来了，尹昌贵又打着光脚淌着潮水。把危房里的老人和孩子护送到附近的交通路小学里。直到台风过去了，大水退尽了，一户户人家安然无恙了，尹昌贵才放下心来。

有一年的一个秋夜，尹昌贵正在夜巡，忽闻一间平房里传出痛苦的呻吟。他急忙拍门入内，一看是毛巧巧满头大汗，快生小孩了。尹昌贵连忙奔到居委，蹬了一辆三轮车立即将她送到医院。产妇安全了，孩子出世了。左右邻居开玩笑地说，这小家伙就是尹同志的干儿子。

对里弄中的特困户，尹昌贵更是时时牵挂。交西 184 弄的于巧银，一辈子也忘不了在全家最困难的时候，是尹同志雪中送炭。那是在自然灾害的年头，于巧银的丈夫不幸得了肝炎，她和三个儿子又全都没得户口。"一份口粮五张嘴，丈夫又是老病鬼，这日子怎么过?"左邻右舍既同情又无奈的议论传进了尹昌贵的耳朵。

冬天到了，三个面黄肌瘦的孩子还光着脚，拖着清水鼻涕缩在寒风里。尹昌贵见了更是揪心。

怎么办呢？光靠政府救济不行哪，一定得给她报上户口。尹昌贵一边安慰一筹莫展的于巧银，一边亲自为她打报告，亲自把材料送到分局户籍科。他实事求是的一片诚心终于得到了成功，于巧银母子四人全都入户口了。这一家子欢喜啊，欢喜得情绪都失控了，大大小小抱作一团，发疯似的哭了起来。

第一次领到五口人的粮油票，于巧银手发抖了。在那物资紧缺的年月里，这油票粮票多么要紧哪。于巧银眼巴巴盼了多少年！可这会她一张也舍不得用，硬是要塞给尹昌贵："尹同志，请你无论如何要收下来，要不是你大恩大德，我，我一家就，就……"

尹昌贵怎么会收呢？他只是告诉于巧银："你家确实有困难，政府会照顾的。我是个户籍警，只不过是按政策办事，做了些应该做的工作呀。"

三十多年过去了，如今已做了奶奶的于巧银，日子过得很舒心。她一见到尹同志还要连声道谢，她的孙子也会一个劲地喊："尹爹爹好！"

二、对坏家伙不敢碰，还当什么警察

老尹关心群众体贴居民，更主要的体现是为民除害。他常说："作为个户籍警，首先要把户口段的治安搞好。对那些吆五喝六屡教不改的捣蛋鬼地头蛇，一不要怕二不要软。对这些家伙不敢碰还当什么警察！"

独脚小龙，就是交西的一个"活宝"。此人家境贫寒，父亲有病,肺气肿还摆香烟摊。母亲下乡摸螺蛳。一滑掉下河淹死了。等到发现尸体,螺蛳已叮了一身。父母累死累活,巴望的就是这没腿的儿子。可这儿子死不学好。要吃好穿好不说了,还变着法子诱骗邻家的孩子去偷去抢,他则坐镇抽头,吃香喝辣。那些变坏了的孩子的家长又气又恨,联名写信告到区里。没想到这独脚小龙判刑七年出了大牢越加得意,见人就吹"我在班房里研究了七年杜月笙",神气活现的样子就像进过高等学府似的。以后,他故伎重演,还花言巧语引诱一个成了家的妇女跟丈夫闹离婚,那妇女跟了他之后,他又奸污她的闺女。对这么个恶习累累的家伙,岂能放之任之?老尹义愤难当,依法再次将屡教不改的独脚小龙送上法庭。

还有一家三兄弟,也是交西赫赫有名的"人物"。偷抢赌骗,简直就成了他们混日子的主要课程。老尹一次次上门,苦口婆心引导教育,他们不听,他们嫌烦,后来干脆不回家,东躲西藏,流窜作案。老尹下决心要把三弟兄抓起来。可这三弟兄蛮上加野。弄来一大堆砖头堆在家里:"尹昌贵敢来,就砸死他!"治保主任获悉了这个情况,少不了为老尹的安全担心。可他还是那句话:"不怕,有群众支持我呢。为民除害。就是被他们砸死了也是值得。"在治保干部和居民群众的配合下,尹昌贵走在前头,一脚把门蹬开。作恶多端的三弟兄毕竟色厉内荏,终于受到了应有的惩处。

在我们与几位居委干部交谈之后,很高兴地见到了尹昌贵。那是在一个星期天的下午。他本该休息的,却又到街道去"转转"。他说已经习惯了。看着他一头的花白,一脸的慈祥,我们很难想象出他整治那些流氓痞子时一脸的严肃。

“你打击了那么多坏人。就一点也不害怕?”我试探着问。

“既然当警察了,就谈不上怕。再说怕有什么用?不过,不怕不等于蛮干,一要准,二要警惕。”尹昌贵笑了笑又坦然地说,“干公安几十年来,经我手报批处理的不少,但事后翻案的没有,家属闹事的也没有,这是打得准。还要保持警惕,不能放松。我干这行几十年了,可以说没有丢失过一次文件,也没出过大的差错。到外地出差,一是枪支,二是文件,最最重要了,我都压在枕头下睡觉。除非把我脑袋搬掉。我老爱人也常说,你怎么从来没有被人偷掉过皮夹子?我想大概是当警察的关系吧。我就说,我又不是天天穿制服,要紧的还是提高警惕。这个道理我也常常对治保干部讲,对群众讲,这不光对打击犯罪,对防范也是有好处的。”

这是一位老公安的经验之谈。从中更可看到一位老公安的爱民之心。

三、岁月无情人有情

提到防范,韩所长说这工作里同样倾注了老尹的一片心血。不久前在大洋新村居委会开座谈会那天,气温又下降了几度。屋外寒凝大地,屋内却洋溢着盎然春意。到会的七八位居委干部争先恐后地尽夸老尹呢!

“尹爹爹有件好事做得大哩,大洋新村四面的封闭式围墙就是他出的主意。这围墙一砌,我们大洋新衬的治安脚跟脚就变样了……”上了年纪的治保主任刘阿姨这一说,好多人都情不自禁地插起话来。原来这地处普陀、闸北二区交界的大洋新村,历来治安就比较复杂。前两年又成了一批闲散的外来人员的聚集地。他们常常窜进工房,躲在走廊及暗处,贩卖假药、打杜冷丁、卖淫嫖娼,把大洋新村弄得乌烟瘴气。居民们常常见到新村走廊里扔的是杜冷丁针头,墙上抹着打针后擦上去的血迹,好端端的小花园里是一摊摊粪便及乌七八糟的东西。新村的生活环境遭到了污染,居民们的安全感受到了威胁。许多人怒气冲天,指着居委干部发火:"你们管不管!"居委干部也为难,管不了呀。新村里大小弄堂有七、八条,四通八达怎么管? 对此,公安机关冲击过,报纸电台披露过,好也好过一阵,"雨过地皮湿",没大用。

这些,老尹都看在眼里,他与这里的居民一样心急。他与大家一合计,定下了方案:砌围墙!

主意虽好,可没钱。这又多亏老尹三番五次地跑街道跑单位,筹集了 3 万元现款。砌围墙那天,老尹正发高烧,流火上来了,腿都肿了。可他还亲自来参加劳动,大伙劝也劝不走……

"老尹这个人就是这个样子,居民的事情就像自己的事一个样。对居民总是笑眯眯的,一脸和气没得恶相。我们大洋新村的围墙一砌,找几个退休工人当门卫,进进出出有人管。治安也好,卫生也好,样样都好起来了。635 户居民家家得益,多亏了老尹哪! 凭良心说,有老尹支持,我的工作也轻松交关了。不像老早,一天到晚开救火车似的……"治保主任发自内心的感慨,说得大家又笑了起来。

大洋新村,只是宜川街道 20 个居委中的一个。1982 年,老尹提任为派出所副所长,接着又担任了宜川街道综治办主任。他的工作更忙了,他对自己要求更严了。譬如,他坚持每天写日记。“如果哪一天写不出什么内容,这一天就瞎混了。”老尹说这话的时候,神情之中同样也充满了认真:“我快 60 岁了,快退休了。更要珍惜时间,多做些事情。”

其实,这些年来,他不断地考虑着整个宜川街道的治安、防范,考虑着一个公安人员“分内”以及“分外”的事情。他主动联系了几家工厂,争取到一批铁管木料,帮助一个居委搭建了停车棚;他看到骊山路一带外来人口多,流动摊贩多,就及时与韩所长商量,抓紧组织了联防队;他看到街道中有几个“有书不念,有家不归”的顽皮少年,就亲自找他们谈心,摸准了原因对症下药,使好几个是非不分的青少年逐步走了正道。尤其对街道中突出的违法分子,他更是抓住不放,从关心入手加强帮教,以自己的一片诚意,帮助他们,期待他们的心灵变得洁净变得美好起来。

由于城区改造,交西地块的简房棚户已全部夷平,数千户居民已经搬迁到偏远的桃浦七村。老尹惦念着交西的居委干部和居民,一年之中,他已经三次前往桃浦。第一次去桃浦那天,第一个拜访的是 92 岁的刘美英老妈妈。这位曾经担任过交西居委第一任卫生主任的老妈妈,一听到喊门的声音,就知道是尹同志来了。她情不自禁地站起身,迎到门口,未等拉住老尹的手,热泪已涌上眼窝。

时光如梭匆匆过,岁月无情人有情。在基层派出所当了 43 年民警的尹昌贵,如今已步入了花甲之年,犹如一棵枝叶繁茂的大树,深深扎根在宜川街道的土壤里。现在,由他负责的街道综合治理办公室,在编干部仅有两名,聘用的 8 人之中,有经验丰富的老公安,有执教数十年的法律教师,有善于经营的财贸干部，然而他们宁愿放弃高薪招聘与老尹一起工作。他们说，每月二百来元的补贴是少了些，但与老尹共事，我们心情愉快，从老尹身上，我们得到的却是很多很多。

看到宜川街道治安状况日益改善，看到一面面挂在墙头的市、区级普法教育、治安管理奖牌，老尹布满皱纹的脸上绽开了笑容，苦也忘了，累也忘了，他想到的，是宜川街道更加美好的明天！

（原载 1998 年 2 月 20 日《上海社会治安报》）

29. 爱唱歌的锦海大哥

二十世纪五十年代以后，四面八方迁居到交通西路的人家，越来越多了，沿路两边，早已是一家挨一家的紧紧相连，这路的后面，也就是在早先的一大片荒野空地上，也陆陆续续盖房砌屋。

菜园消失了，池塘消失了，就连贴近中山北路的那条断头河也填平了，取而代之的是这个弄那个坊的。在我们家的后边，我童年时常光顾的那口池塘、那片青葱绿地，也难逃劫数，变成了交通西路 184 弄乙弄、交通西路 184 弄丙弄……

明明我家的门牌是交通西路 152 号，屋后的地块咋的成了交通西路 184 弄呢？小时候，我还常常被这问号搅混呢，后来我终于明白了，这“184 弄”的编码，也是按门牌挨着下来的，原来它是在我家北边，也就是顾凯国家门前那块小小的空地往内打通，再往南扩展而形成的一条弄堂，顾家是交通西路 186 号，那门前的弄堂就成了 184 弄。里面的房屋越盖越多，不断往南，蚕食空地，弄堂也就越来越窄。为方便寻访，方便管辖，于是又出现了 184 弄甲、乙、丙三个支弄，前后不过十几年光景，这里就变成了一块住户扎堆、人口密集的居民区，说得欠恭一点，就是棚户区。

我是多么怀念我童年时的交西啊!

那时候,在我十岁之前吧,我常常站在后楼的窗口,一抬头,就可以看到远处的两支粗粗的大烟囱,往极为开阔的天空,喷吐黑乎乎的浓烟。听父亲说,那就是大隆机器厂,它在苏州河造币厂桥边上,朱家湾再过去,靠王家宅那头。离我们家有两三站路呢。

两三站路,那肯定老远老远的,我都看得清清楚楚。我还以为,肯定就是我眼睛大,眼睛大才会看得那么远,那么清爽。可是,童年时候能看到的风景,后来看不到了,因为屋后盖起了大片房屋。视线,被这密密匝匝的房屋堵住了,割断了!

在我家后楼窗口,我还看到过一个自然奇观。

有天下午,只见远远的灰天下边,有一股乌黑的浓烟,像长辫子似的从天上拖到地下,上边一头像喇叭口,下边一头则很细很细,好像要插进地里一般。这股从未见到过的黑烟还缓缓地向更远处移动,移动……真是稀奇啊,我不由得惊叫起来。大概听到我的喊叫,妈妈上楼来了,保姆也跟了上来,妈妈一见便说:"是'龙吸水','龙吸水',老天保佑!"

这个"龙吸水"的景象,深深印在我的记忆之中,五十多年了,还是那么清晰。随着年岁渐长,我后来明白了,那"龙吸水"原来是股龙卷风。

交通西路一天天变得臃肿、嘈杂,变得忙乱起来。

每天清晨,天未透亮,沉睡之中就听得门前屋后这样那样的声音。一会传来吱呀吱呀的响声,那是车轮在石硌路上滚动,环卫工人推着收粪车经过了;一会传来劈柴爿、刮蒲扇的噼啪声,那是左邻右舍在点柴引火生煤炉了。如果是在冬天，这时你从窗口探头朝外观望，那就更壮观了。你定会看见，一团团红亮红亮的炉火。这头一簇，那头一团，裹着黑烟，在各家门前、在麻麻亮的天光里忽忽跳跃……新的一天，就在这烟火腾飞、闹闹嚷嚷之中诞生了。

待到天色透亮，交通西路又成了人来人往的一条干道，上班的、上学的、男男女女、老老小小，一个个打从我家门前经过。随之，我也加入到这繁忙的人群之中，背上书包匆匆往学校赶去。

在这匆匆过往的人群中，有一个山东大汉，令我敬佩，他就是夏锦海。

锦海大哥住在我家北边，隔着十来家门面。每天一早都很准时地从我家门前经过，挺着胸脯，很有精神地迈着大步，到远在江宁路余姚路的江宁区（现静安区）人民法院上班。我呢，因考上了陕北中学，学校也在江宁路上，因为顺路，我就每天跟着他，一路同行。

为什么要跟着他一起走呢？这是因为锦海大哥会唱歌，而且声音非常好听。拿现在的话说，他可算是一个出色的男高音。嗓音有磁性，又飘逸，我简直被他迷住了。

锦海大哥因为嗓子好，也特别爱唱歌。只要一出门，就会习惯地开口唱起来，所以，每天早上，我会等在家门口。待他一过来了，就紧步跟上。锦海大哥脾气也好，有时还会拉着我的手，一边唱着，一边往前走，别人看来，就像亲兄弟一般。

锦海大哥会唱的歌可多了。在我的印象里，似乎所有的苏联歌曲他都会唱，我真是百听不厌……于是，我也跟着他，一边走，一边听，一边学，一边哼。一天天下来，我也学会了许多许多的苏联歌曲:《小路》《红莓花儿开》《喀秋莎》《共青团员之歌》等等。跟着锦海大哥,我还学会了许多好听的儿童歌曲,像《我们的田野》《小松树小柏树》……

这一路走一路唱的,还有个奇怪的作用,我从家到校,一段路好长好长,要过铁路,过苏州河,过长寿路,足足有三四公里,得走半个来小时呢,可我丁点不觉累。是锦海大哥,是他美妙的歌声给我长了脚力,我真要打心底谢谢,锦海大哥!

锦海大哥在江宁法院一直干到退休,现在已八十多岁了,前不久,听童年的伙伴官宝说:“夏锦海现在还是天天唱歌,还参加了静安区老年合唱团呢。他这个爱好,一辈子没变,中气还老老足呢。”

岁月匆匆,离开交西之后,我有几十年未再见到锦海大哥了,但我能想象得出,锦海大哥一定还是那副挺胸抖擞的样子,一定还是那副开朗乐观的样子。

这是因为,他爱唱歌呀!

再说说锦海大哥的老母亲夏奶奶,她尽管是个山东小脚,待人可是一副热心肠。她担任我家北面那一块的居民小组长,少不了跑这家走那户的,整天乐呵呵。我的小弟阿六,年幼时父母上班照应不过来,有一阵就托付给夏奶奶,照料得比托儿所可好多了。

锦海大哥还有个妹妹夏锦秀,长得长一码大一码,内心却很细腻,待人也是十分热忱。她后来考上了大连海运学院,毕业后成了一名海事干部。

大概是受了锦海大哥的影响吧,有一阵子,我也喜欢唱歌了,好笑的是还学着锦海大哥的样子,把胸挺得高高的,憋着嗓子，吸着气，慢慢儿吐字，真想也能唱出锦海大哥那么好听的声音呢。

这么“自学”了一阵，我还真的觉得嗓子跟以前大不一样了。于是，上音乐课的时候，我会唱得特别响，当教音乐的张光复老师点名，让同学站立练唱时，我会飞快举手，抢到为快。

可是，这种能展示一下的机会老是轮不着我！

有一次，张老师又要点名唱歌了。这次唱的是《采茶歌》，曲调非常好听，我可不能失掉机会呀，连忙举手，唉！又落空了！

站起来的竟是陈理明，好让我不服气。

说起陈理明，班里的同学，十有八九，说他“妖怪”。他又不是女生，怎么会被大家觉得“妖”呢。你看吧，他油头粉面的，每天上学肯定擦了不少雪花膏，一进教室，就带进一股香味，连卞慧琴、蒋祖鸽那几个女生也会禁不住捂住口鼻低低窃笑。

陈理明好打扮，也是天性使然。他那故意留长的头发细细的，软软的，常常会有意无意地把头一甩，那长发则往上微微一抖，这当口，陈理明肯定觉得自己好美啊，那副神气，少有！

不过，陈理明同学嗓子还是不错的，也有表演的天分。这也是我们班一致公认的。

有一天，他又得意忘形地一甩头，随即将一只信封故意地扔到我的课桌上：陈理明小先生收，几个钢笔字赫然入目，下边一行红字更让我吃惊：中国福利会少年宫。

哇，少年宫寄给他的！

好几个同学也看到了这信封，纷纷投来惊讶、诧异的目光。

陈理明好不得意啊。

真有他的！也不知怎么搞的，他竟会同少年宫搭上了。少年宫竟会给他写信?! 还称他为“先生”?!

要知道,少年宫,这在我上小学以至上初中的时候,可是何等向往,何等神圣的地方。在我们这批同学的心目中,它是“宫”,是一座白色大理石的宫殿,绝不是什么一般的电影院、俱乐部之类的地方欧!

我上小学四年级时候,班上有个叫沈小龙的女同学,能歌善舞,有一回被老师选上,得到全班唯一的一张票子,上少年宫参加活动! 嗬! 简直是过大年似的,她开心啊。可是,她活动回来之后,被老师狠狠批评了一顿。原来,沈小龙同学太开心了,觉得自己进少年宫去活动,要打扮得漂漂亮亮才行,脖子里更不能少一根红领巾。可是自己还不是少先队员,于是她灵机一动,悄悄将姐姐的红领巾戴上了……这事还真不巧,偏偏就让其他班一个同学发现了,报告了老师……

少年宫好迷人哪! 陈理明竟会收到少年宫寄给他的信,还被称为“先生”! 你说,同学们会不觉得大出意外吗?

陈理明同学,初中毕业以后就同我们失联了,有次同学聚会,听卞慧琴说,他后来进了青年话剧团,真的干上文艺了,还是专业的。我一听,竟不由脱口说道:“人啊人,有辰光是应该有点傲气,就像陈理明一样,也好!”

当年引颈翘望、一票难求的少年宫,现在已幡然变样了,大门广开,任人进出。常年举办这个班那个组的,真是眩人耳目。孩子们还可在家长的陪伴下,在宽大的草坪上尽情奔跑,游戏。我的两个孙女兜兜和齐齐,也是这里的常客。大孙女兜兜更是这里的老学员了,从四岁起就在这里学习啦,先后参加了芭蕾、歌咏、围棋、趣味思维等这样那样的兴趣班……而且,除了在少年宫，还在我少年时不敢奢望的上海音乐学院附小，在单独的一间琴房里，跟着吕临老师学习钢琴。孙女的每次活动、每次学习，少不了由家长带着，陪着。而她的孃孃和姑父最为辛苦，日复一日陪同练琴、每个周末陪同上课，还总是乐此不疲，兴趣盎然。孩子也在边玩边学中长了本领，兜兜在就读的高安路第一小学60周年汇演中的舞蹈表演，引得老师交口称赞。在中福会少年宫上了四年舞蹈基础班后，兜兜考入了舞蹈“作品班”。“作品班”是从六个基础班两百多名舞蹈小学员中，选拔三四十个孩子而成的。我孙女竟通过了考评，还在新班级里担任了领舞。小孙女齐齐处处愿跟着姐姐学，四岁时，她开始捧着四分之一尺寸的小提琴，自我陶醉地锯起“木头”来。这个暑假，两个娃娃又迷上了画国画，经常一张大桌一张小桌，摊开宣纸摆上笔墨，齐齐有时更索性趴在地上，享受地画着。看着她们手上脸上小花猫似的墨渍，我想，等我的两个孙女长大之后，一定不会忘记这些童年往事吧！

30. 2011 年重阳节

2011 年重阳节，市公安局政治部离退休老同志在公安博物馆举行了一次茶话会。我们退休支部的支部书记徐志荣，执意要我也发个言，讲个几句。我觉得前面有好多人已经说过了，我还能讲什么呢？可又难以推却，只得慢慢站立起来，几分尴尬地说："刚才大家都讲得很好，我没啥好再说了，我就为大家唱只歌吧！这只歌还是我很小的时候，常常听我父亲唱的，我一边听一边也跟着唱，竟也学会了，五十多年过去了，还没忘记，现在我给大家唱一唱，也算是助助兴吧！"

说完，我清了清喉咙，开口唱道：

在祖国和平的土地上
生活天天向上升
年轻人怀有远大的理想
老年人越活越年轻
我们热爱和平
从不侵略别人
也不让侵略者破坏人类安宁

我们和全世界人民一起
高举着和平的旗帜
前进

我一唱完，掌声四起，好像冒出一个亮点，茶话会气氛分外活跃。

我还看到有几个同志，交头接耳议论起来。有几个更年长的离退休老干部，还眯起双眼，手拍脑门，似乎在喃喃自语："这首歌……好熟呀，叫什么名字的？叫……"

看着大伙活跃兴奋得神情，我心里也是热乎乎的，甚至暗暗得意，觉得刚才我的选择没错，唱只歌是要比讲几句话有效果吧。

其实，我这么想也有一定的道理。因为这首歌是很好，不仅曲调好听，歌词也很亲切。你听"年轻人怀有远大的理想，老年人越过越年轻，我们热爱和平……"多么有时代气息！真诚祝福，殷切期盼，又朗朗上口，写得真好！

我还觉得，如果你是一个经历过上世纪五十年代初期那种火热一般的社会生活的人，在长期战乱后对和平生活的珍惜，在新中国建立之后对美好明天的向往，自然会在这首歌曲之中引发美好的回忆，会在这首歌曲中激起心绪的共鸣。重阳节敬老活动，离退休老年人相聚，我唱这首歌，自然就会受到大家欢迎。

意想不到的效果，竟会再次出现。"再来一个！再来一个！"似乎听得还没过瘾，有几位老同志竟像小年轻一样，带头起哄了。

"好！再唱一个！"在大家的热情呼叫中，我也豁出去了，也是出于兴奋吧，“我就再唱一个，叫《我们要和时间赛跑》。”稍一定神，那个时代流行的另一首老歌又飞了出口——

火车在飞奔
车轮在歌唱
装载着木材和食粮
运来了地下的矿藏
我们要和时间赛跑
把原料运到工厂
把机器送到农庄
我们的力量移山倒海
劳动的热情无比高涨
我们要和时间赛跑
走向工业化的康庄大道
我们要和时间赛跑
迎接伟大的建设高潮

唱毕，又是一片掌声！

那一刻，我真是沉浸在难言的激动和喜悦之中。但我知道，大家的赞赏并不是我唱得怎么样。我这人五音不全，不会唱歌，大家兴奋的原因，是他们从这两首老歌之中，看到了自己年轻的身影，年轻的生活。那久远的回忆，是多么的甜蜜啊！

我要深深感谢我的父亲！父亲在那个时代中活跃、乐观的日日夜夜，让童年的我，耳濡目染，成年的我老年的我，也不弃不忘，以至于会出现 2011 年重阳敬老活动上壮胆唱歌的一幕。

如果我远在天国的父亲，看到他儿子那一天的那一幕，一定也会欣然作笑，说不定还会低声吟唱那些常挂嘴边的与时俱进的流行歌曲呢！

31. 我经历过的“三把火”

我的中学时代，曾经亲历过“三把火”，这“三把火”就像是脑海里的老古董，老来仍然记忆犹新、挥之不去。细细想想，这“三把火”也挺有意思，还不乏那个时代的印记，故而随记于下：

第一把火：田头“烽火台”

1958 年中秋时节，我正在陕北中学上初二。一天，班主任张秉[illegible]老师在班会上宣布：从下星期一开始，我们班全体同学将要参加三抢劳动，到嘉定县外冈人民公社，帮助人民公社的社员，抢收、抢耕、抢种……

张老师带来的这个消息，真如特大喜讯一般，同学们顿时乐翻天，开心啊！真开心！可以八九天不上课了，到乡下去了……

这是我们第一次到农村参加农业劳动，农村是个什么样子，“三抢”劳动怎么搞，同学们谁也没有一点经验，只是一个劲地觉得，可以不上课了，可以疯玩了。

到了生产队之后，碰到了公社社员，分配了劳动任务，这时才知道，我们原来的想法太天真了。

一是农村的条件差。别的不去说了，光说晚上睡觉吧，我们班的男同学,全都挤在一间堂屋的地铺上,垫的褥子就是一层稻草,地上的潮气虽然挡掉了,但“床头”墙壁上,水痕斑斑,蚊蝇爬虫,数不胜数。更为不便的是没有厕所,要大解小解的,须得进二三十米外的一个又脏又臭的茅棚棚。农民伯伯还是很照顾我们这班市区来的中学生的,每天晚上会在“宿舍”门口放两只粪桶,以解我们夜间方便之不便。尽管对我们照顾得很地道,还是发生了一件哭笑不得的事:一个外号叫“范老板”的胖男生,半夜里爬起来,竟然稀里糊涂,将一泡尿水撒到门前一口水井里。农民伯伯发现了,也不训斥,只是哈哈大笑,还说城里的小囡滑稽得来,把伲拉格水井当夜壶哉!

二是出工干活累。到了外岗公社,到了生产队之后,我们才知道,所谓“三抢”,着实是农村最忙、活儿最重的时节。社员们要赶在夏末秋初这一段十来天的时间里,抢割水稻、抢摘棉花;收割了水稻的大田要抢耕,抢耕之后还得抓紧抢播麦种。这“三抢”若延误了时节,轻则影响收成,重则工本白费。因此,每天凌晨三四点钟,就听得大食堂门前那棵老槐树上挂着的铁钟,“当、当、当”地敲个不停,唤醒这户那户的社员们快快起身,快快下地。我们这群中学生,也得“向农民伯伯学习”,艰难万分地睁开眼皮,爬起身来,跌跌冲冲地跟着下地。待到再听到“当当”的钟声响,已是早上七八点钟光景,大伙才拖着疲惫的身子,从田间回到生产队,争先恐后涌向大食堂,一个个手端搪瓷碗,挨个往碗里勺粥。早饭天天一个样:白粥、蒸山芋、咸菜萝卜干。匆匆早饭过后,再下地,这一天的活,基本上是到天黑了,田间的垄沟分辨不清了,方才收工。

也算是照顾到我们年纪小,不懂行的缘故,我们干的活儿,主要是摘棉花、拾稻穗，还有两个一组，抬粪桶，往地上送大肥。下田割稻、扶犁耕田之类的重活技术活就不用我们做啦。可就是摘棉花拾稻穗，也天天累得我们腰酸背疼。摘棉花稍不小心，手指手背还会被棉梗上的硬枝尖茬刺伤划破。唉！下乡劳动才不过四五天，就有点熬不住了，张老师刚宣布要下乡劳动时那股急切要到农村来、可以在乡下疯玩的念头，全部落空荡然无存了！

好在有一天，田垄里搭“烽火台”，这一天我们可是半玩耍半劳动，大家嘻嘻哈哈，开心了一整天。

什么是田垄里搭“烽火台”呢？

今天说来，恐怕没人会相信。但在 1958 年，大跃进的时代，那时候的人啊，脑子不知怎么的，特别的敢想，而且想到啥就会去干啥。在农村，就有这么一句话：“人有多大胆，地有多大产。”现在看来，实在荒唐，但在那时候，却是绝对被当作“真理”。

田垄里搭烽火台，就在那“干劲冲天”“亩产万斤粮”的激昂豪迈的口号声中出现了。

那天凌晨，食堂前的那口大铁钟，敲得比平日更早，更响，社员们刷刷地出工了，个个肩扛铁锹，摸黑来到田间，稻已割了，田垄里留下密密匝匝的根根茬茬。社员们个个都是铁脚板，毫不惧怕那寸把高的根根茬茬，随时会扎穿鞋底刺伤脚底，一个劲地狠挖土方，一层挖了，往下再挖一层，再挖一层，足足挖了三四层吧，将近七八十公分那么深，挖出的土方则在田垄里十步一堆八步一圈地围堆起来，每堆底径约一两米。土方像搭烟囱似的，围着圈儿向上堆砌，堆到顶端形成了一个圆锥形状的“土高炉”。

农民伯伯的干劲真是大，到得下半晌，那偌大的一块试验田里，已堆起了二三十座这样一人多高"土高炉"。在这不停的挖土堆土之中，我们这班小家伙，则开心地当上了搬运工，将刚挖出的土方一块一块地抱到需要的地方……

最激动人心的时刻，终于来到了。

大约是在下午五六点钟，太阳已经偏西下沉了。只见生产队打谷场那边，一群妇女哼吱哼吱地挑着稻草，扛着麦秸棉花秆儿过来了。这一捆捆的秸草，全都塞进那一座座"土高炉"的肚膛里。不一会儿，队长一声令下，开始点火了，只见一片挖得坑坑凹凹的土地上，数十支草把火光冲天，那点着了的火把，再一支支从炉口扔进肚膛，引着那里头的秸秆草料……兴许是土方堆得紧密的缘故，肚膛里严重缺氧，那里头的干草烧得也就不爽，只见炉口上一团团的黑烟直往外冒，哇，好壮观！田垄里的烽火台！

这下我们开心啊，只见你奔他跑，你喊他叫的，在这一座一座的烽火台之间追逐取闹。有一个同学，奔得太猛，竟然脚下一滑，跌进挖出土方的沟沟里，幸亏当天挖出的沟沟里还没渗出水来，要不他就更惨了。

费这么大的功夫，费这么多的草料，起什么作用呢？听队长说，用场大咪！一是深翻土地，二是熏熟生土，三是烧草堆肥。队长还信心十足地说，这是以前从来没有干过的，这块试验田，明年亩产两三万，肯定毋没问题了。

第二把火：交大预科烧猪食

1959 年 9 月，我初中毕业后，考取了交通大学预科，住宿上高中了。

交大预科，设在闸北公园北面的延长路上。与交通大学上海分部（当时交大还有一个西安分部）同占一块校园，因此校园面积非常之大，远远超过了设在徐家汇的交大本部。

在我们高一新生宿舍楼的东面，隔开一条宽宽的水泥道，有一座壮观的图书馆。图书馆正门前有一大片空地。空地上杂草丛生，还零乱地堆放了许多破损的课桌木椅，枯枝烂叶等垃圾杂物。

就在这一堆垃圾杂物旁边，竟然有一口与图书馆丝毫不相称的乌赤赤的大铁锅。铁锅支在几块红砖及石头上面。几支柴禾噼噼啪啪燃得正旺。不知是烧的啥名堂，只是一股臭臭的味道，隐隐地四处飘忽。

这是我开学前一天，即到校报到之后与同寝室的几个同学在校园里四处溜跶，走到图书馆大楼门前看到的情景。大伙心里都有点好奇，这里为啥要支口大铁锅，铁锅里烧的又是什么呢？

第二天上午，举行了隆重的开学典礼。这时，我们才从钱主任（因交大预科属交大的一个部分，故预科一把手称科主任，不称校长，校长则是交大校长程孝刚）的报告中得知，那口大铁锅的奇怪用途。

钱主任热情洋溢地致了一番欢迎新同学之类的开场白，又生动地介绍交大预科的沿革和现状，接着，她说道：“有些同学可能看到了，校园东边，靠图书馆大楼的空地上，有一口大铁锅，那是用来干什么的呢？今天，我就告诉大家，那是用来烧大粪的。大粪干嘛要烧呢？烧了以后喂猪。所以，同学们都看到了，我们学校里的厕所间，抽水马桶都上了锁，不让抽水，就可以把大粪收集起来，去烧一烧，喂猪……”

同学们听到这里，不禁一阵喧哗，简直不可理解，大粪？喂猪？啊呀呀，臭死了……。

钱主任看着一个个惊诧不已的新同学，微微一笑，不慌不忙地接着说：“大粪烧过之后，还是卫生的。以前我们在山东老区，猪全是放养的，满地里乱跑，跟狗抢屎吃。现在我们还把大粪烧一烧，可比老区干净多了，卫生多了……”

钱主任这一说，台下安静了，同学们不再叽叽喳喳了。

话说回来，烧大粪也实为无奈之举。我进高中时，正逢国家遭遇严重的困难，粮食、副食以及一些日常用品极为匮乏。我们刚进校时，三餐有粥饭尚能尽你吃饱，可没过几天，就一个星期吧，就凭饭票打饭、严格限量了。中午，八人一桌的餐桌上，仅有一盆酱油汤，还有一盆老梗硬粗叶子光荣菜。所谓“光荣菜”，就是长得很老很粗的卷心菜。那卷心菜外边的叶子由于太老太硬，一层层张开，好像一朵大大的“光荣花”，所以就称作“光荣菜”。在那么艰苦的条件下，人都没啥吃了，猪又如何，集起大粪，倒进大锅烧煮成为猪食，也是无奈而为了。于是，我在学生时代，就看到了奇怪的第二把火。

第三把火：开水烫死“老坦克”

我的中学时代，经历的“第三把火”，也是发生在交大预科的校园之中。

那是在 1961 年初夏的一天午后，全校临时停课，师生统一行动，消灭臭虫！

臭虫，这小小的家伙，竟然扰得预科领导狠下决心，兴师动众，可谓罕见！

跟烧大粪喂猪食一样，这次集体行动也是无奈之举吧。原因是一间间宿舍里，臭虫作祟，太猖狂，太可恶了！

你看，无论是木床，还是铁床；无论是上铺，还是下铺，你随意掀起席子一看，就能发现臭虫出没。有的陡然见光匆匆而逃，有的钻在缝隙里缩头藏尾。那一只只臭虫都是圆鼓鼓、黑溜溜的，肚子里尽是我们的血！那可憎可咒的丑恶模样，就像扁塌塌的老坦克一样。

同学们哪还能睡得好觉，夜里不停地拍打、翻身，这小小的家伙，扰得大家心烦意乱，疲惫不堪，第二天上课，打瞌睡，没精神。

那时候，又正是困难时期，同学们缺吃少穿，营养本来就差，这臭虫，还拼命地吸我们的血！

这样那样的方法，同学们都用上了，喷 DDT，撒六六粉……可狡猾的臭虫，我行我素，真气死人！

预科领导深切体察同学们身受的臭虫之苦，于是狠下决心：停课半天，消灭臭虫。

这次灭虫的方法可绝了：架起铁桶，烧开水，烫！

铁桶可不是一般的圆形小桶，而是校办工厂专门焊制的，它像一只只硕大的马槽，长二米余，高一米多，宽亦有半米光景，纯为马口铁皮，焊枪严密缝合而成。这精心焊成的四只“灭虫槽”，一字铺开，架设在宿舍楼前的水泥道上。槽下燃起烈火，槽中盛水渐沸。这时，一间间宿舍里的木床铁床，全由同学们分解拆卸，手搬肩扛，依次浸入沸水之中。利用高温，将那一只只可恶的臭虫烫死灭绝！

水槽下火光熊熊，同学们干劲十足，可谓是同仇敌忾，整整一个下午，直至天光尽落，方才歇手。

这一夜，大伙睡眠的质量，确实大不一样了。一是臭虫死掉无数，二则，同学们一个下午不停地搬不停地扛，上上下下，也够累啦。

32. 老屋原址上的家祭

清明时节雨纷纷，路上行人欲断魂。

2016 年清明前后，上海的天气果然是“少见云开日，多逢霪雨时”。连日的阴雨，掳走了初春日光里带来的暖意；也扰得我的心绪抑郁、焦躁起来。

每逢清明，上坟扫墓。这基本上已是我们兄妹间的约定。父母归天，小弟早逝，先后落葬常熟。还有我的岳父，也安息在虞山。清明祭祀，虽已随着虞山公墓“严防山林火灾”的条条规定简化了焚香燃烛的旧俗，但鲜花果蔬还是要供奉坟上。不料，猴年清明，阴雨不断，常熟那边又传来公墓正在铺修墓道，上山恕有不便的消息。这样那样的原因，这一年的家祭，就不再一起上山，变由各家自行安排了。

清明过后的一天上午，我到沪太路 631 弄看望了八五高龄的岳母大人。返回途中，真有一种神使鬼差的感觉，弯弯绕绕，竟又来到了我家交西老屋的旧址跟前。

老屋早已片瓦无存。整个的一条交通西路，虽然路名依旧，但已丝毫没有昔日的模样。以前的平房简屋，都已彻底拆除。我放慢脚步，细细打量，约摸是我们家老宅的位置，变成了一个称作“贤荟苑”的大门。在这大门北侧，我伫立片刻，见有三三两两的行人进出，保安并不过问，我也迈步向里走去。

与时下许多封闭式小区一样，小区大门连着一条水泥主干道，主干道两侧是几幢小高层。都是十几年前落成的了，小高层式样已显老旧。倒是小区里的绿化已成规模。花草树木，枝繁叶茂，看来颇为入眼。主干道的顶端，还搭建一座木头凉亭。亭前辟一小小的池塘，塘边的几丛菖蒲，正从黑黝黝的陈年腐叶中钻出一柄柄状如长剑的绿叶。池塘水浅，可见池底的卵石，还有几条金鱼悠然浮游。

由于天气阴冷的缘故吧，凉亭中空空荡荡，小区内也少见有人走动。这份安静不由催生我翩翩浮想。

头一桩冒出来的想法，竟是家祭。

脚下这块土地，就是我家老宅所在。今年清明，既然不能到先父先母坟前扫墓，何不就在老宅原址祭拜呢？那瞬间，我真为头脑中冒出的这个主意暗暗叫好。于是，便在小区绿化带里踟蹰、寻觅起来。

不一会，在靠近小区西边围墙的一角，我看中两株星叶猩红的丹枫，丹枫约摸一人多高，长势兴旺，造型姣好。丹枫下还有一块润湿的小草坪。枫叶猩红，草坪润绿，我很中意。于是，我从包里拿出几件糕点，陈放地上。随即又拿出一纸，恭恭正正写上祭祖的词句，并依着老法，在地上划一留有缺口的圆圈，圆圈缺口朝东，向着我家老宅的方向。布置停当，便点燃纸片，默默祈祷……

简单的祭仪，很快结束了。我凝视着那一小撮在微风中颤颤欲飞的纸灰，沉默片刻，复回凉亭。这时，凉亭中依然空空荡荡，四周极其安静。我怔怔的目光，落向亭前的小池塘，那悠悠游晃的鱼儿，不由得让我想入非非……

我想起了小弟陈六。小弟离开我们，已整整二十年了！

早在1996年8月11日，小弟走了。他是多么地热爱生活，热爱着他的邮电通讯事业啊，可是，他才四十岁，就被病魔拖走了。

小弟陈六生前就职上海市电话局总工程师办公室，此前任市话局安装大队大队长。他刻苦好学，技术精良。多次带头攻坚，克服了不少电话通讯方面的技术难关，屡屡受到邮电部及上海市电话局嘉奖。上世纪八十年代初，由于线路紧缺等原因，电话通讯严重受阻。我至今仍清楚记得，每天一上班，就把电话摘下来，干什么呢？等候拨号音。要与各单位联系工作嘛，得打电话。可拎起话筒，听到的老是忙音。于是，我和我的同事们，迫不得已。每天一上班就这么干。这样的困扰，不仅发生在我们公安机关，其他单位及私家通讯都屡见不鲜，家常便饭一般。

严重的电讯不畅，极大地影响了各项工作和社会生活。为了搬掉这个“拦路虎”，陈六受命率队，赴香港考察，他与同事们在香港刻苦学习了数月之久，带回了先进的程控技术，在全市乃至全国推广。接着又改造了沿用几十年的传统拨盘式电话机。电话通讯难终于得到缓解。高度的责任心，如痴如狂的工作，让陈六的领导和同事们对他赞不绝口，也损害了他的健康。同事们惋惜地说，陈六为了学好技术，经常弄到深夜，精疲力尽，有两次汰浴，竟然晕倒在卫生间。

正当他年轻有为,挚爱的事业如日中天之时,万没想到,一种叫“慢性粒细胞症”的怪病缠住了他。开始,他常有咳嗽,发烧,易感冒,易疲倦,但陈六很“弹硬”,还如前一样,经常加班,忘我工作,招致病情严重。即使确诊得了白血病,他还坚持上班,丢不下手头的业务。

小弟的不幸,顿时让全家老小坐立不安,想方设法寻医求药。通过中西结合的方法,积极治疗,加上小弟开朗乐观,奇迹般地使病情稳定了五年之久。有一种说法,恶性肿瘤之类的病症,如有五年以上,一般不会突然剧变,也就是说进入了“稳定期”。但小弟希望能彻底甩脱病灶,力争做个健康的人。获知“干细胞”移植是唯一根治的方法后,便四处寻找配源。兄弟姐妹们,更是全力配合,在一个阴雨霏霏的上午,全家人一起前往仙霞路上的血研所。分别经过采血、化验、配对……在焦急地等待与迫切的期望之中,真是上天有眼:我的大弟镇虎血液指标与小弟阿六完全同一!也就是说,数万分之一的指标完全同一的概率,极其幸运极其稀罕地落到了六弟头上。

真是太让人高兴了!为了挽救胞弟的生命,镇虎毫不犹豫。尽管他当时有轻微血压高,心脏也时有不适,仍然慨然捋袖,提供自己的干细胞。大妹和小妹也二话不说,根据医生要求,献出了她俩足量的血小板。我和二妹因血型不同而遗憾地未能如愿。亲情的力量,鼓起了生命的风帆,生命悬崖上的六弟,有了回生的希望。

这可是万般苦寻,千般求觅得来的机会。岂料,遇到了一个不负责任的主治医师,或说他是个无良医生,不为过。

第一项手术,从虎弟身上提取干细胞,就出错。那天上午，做好一切准备的虎弟早已躺在手术床上，上肢下肢插进一根根针管，令人望而生畏的循环采血机，一个劲的嗡嗡作响，老半天了，竟然不见血液回流。5 分钟过去了，10 分钟过去了……

急人哪！怎么回事？我和专程从常熟赶来的大妹镇海，以及二妹三妹，一个个都急得不知所措。我憋不住几次轻声询问护士，护士也茫然不知。再看那个主治医生，只见他手脚忙乱，一会拨拨这个开关，一会又拉拉那根皮管，忙乎了好大一会，才算弄清了原委："噢，昨天晚上，我少输进一个电脑程序……"

"少输进一个电脑程序！"他说得轻描淡写的，有这样的主治医生吗？我冒火啊！可我硬是压住心头的怒气。他可是我小弟的主治医生，后面的治疗，一步一步，长着哪，千万千万，不能得罪了他呀！

让我气愤的事还不止一桩。以后，竟然接二连三。

我小弟住院治疗时，小弟媳宝凤特地将自己的一部手机交给那个主治医生，为的是有紧急情况可以及时联系。要知道手机在那时候是多么的稀罕。我弟媳是得益于在电话局团委工作，方才照顾到一部。那时，这玩意还不叫"手机"，叫"大哥大""掌上宝"。但是，有好几次情况急迫，打电话找他，那头传来的，都是"正在通话中"，"正在通话中"。急人哪！

原来，这个医生那一阵正忙着要把老婆从老家调来上海，托这人找那人的，忙个不停，手机派上了用场。我们还能打得进吗，甭想！

还有！他常跟医药代表粘在一块，坑人哪！至少有三回吧，他说我弟病情不稳，白血球控制不住，下降太快，急需一种特殊的“抗生素”。他说得神乎其神，“这种特效药只有香港买得到”，“得自费的”等等。为了救我小弟，小弟媳也一次次咬牙，买下了。可那医生从医药代表手中拿到那“抗生素”后，却搁在一旁，压根就忘了要急用，仍然与那个医药代表钻在办公室里，说说笑笑的唠叨个没完……

顽强的小弟，在干细胞移植后，坚强地挺过了七八天最难熬的“排异关”，正常白细胞逐步增加，其他几项体征指标也都趋于正常，真让人高兴啊。偏偏此时，主要负责他手术治疗医术高超的谢副院长，到新加坡出席研讨会去了。过不几天，小弟的病情出现了反复……恶化……

小弟走前一天，恰巧又逢星期日。我和小妹陈宪几乎每天不断地到院探望，这天下午，忽听得他在电话(隔离病房，与家人只能用内线通话)中，极其衰弱地说道：“阿……哥……我……眼睛……看出去，怎么……全是……全是红的……”我一听，心陡地一沉，赶忙找值班医生，值班医生不知如何处置，让我打电话找主治医生，可是听到回音，又是“正在通话中”！这天是星期天嘛，你纵然急得头上冒火，又有何用！

有一次，我的小妹夫丁根宝，目睹那医生一副漫不经心的样子，差点就要一巴掌掴到他脸上。是我，拉住了他。掴掌，能有何用？动粗，也不属于我们。气愤不过的我，只是扔下了几句指责，指望他的良心受到谴责，从受到谴责中得到悔悟。我不否认，我的小弟病很难治，但作为医生，岂能因为病难治而掉以轻心，甚而私欲膨胀，利用病人捞取回扣，达到私自的需求？

我真的不想去抹黑这个医生。即使我失去了亲爱的小弟，悲痛万分，我也不去指名道姓。因为，医生是救人性命忘我奉献的白衣天使，是受人尊重受人敬仰的忘我人士。医生，是神圣的职业。我的大妹夫黄凯平，就是一名外科医生。有一次他到上海来参加亲戚的婚宴，忽然接到一个病人家属电话，说手术后情况不大好，伤口出血了。凯平一听就放下筷子，急忙驾车返常。他说这个病人是他做的手术，他要为这个病人负责。这就是我心中的医生！而那个为我小弟治病的主治医生，差远了。我希望他转变，对得起医生的称号。

呆坐在凉亭中，我面对老宅原址，心绪不宁，忽又想到了小弟的女儿松松。小弟 1996 年 6 月入院时，松松九岁。她小小的年纪，就为爸爸的病情担忧。有一个星期天，我骑自行车载着她，到复兴中路郭老师家上钢琴课。那天真是热啊，我骑了一会就满头是汗，不由得回过头问松松："这么热的天，你还去学钢琴，苦不苦？"

"我不怕，"松松认真地看着我，认真地回答，"我要学好琴，将来赚钞票，让爸爸看毛病！"

好让我感动！一个才九岁的孩子。

可是，自小弟那次住院之后，松松就再也没有见过他慈爱的爸爸。

值得欣慰的是，我的侄女松松，在年幼失怙的哀痛与逆境中，在艰难的拼搏中渐渐长大，如今已成为一名年轻的女律师。父爱的种子在她心中发了芽，长成了挺拔大树，告慰了慈父的在天之灵……

不复存在的交西老宅,老宅旧址上的家祭,让我想得很远很远……都快中午时分了,我才缓缓起身,向小区大门缓缓走去。

出得门去,我不由得又回过头,似乎又见当年的老屋、老屋的后院和周围的老邻居,又见我家的第三代缠绕着他们的爷爷奶奶,嬉闹个不停……

市井春秋

况味人生，世间百态，
感恩社会的缤纷，
让我生活多彩。

1. 终生难忘那夜晚

2012 年 5 月下旬，我和老伴同去西北旅游，在延安逗留了两天，时间虽短，感慨颇深。枣园、杨家岭，这里的一孔孔窑洞，记录着共和国缔造者们的卓著功勋；清凉山、南泥湾，这里的一寸寸土地，浸润着我军指战员们与人民群众血肉相连的深情。

在宝塔山上，导游向我们讲述了这样一件轶事：周总理曾回过延安，见到延安还很破旧，见到延安的老百姓还很贫穷，总理心里非常难过。他愧疚地说我这个总理没当好，我对不起为中国革命做出巨大贡献的延安人民。总理回京后不久，便批示拨出专款，在延河上建造了一座大桥。

导游的一番解说.不由使我想起了人民的好总理，想起了四十几年前那个终生难忘的夜晚。

那天，是 1966 年 4 月 30 日。当时我在市公安局交通处办公室工作，由于有重要保卫任务，我和几个同志留在机关待命。根据外事部门的安排，当晚将有一批重要外宾由首长陪同，前往市公安局对面的市府大礼堂观看芭蕾舞剧《白毛女》。

傍晚 6 时 30 分，交通处机动中队的十几个小伙子装束整齐，一一进入了礼堂四周路口的岗位。不一会，市公安局副局长林德明、交通处处长黄公明也一一查看了路口，提前进入礼堂进行演出前的最后一次安全检查。

此刻，一切都已准备就绪。可是，意外的情况突然发生了——6 点 43 分，办公桌上的电话猛然响了起来，我一听，是警卫处一位领导急促的声音："赶快通知机动中队，马上把队伍拉到南京路西藏路，外宾车队已从上海大厦出发，临时安排要到南京路观灯。"

警卫路线突然发生变化，我差点惊叫起来，一手抓起另一部电话接通机动中队，让待命的同志立即出发。刚放下电话，我又随手抓过大盖帽，飞步下楼跳上机动中队的"哈来"摩托车，风驰电掣直奔南京路而去。

当我和几个身穿制服的交通民警赶到中百一店门口，迅速拉开队形之时，东面方向一长溜轿车已缓缓驶来了。

节日的夜晚，火树银花彩灯闪烁，铮亮的轿车更是流光溢彩，分外耀眼。就在车队快要通过西藏路的当口，不知是谁激动地喊叫起来："周总理，是周总理！"这一喊，立即引起了轰动，只见成群结队观灯的行人顿时停住了脚步，目光全都射向车队，射向一辆乌黑闪亮的"大红旗"。"总理，周总理！"人们看到了，千真万确是我们敬爱的周总理，刹那间，人们拥了过来，前前后后一层又一层，南京路变得水泄不通了。

这个意想不到的状况，可真急坏了我们这些沿线警卫的交通警。保卫工作的职责，使我们毫不犹豫地阻拦着那些无比激动的人群，不停地喊叫着劝告着，希望人群尽快散开。可是费尽九牛二虎之力，人却越来越多越来越挤。我一时不知如何是好，只得紧紧贴住总理座车的门窗，保护领导人安全，心里却在巴望着快快来一批增援的队伍吧！就在我发急的时候，忽觉身后被轻轻拍了拍，回头一看，是周总理示意我让开身。啊，周总理亲自打开了车门，下车了。群众欢腾的情绪更是无法形容，欢呼雀跃，经久不息。周总理微笑着，亲切地向大家挥手，接着，总理提高嗓门说道："同志们节日好！"一阵雷鸣般的掌声过后，总理又说："五一国际劳动节的前夕，上海分外的美丽，我陪同阿尔巴尼亚党政代表团，陪同谢胡同志到上海访问，受到上海人民热烈的欢迎，谢胡同志很为感动。因为贵宾们还有重要的活动，请同志们让开一条通道。"

总理的话音刚落，奇迹立即发生了，只见刚才还团团围住车队的人群，顷刻间就向两旁退去，一条大道顷刻间就展现在眼前。周总理微笑着向大家挥挥手，进入轿车，车队随即启动，一辆接一辆，在夹道欢送的热烈掌声中徐徐离去，直到车队在人们的视线中消失了，人们还沉浸在那无比的激动之中，而我们这些担任警卫工作的公安民警更是从内心发出由衷的感叹：敬爱的周总理，您的声望，您的魅力，您的风采，我们将终生难忘！

2. 我的妻子

我的妻子姓侯。这“侯”姓，在茫茫人群之中甚为少见，据说宋朝编过一本《百家姓》，侯姓排名第230位。经过历代繁衍，到《当代百家姓》之中，已跃升为第77位。然而，现今侯姓的人口总数，还是只占全国人口的0.025％，我妻侯彩英则是其中之一。

我的妻子个子瘦小，相貌平平。但我看来她不一般。尤其是她那很少修饰的短发下面，生就一双明晃晃的、见到生人就要羞涩地避开的大眼睛。羞涩上脸那一霎，白皙的脸庞上，会快速地浮上一层浅浅的红晕。只是她的鼻子稍微小了一些，牙齿有一阵也不是很齐。特别是有一颗大门牙雄赳赳地要钻到嘴唇的外边来。所以那时候她总爱把嘴巴抿得紧紧的。后来，那颗可爱的大牙不见了，当然她是不会去找医生拔牙的，而是她自己一次脱毛衣时把那门牙给钩掉的。这种自我拔牙的方法恐怕很难找到第二个例子，因此，那天晚上我的女儿简直都要笑疯了，她自己也觉得挺有趣的。她配了假牙，平整整的，这下子好看多了。说起她的这牙，其实责任还在我身上。我同她谈朋友时，她的一付牙齿还是挺整齐的，后来她生下女儿坐月子，我给她吃了个大苹果，这一下就硌了门牙……唉，都怪我这个不懂服侍产婆娘的粗心男人!

现在有些小青年找对象,往往讲模样,要漂亮的姑娘。个子要高,鼻子要高,还有什么胸脯也要高,条件高得很呢。我们年轻时脑子倒没有这么复杂。在那“以阶级斗争为纲”、横扫一切“牛鬼蛇神”的年月里,我与她结识了。可是过了不久,由于我那个古怪的脾气,惹下了一场大祸。

那是在一个星期四的傍晚,我们机关干部例行的每周一次下厂劳动结束了,我从远在杨浦区江浦路上的国棉九厂骑车回家,快到交通西路西安坊巷口时,远远见到我家门上歪歪斜斜地糊着一张大字报。我的心陡然往下一沉,快步上前一看,天哪,我的父亲忽然之间成了一个“假党员”“漏划富农”!那大字报上又脏又臭的墨汁和糨糊顺着门缝儿往下淌,耳朵里又钻进身后传来的冷言冷语和不怀好意的嗤笑……我受不了这种侮辱,火气顿时窜上了头顶,哗啦一下扯了大字报,理直气壮地到我父亲单位公交三场去找那些造反派了。这下可不得了,胆敢撕大字报,破坏“四大”,破坏清队!这个罪名可不轻。公交三场的几个戴红臂章的人二话不说,猛地反拗我的双臂,推推搡搡,将我塞进了一部报废的公交车。要不是我的镇海大妹赶紧打电话,让我单位里来人,我还不知要被他们怎样处置呢。

事后我单位里的一个军代表严肃地对我进行了一番训导。这位军代表姓啥我忘记了,但他那副大舌头我记忆犹新。他说起话来舌头拍打拍打的好费力气,我也要特别的留神才能深刻领会他的语意。说了半天,他郑重地往前一站,显出一副深思熟虑的样子宣布道:“你那个女朋友,不要谈下去了!要对人家……负责,嗯……你还是主动断掉的好!”对军代表的指示可也是个态度问题，我心里虽有委屈，也不得违抗。没想到我还没去找小侯，她倒打电话找我来了。话筒里传来她焦急又坚定的声音："侬勿要胡思乱想，侬爷的事体跟侬不搭界，对阿拉勿影响！"事后，她总不放心，怕我消沉，还特地写了封信劝我"像老早一样好好工作，不要低沉，不要狼狠……"她读书不多，也可能一时心急，狼狈写成了"狼狠"。但她那颗心，火热火热的——患难之中见真情，人到绝处遇知音，我被感动了。

1972年4月初，我俩结合了。我那手脚勤快的丈母娘，早就为她女儿备好了八条漂亮的绸被缎被，还有新式的拉丝玻璃茶具等各种嫁妆。这在那时可称为时髦了。我那老丈人更是手艺不凡，亲手为她女儿裁缝了两件中式棉袄，还有两套款式时尚的西装。一只樟木箱和一只什木箱都贴上了大红喜字。这些嫁妆颇为显眼，因此，只能等到天黑之后，才由我的小舅子侯彩荣，用一辆黄鱼车载着送到我家。为什么要摸黑送嫁妆呢？这个"高招"原来是我妻子的姑妈想出来的。姑妈不止一次地郑重关照："送嫁妆千万不能招摇啊，要悄悄送过去，要破四旧！"

两年之后，我俩有了个女儿。这小宝贝长到三四岁时更是活泼可爱，左邻右舍都说好像在哪张年历片上见过她，夸她集中了我们两个人的优点。听到这些赞美之词，我妻子更是心里欢喜，对女儿也越发娇惯。那时候，我们的小家已搬离了刚结婚时居住的交西老宅，住在北火车站附近一幢石库门老房子的三楼晒台阁上。虽说是间小阁楼，但也是单位里照顾我们结婚分配的房子，这在当时也很不容易了。要进这间小屋，须爬楼梯，楼梯三弯廿八格，仰起脖子朝上望，又陡又暗可得小心呢。为了把女儿照顾好，我妻产后刚满月就爬上跑下，在底层的公用灶间里煮牛奶炖奶糕,一天上下好几回。有一天她抱着女儿出门晒太阳,不巧一脚踩空,从楼上一直滑到底层过道里。紧紧搂在怀里的女儿丁点儿也没伤着,她自己的腿上腰里硬是擦破了老大两块皮。这狭小旧陋的老房子,曾经给我们带来不少欢乐,也给我们增加过不少烦恼。尤其到了夏天,一大盆的洗澡水要四平八稳地端上端下,体力和技巧哪一样都不能少。常常是刚洗了澡,一倒水又是一身汗。再看看楼下的沙家,同样三口人,又有客堂间又有洗澡间。人比人,气死人。有一次我呼哧呼哧地端了盆水下得楼来,竟然发现他家把一只肥墩墩的北京鸭放在公用水斗里冲凉!那一刻我又来火了,一把拽住鸭头颈,使劲一摔,将那鸭远远扔出门去……妻子一见着了慌,连忙跑了过来责怪我,制止我。那家邻居算是看在我妻子的份上吧,喝汽水的依旧喝汽水,吃西瓜的继续吃西瓜。事后,我真佩服彩英,大事能化小,小事能化了。凭着她这副好性子,十几年来,从来没与哪一家邻居红过脸。我嘛,也就那次摔过一回鸭子,以后性子也渐渐磨平了。

1980 年 5 月,我家总算分到了新房子。居住了八年之久的老房子要离别了,相处了八年的老邻居要分手了。居民小组长、对门的乔阿姨、还有楼下沙家和我女儿一般大的小红,一早就来相帮着搬这搬那。弄堂里这家说:"来白相啊来白相啊!"那家说:"不要忘记阿拉啊……"一声声叮咛,一句句嘱咐,真叫人听得心里不好受。我妻子何尝不是这样呢,我几次看到她背转身偷偷地抹眼角。

在这次搬家之前,我一家三口在杭州度过了七天的美好时光。那是在 1980 年 4 月下旬,我与上影厂导演沈耀庭一起,在杭州修改电影剧本《心灵的火花》。借此机会，就让彩英带着女儿到杭州一游，也算是补上婚礼简单的缺憾吧。那天我去接站时，只见杭州站前偌大的广场上人山人海。女儿芸芸远远地就看到我，欣喜地扑了过来。她穿着一件米色的小西装，非常的合身，映衬着她白白圆圆的小脸，显得十分可爱。我知道，这漂亮的小西装肯定又是她的外公外婆亲手做的。再看紧跟着走来的彩英，背着大包小包，手里还拿着一只小板凳。我奇怪地问她干嘛要带只小凳？她说，侬勿晓得火车票多难买，还是托人的，好不容易才买到一张站票。我怕芸芸吃力，火车要开五六个钟头呢。

新家地处龙华，是新建的宛南六村。新村里环境幽静，邻里和睦。让我为难的是，女儿已经小学二年级了，学校远在北站康乐路，是教学质量很不错的闸北区第一中心小学，老师同学感情也很好。转校还是不转呢？为这事，彩英操了不少心。可懂事的女儿态度坚决，并能自己乘坐公交车，来来去去，坚持了五年之久。小学毕业后，以优异的成绩考取上海中学。

我的妻子出生在一个工人家庭，初中毕业后上了三年纺织技校，进织布厂当了挡车工。她的性格也像织布梭子一样直来直去。但我看得出，她有时话是说得硬邦邦的，心眼可也软着呢。做饭烧菜她不及我，可打毛线她很内行。有一回，我的同事老周买到一斤半好毛线愁着没人结。我想助他一臂之力，就揽过毛线带回了家。妻子一见不高兴了，赌气地说："你拿回来的你去结，我没空！"我怎么解释她还是一句话："我没空！"没话说的了，我索性往沙发上一倒，闭目养神。可等我眯了一会睁开眼，只见她凑在白晃晃的八支光下面，一针一针地起着线头呢。

还有一次，我从大连出差回来，带回了几只上海市场上罕见的大虾，油爆红烧上了饭桌后，真叫人嘴馋。不料她腾地冒出一句："吃勿来！"我说这又没啥特殊吃法，剥了壳往嘴里塞就是了。女儿见她还是不动筷，便夹了一只放到她碗里。她只是撕了一小段尝了尝，又放下了。那晚，我想写点什么，照例等到孩子睡下后再伏到桌子上开始动笔。过了一会，屋子里飘出一股香味，妻子给我递上了碗又白又细的面条，面条上压着的正是那只酱红酱红的大虾。

1982 年 8 月，我们家添了个新成员——儿子祥祥出生了。大头大脑的儿子小时候比较文静，有次他被一个邻居的小孩无意推倒，造成左臂骨折的严重损伤。在老同学许培星帮助下，找到一位市六医院骨科专家为他进行了牵引复位的手术。手术后整整十一天，儿子就那么左臂被悬吊着。彩英也十一个白天夜晚地陪着，实在太累了才往儿子病床边的折椅上眯一会。有一天因为派出所催拍身份证照片，她只好匆匆离开医院。后来我一看她那拍的照片，不禁心里一怔：照片怎么拍得这个样呢？又消瘦又憔悴！几乎都走型了。后来再想想，她还不全都为了孩子吗？一连十一天，没睡过一个踏实觉，彩英真是太辛苦了！

我这个人平时喜欢看点书，有空还喜欢写写什么的，日子久了，也认识了一些编剧导演。他们有时也会上我家来坐坐聊聊。我和这些人一拉扯，往往就会劲道上来。他们丰富的创作经验，常常使我扩大眼界，增长见识。有一回沈耀庭导演又到我家，聊着聊着就说起了他钦佩的上影厂摄影老前辈黄绍芬，称赞黄拍电影真是用心，几乎每个镜头都是一个画面，每个镜头都是不离美学不离美感……那天我们聊得挺晚的，耀庭离开时已是夜里九点过后了。妻子疲倦地打了个哈欠，一边卷起她手上老是结不完的毛线，一边带着抱怨的口气说："你们这些人哪，一扯就没完没了，老是讲什么美学啊美感的，啥人要听?"

"你不是在听吗，"我笑着指指她手中的毛衣，"你才是真正懂得美感的行家呢。一家四口子穿的绒线衫哪件不是你结的，饼干花，黑桃花，铰链棒……哪个不夸你结得好看，你把美带给了我们一家人，这不是美学是什么?"

"好了好了!"她被我这么一说，忍不住笑了起来。在她笑着而两眼眯起的刹那，我忽然觉察到了她的眼角有一丝丝的皱纹在抖动，以前有过的淡淡的笑靥也不能轻易捕捉到了! 彩英她老了吗? 她是有点见老了。但我，感到她年轻感到她美，比起年轻的时候，似乎更美了……

写于 1985 年 9 月，2017 年 10 月修改

3. 家住徐家汇

说起徐家汇，上了年纪的“老上海”就会想到那里的天主堂、藏书楼、交通大学，还有历经百年、名闻遐迩的启明女校、徐汇公学……

徐家汇，在上海这个开埠至今不过一百多年的城市，可谓举足轻重，深具西学东渐、华洋交融的深厚底蕴。

1994 年春夏之交，我家从中山南二路的宛南六村，搬迁到建国西路吴兴路，也就是紧贴着徐家汇公园东边的一个居民小区。岁月流逝，华发渐生，我愈来愈深地感受到徐家汇的厚积、沉稳，也愈来愈喜欢我家窗前的那座徐家汇公园。

刚搬来吴兴路那阵，从我家窗口往西望去，徐家汇公园的二期工程还刚刚启动。挖掘机、推土机隆隆的操作声不绝于耳。一棵棵从远处移来的香樟、无患子，附着偌大的一团根泥，栽进一只只新坑。按照公园设计者的意图，二期工程完成后，在原来大中华橡胶厂和中国唱片厂的大片土地上兴建的徐家汇公园，东起宛平路西至天平路，北起衡山路南达肇嘉浜路，占地面积广达七公顷。公园内将呈现老上海的“地貌风情”，有“黄浦江”；有“老城厢”；有“石库门”；还有“渔村磨坊”等等。当然，这些富有忆旧情趣的创意,能否让游客从那些人工开挖的汇金湖、从沿湖架设的观景长桥以及沉降式的青砖花圃中看出名堂,那就不一定了。看得懂,好。看不懂,也好。设计本身就是一门艺术,艺术家总是要顽强地表现自己,唯有如此,方无雷同。

徐家汇公园二期工程完成之后,在公园东北角,即面向衡山宾馆("老上海"称这法式大楼为毕卡第公寓)的出入口,新建了一座喷水池。这喷水池是法国雕塑大师贝尔纳德的作品,名为《希望之泉》。在水池中的一排喷头后面,是高九米宽六米的一株大树。不锈钢的材质增添了树干枝叶的厚实和坚挺。在喷泉劲涌,水花飞溅的湿润下,它更显蓬勃生长的活力。对《希望之泉》,我的理解,仅限于此了。算是看懂了一些吧,可是在这座喷泉揭幕那天,也就是徐家汇公园二期工程竣工,正式开放的同一天,热闹的庆祝活动,有些节目我就说不出一点道道了。

那是在 2005 年 5 月 16 日的上午,春风和煦,气候宜人。公园东侧的宛平路上早已布置完毕,只见两旁行道树上悬红挂绿,各式彩灯、字谜以及中法两国文字的祝贺字卡,挂得满满当当。路边,却是一只挨一只的空油桶。这些油桶黑乎乎甚至脏兮兮的,出现在布置得光鲜亮丽的行道树旁,确实有点"煞风景",让我费解。聚集在路边,等候庆典开始的周围居民及行人看到那一只只半人高的空油桶,也是与我一样,感到好奇,不知它派什么用场。

就在人们交头接耳地议论间,忽地就冒出了几十个法国人来。说他们是"冒"出来的,并不夸张,确是一骨碌就蹦出来了。原来,他们刚才是躲在那《希望之泉》后面的,茂密的"枝叶"遮挡了他们的身影,兀地一下就突然出现在众人面前了。更让人们感到意外的是这群法国朋友，不，应该称他们为行为艺术家，带来的表演真是太随意太浪漫了！

你看，他们一个个脸涂油彩，衣服也长长短短，抹上花花绿绿的颜料。似乎唱着什么歌曲，但各人各调，乱哄哄闹嚷嚷的。不一会，就见到最前边的那个又高又帅的小伙子，掏出打火机点着一支火炬，高高举起，领着一帮同伴开始奔跑。而那些同伴，则一个个推倒路边的柏油桶。柏油桶一个挨一个地滚动起来，整个宛平路上顿然发出“隆隆”之声。随着油桶滚动，那些个法国朋友随心所欲地做着各种不同的表演，有的跳上油桶，像杂技演员那样“踩球”，一边踩一边往前滚行；有的手推脚蹬，努力保持着油桶方向，不使它东偏西歪；有的则干脆把油桶搬将起来，高高举起，憋着一股劲儿往前冲。一个个就像短跑比赛的运动员一般，奔啊跑的，就这样坚持着，一直向南，跑到百米之外的肇嘉浜路，这才“嗵嗵嗵”地搁下油桶，再高声唱着喊着，往回奔跑……

奔着奔着，一个满脸油彩，像魔术团里的“小丑”似的年轻人，陡然抱起一个站在路边看闹猛的姑娘。“噌”的一下，那吓得哇哇大叫的姑娘已被他扔到肩上，就像扛着一根木桩，他一边向前奔，一边在两个肩膀上轻巧地将那姑娘倒来倒去，一直奔到喷泉边上，才将那姑娘放到地上。这时，那被吓得脸色煞白的姑娘才气喘吁吁地平定下来，刚才那一付惊吓也变成了开心的笑容。

这个姑娘，就是我们宛平小区的里弄干部小虞。那天，她正在这里担任维持秩序的纠察，想不到成了这次活动的“活道具”。

新建的徐家汇公园，为百年徐家汇增添了亮丽色彩。她那敞开式的大片绿地、开阔的汇金湖以及在湖中悠闲浮水的黑天鹅、争相啄食的锦鲤鱼，还有健身场、儿童乐园……无时不在吸引着人们。我们一家，更是公园常客，年复一年，一家人与她结下了不解之缘。

2000年11月12日、2007年10月7日，我女儿女婿、儿子儿媳先后在公园近旁的青松城、宛平宾馆举办了婚礼。儿子祥祥还在离我住处“一碗汤距离”的公寓楼安了家。两个孙女也先后诞生在徐家汇公园西侧的国际和平妇幼保健院。两个娃娃还在襁褓之中，就由着长辈怀抱车推，在徐家汇公园享受清新的空气、温暖的阳光……

有一阵，我家老小几乎天天都要到公园里，在磨盘广场上走一走，在湖边凉亭里坐一坐。我和老伴欣喜地看着一天天长高的孙女，在草地上学步、奔跑、追逐……尤其是在傍晚时分，看着她们张开手臂，扑向下班后也到公园里来走一走的她俩的孃孃和姑父，心中更有温馨之感。姑父这时的动作，常常是一手抱住一个娃娃，亲亲这个，又亲亲那个，或是轮流抱起来高高举过头。两个娃娃则咯咯笑个不停，在夕阳的映照下，孩子们的脸蛋格外红润，还不时引来旁人羡慕的目光和亲切的笑意。

在这座公园的中轴北端，有一座假三层小洋房，现在被人称为小红楼。这小红楼曾是上世纪二十年代蜚声中国乐坛的百代唱片公司录音室。金嗓子周璇、王人美、黎明晖、胡蝶等名角先后在这里留下她们的歌声。聂耳、任光等作曲家曾多次在这里录制他们的作品，《义勇军进行曲》第一次灌制唱片，也是在这小红楼中完成。小红楼，有着太多的回忆，太多的骄傲。

小红楼西侧有条林荫小道，则是我家老小经常席地野餐的地方。有一次我们在此野餐，竟有两只灰野鸽缓缓降落下来和我们一起“共餐”，宛然就是熟识我们的老朋友。

小红楼再往北，间隔不过四五十米、与之相对的衡山电影院，是新中国成立后上海建造的第一家电影院。2014 年 6 月，我大孙女幼儿园毕业典礼，就在这里举行。那天，一个个活泼可爱的孩子和他们的家长，个个兴高采烈。按照市立幼儿园传统，男穿西装，女着旗袍，欢快又郑重地走过红地毯，步入衡山电影院中央大厅。毕业典礼中有个感人节目：全体毕业生上台献歌《老师老师再见了》。这个大合唱竟然有三个小指挥！原来这节目是由三个班级的小朋友一起演唱，在分头排练时，每班都有一个指挥，原来打算正式演出时再选出一人，但看来看去，三个都很棒，老师就确定由三个小指挥同时上台，左边、中间、右边各一个。其中一位，就是我的大孙女兜兜。我坐在台下，听着孩子们动情的演唱，看着孙女那有力挥动的手势、那随着节奏而弯曲俯仰的背影，竟然有点情绪失控，眼眶湿润起来……

长达两三个小时的毕业典礼，终于在主持人深情的祝福和久久的掌声中降下帷幕，一次次的合影之后，师生分手的时刻终于到来。我携着孙女的小手，依依不舍地和老师道别，离开了衡山电影院，踏上绿荫篰地的衡山路。路边，那一株株粗大的悬铃木，还有那一家家的酒吧、咖啡店……那天的衡山路，衡山路旁的徐家汇公园，似乎比平日里更加的美丽，更加的迷人。

我曾两次去过法国。在巴黎，也曾徜徉在著名的香榭丽舍大街。有次同我女婿一起坐在这条大街旁一家著名的咖啡馆，一边品味法式茶点，一边在想，不是有人把上海的衡山路比作眼前这条香榭大街吗？不过，我还是觉得我家旁边的衡山路更入眼，就那座衡山路旁的徐家汇公园吧，树木那么多，草地那么绿，香榭大街比不上，巴黎似乎也比不上。可能是我走得不远，见得不多。至少在协和广场，在蒙马特高地，甚至在埃菲尔铁塔四周，那些个著名景点，也都有着一块块的绿地，但如同徐家汇公园那样的广阔那样的茂盛，我看是没有！

前几天，徐家汇公园又传出了挖掘机械的隆隆声，施工铭牌上表明：沿园一周，要铺上绿色的健身步道。又是一桩好事！眼下的嘈杂过后，徐家汇公园肯定会更加迷人。

4. 拍摄影片《东港谍影》的日子里

《东港谍影》是一部反特电影故事片。

1974年春季，我参加了上海市公安局政治部创作组，与周云发、牟怀珂、李春茂及沈霞等人共同创作了长篇小说《斗熊》。后来，由上海电影制片厂孟森辉和我执笔，改编成反特电影剧本《东港谍影》。审查通过后，上海电影制片厂决定投入拍摄，争取在两年内完成摄制，与观众见面，以进一步贯彻文化部"繁荣文艺创作，不要再让群众看到的只是几个样板戏"的指示精神。他们希望这个计划能够得到上海市公安局的支持配合。市局对此意见很重视，认为上海电影制片厂要拍一部反特片，也是对我们公安工作的支持，我们完全应该积极配合，努力争取把这项工作搞好。过不几天，政治部又指派我以一名公安人员和编剧的双重身份，参加摄制组，协助影片的拍摄工作。这以后一年左右的摄制过程，让我这个干公安的机关工作人员有了一段特殊的"从影"经历，也在我的脑海中留下了许多深刻难忘的记忆。

分镜头剧本完成后，经过紧张筹备，1977年8月25日下午，摄制组全班人马，浩浩荡荡开赴大连。这是按照导演沈耀庭和制片主任金兆元的决定，抓紧季节先拍外景的第一次全组人员大出动。

这真是一个载着希望载着幸福的航行！

浩瀚的大海一望无垠，载满旅客的“长锦”号客轮破浪北上。海风徐来，凉爽宜人，登轮前的溽热一扫而尽，大家的心情也像这舒适的环境一样，真是好啊！我注意到他们一个个都像过节似的，人人脸上都是挂着笑意。能不高兴吗？“四人帮”倒台了，许多长期受压制、被打入冷宫的电影工作者终于重返他们热爱的岗位，开始在水银灯下进行崭新的艺术创作，开始追回失去的年华。这对他们来说，无疑是得到了第二次生命。我清楚地看到，将在影片中担任主要角色的电影演员朱曼芳、向梅、尤嘉，还有深受观众喜爱的高博、中叔皇、于飞等老一辈著名演员，他们有的在船舱里，有的在甲板上，三三两两兴奋地交谈着；而在著名化妆师倪亦非的客舱里，则已早早地摆开了“筵席”，平时喜欢喝几杯的沈导演等几个人，上船后不一会就兴致浓浓地聚在了一起，他们拿出各自从家里带来的酒和熟菜，欢快的笑声不时从他们中间迸发出来……

忽然，胖胖的剧务周福堂挤进门来紧急通知：“大家注意了，晚饭后要开联欢会。”他还叮嘱谁谁谁赶快准备小节目。周福堂一边通知一边也“抱怨”说这临时的安排实在是太急促了，但这是船上的客运部杜主任诚恳的要求。原来有许多旅客发现船上来了不少电影演员，觉得很开心，热情的杜主任更是灵机一动，顿然就冒出个活跃航行生活的主意，于是就提议让电影演员与“长锦”号船员一起开一次联欢晚会，好让旅客们在大海上度过一个愉快的夜晚。

果然是一群经验丰富的演员，这样的任务再急也难不倒他们。女声小合唱很快就抢排了出来。于飞和周嘉麟也即兴创作，现编现演，来了一个相声小品。达式常的朗诵更是赢得了热烈的掌声。而最使我难忘的一个节目，还是一个男声独唱：《怀念周总理》。

唱歌的小伙子是“长锦”号上的一名生火，大概是刚从机房大炉旁上来，粘着黑黑煤屑的工作服还没来得及换去，然而他的嗓门一亮，歌声一下子就把全场观众的心紧紧抓住了——

仰望闪闪的巨星
凝视常青的劲松
敬爱的周总理
我们无限怀念您
日日夜夜把您赞颂
您把毕生精力献给革命斗争
您把全部智慧献给人民大众
……

小伙子唱得太好了，不仅嗓音清亮，而且十分十分的投入，简直就是用心儿在唱，太深情了！以致他唱完之后，沉浸在歌声中的人们好一阵才回过神来，如山洪暴发一般，掌声轰然响起。这掌声却让小伙子脸红起来，只见他朝大家匆匆鞠了个躬，身子一闪就离去了。

唱啊跳啊，节目一个接着一个，直到深夜时分，欢声笑语才渐断平静下来，奇怪的是那个小伙子清亮纯情的歌声仍然在我耳边回响，一遍又一遍地回响……人们陆续回舱休息了，我却毫无睡意，登上甲板，凭栏远眺，只见海空如墨，群星闪烁，冰轮似银，分外耀眼。看着看着，头脑里竟也冒出一段打油诗来，事过快三十年了，还记得那打油诗的前头几句：

海上生明月
人间扬清风
九州齐拨乱
百业竞日红
自当勤努力
责任记心胸
……

后面好像还有几句什么的，可现在想不起来了。

写剧本辛苦，剧本变拷贝更辛苦——这可以说是我参加《东港谍影》拍摄组工作后耳闻目睹的真切感受。

外景的第一个镜头是一个小特务假装醉酒骑车摔下路边小沟，以掩护"老狐狸"盗窃情报。为求最佳效果，扮小特务的演员周嘉麟连拍了三次，反反复复从车上摔倒再滚下坑坑洼洼的沟坡。这镜头在银幕上就那么一两分钟的长度，拍摄时竟苦苦折腾了一个多小时，周嘉麟尽管穿上了防护背心，前胸后背还是摔滚得青一块紫一块。围观拍戏的路人，见状纷纷惊叹道："电影要这样拍啊，玩命！"

大连是个美丽的城市，但也是个生活艰苦的城市，这当然是指 1977 年我们拍外景时候的大连。计划经济的年代，物资供应实在太差了。前后拍了四十来天，几乎每天的菜肴不出四大样——白菜炖粉条，白菜闷豆腐，海带炒土豆，再加一盆黄豆片儿汤。这汤可有意思了，清澈见底，粒粒黄豆一目了然，难得见到漂着三两片刀功极好切得极薄的肉片，难怪它起了个挺好听的名——黄豆片儿汤。有的演员很俏皮，看到这汤就开玩笑地问，片儿呢片儿呢？没片儿嘛，原来是“骗儿汤”。

这样的清苦日子一直持续了一个来月，国庆节快到了，大家心想过节一定会改善改善伙食吧，说真的，连我这个对饮食并不怎么挑剔的人，天天吃着那“四大样”，也觉得没劲，也盼望国庆节能吃上一块油腻腻的大肉，或是两块酱红酱红的熏鱼。结果呢，希望全空，饭厅的餐桌上出现的还是那“四大样”。

尽管物质生活很贫乏，尽管也有人说说俏皮话，但干起工作来个个都是好样的。那年头，好像还没有发掘“时间就是金钱”“效率就是生命”这类高度概括、非常精辟、简直是掏心掏肺的词句，但《东港谍影》摄制组的同志们，为了拍好一部反特电影，不辞劳苦，实心眼儿地干，真是难为他们了！

有一场“老狐狸”雨夜上山密取情报的戏，只听得导演一声“开始”，简直就像变戏法似的顿时山风呼啸大雨滂沱，刚才还好端端的天气，怎就突然变脸了？原来是借调来的两台消防车和鼓风机应声而动，同时发威。这时，扮演“老狐狸”的高博在“狂风暴雨”中上山了。高博真是个好演员！他已年近六旬，那几天还肠胃不适，但他更清楚地知道，好不容易才借到消防车鼓风机，不能因为自己的一点小病而影响拍摄安排。他抱病上阵，一场戏还没拍完已浑身湿透。停机后，我赶紧上前扶他下山，一挽他的手臂,冰凉。刹那间,我克制不住了,两汪热泪在眼窝中涌动起来。

国庆节过后不几天,一次拍戏时曾发生一场严重的车祸。

那天拍的镜头是四名侦察员为拦截越境逃跑的某国间谍,因此飞快地驾车追赶。开车的侦察员由达式常扮演。正式开拍了,他就驾驶着一辆事先已经发动的上海牌轿车冲了出去。可是,车轮下的这条路并非一条坦然大道,而是左临大海右傍山坡的石子路,更要命的是这条山路还有个往下倾斜的坡度,下不多远就沿着山势绕到山后去了。可能达式常开车是个新手,也可能是这条路太斜太滑,只见那车越来越快,冲出一百米不到的光景,陡然擦上山崖。当时,我就站在车后的摄影机旁,清楚地看到那车身整个往右一掀,随即左边的两个车轮腾空翘了起来,再重重往下一顿,抖晃了几下停住不动了。"不好了不好了!"全神拍摄的老机师陈震祥首先惊呼,我和沈导演、场记金兆渠等人赶紧冲了过去,还没奔到车边,又见撞山腾起的烟灰中,扮演侦察员老杨的演员王定华从左侧车门钻了出来。天哪,他满脸的鲜血直往下流,染上白色的警服,在海边炫目的阳光下极为刺眼。事后知道是由于撞山后车身猛颠,他头顶撞上车顶而造成头皮绽裂。达式常的双膝、毛永明的下颌都受了伤,扮演女侦察员的尤嘉伤得更重,显然是她坐在副驾驶的位置,与道旁的山石靠得最近的缘故,猛烈的震动使她当场就昏迷过去。

四名伤员迅即被送进大连铁道医院,大家心情焦急地等候在急诊室门外,平日里总是笑笑闹闹的人们一下成了一群沉默的人,那分分秒秒,都紧紧牵动着大家的神经。

初步的检查结果终于出来了,医生说尤嘉主要伤势为右臂上下两段开放性骨折，还有轻微脑震荡，必须要经三个月的治疗休养方可康复。其他三人虽是外伤，但都伤得不轻，全都要住院治疗，并进一步观察，以防还有其他意外。这一说，大伙悬着的心才稍微放了下来。

这时，已是晚上 7 点 45 分，我顾不得吃饭，通过长途电话向上海市公安局政治部报告了这场意外及伤员情况。市局领导对此非常重视，第二天上午，屈成仁副局长等领导就亲往上海电影制片厂，请即将专程前往大连察访的上影厂党委书记丁一同志转达市公安局向受伤演员的亲切问候。政治部还电话指示我，一定要配合好摄制组做好受伤同志的医疗和下一步工作，如有困难，可以用上海市局政治部名义，请当地公安部门协助解决。

由于四名主要演员负伤，拍摄安排作了调整，先将其他演员的戏提到前面一一拍摄。这段时间里让四名伤员好好疗养。可是过不了多久，这几个人还未伤愈，就一个个重返岗位，准备转赴南宁补拍外景。就连伤情最重的尤嘉也把医生的叮嘱丢到脑后，仅仅在家待了一个来月就回到了她的岗位。归队那天，她几分神秘地悄悄告诉我，说她的旅行包里带了个铁家伙！我不明其意，她笑着说是哑铃，并要我帮她强化训练恢复臂力。有这样急急忙忙不讲科学的吗？伤筋动骨 100 天呢！尤嘉说不去管它了。达式常、王定华、毛永明也全都说自己身体已好了。在他们的心目中，早日拍好《东港谍影》这部电影才是最最重要的事情！

反特电影故事片《东港谍影》融合了编导演音美等多方面的创造性劳动，也包含了许许多多不见名传的剧组成员的默默奉献，还离不开热心群众的积极支持。

影片中有这样一场戏：完成了接头任务的特务沙林，得意洋洋地“扬招打的”。准备远走高飞。出租车开了一阵后停下：“到了，下车吧！”沙林一看大惊，原来这里是公安局！这时女司机一回头，观众才看清她的脸，原来是尤嘉扮演的女侦察员。

这场戏是在旅顺口拍的，出租车开得稳稳当当，但生活中的尤嘉并不会开车，怎么办呢？副导演王大卫连忙到当地公交公司求助。公司负责人一听是上影厂来拍反特片，当即表示支持，并按大卫的要求找来了一个年轻的女司机。大卫一看乐了，她的个头，背影同尤嘉还真像呢，可麻烦的是她梳着两根又粗又黑的大辫子。女司机明白了王导演一忽儿乐一忽儿愁的原委，立即就表示可把辫子铰掉，她还说干就干，漂亮的大辫子三下两下就变成了齐耳短发。有了这样一个替身，戏自然就拍得很顺利。可事后才知道，在当地这可不是闹着玩的，那里的姑娘剪了短发就是表明她有了婆家。这、这怎办呢？摄制组只好表示道歉了，然而那姑娘泰然地一笑，连说没关系没关系，能为拍电影当一回群众演员不也挺好的嘛。

类似这样的群众支持，帮助排戏拍戏的例子很多很多。让我感动，让我难忘，让我越发明白了一个朴素而深刻的道理，干啥事都离不开群众。最真诚最强大的动力在哪里呀？就在咱们不起眼的老百姓身上。

特殊的“从影”经历使我开阔了眼界，受到了教育，还使我与许多真正的电影人结下了深厚的友谊。

我永远不会忘记与导演沈耀庭在一起的日日夜夜。有好几次我听到他说过这样的话：电影是个艺术作品，每一个镜头都要成为美的画面。他又说。戏是拍给现众看的，如果今天我偷工减料拍一个镜头，马马虎虎原谅了自己，明天观众则绝对不会原谅我。他更赞赏意大利导演安东尼奥尼的一句话“我将抱着摄影机死去”。他的这些话对我很有触动，因为我更了解他说这些决非为了表白自己有多高深有多文雅，而真的是出自内心。你看他呀，工作起来就像个疯子，香烟烧到手指头了还浑然不觉。有一阵天老是阴沉沉的不能拍戏，我和他无奈地在住处门口散步，地上铺的明明是一块块六角形的水泥砖，他却对我说老像是看见一圈圈光斑。你看他拍戏都拍傻了，他就这副样子！耳濡目染吧，从他的身上，我学到了不少东西。《东港谍影》完成后，我同他又合作写了一部表现工读学校学生奋发转变的电影剧本《心灵的火花》，1982 年浙江电影厂拍完公映后，受到了团中央和全国妇联的赞扬。

原载《东方剑》2007 年第五期

5. 可爱的上影人

1978年11月的某一天,远在广西南宁拍摄外景的上影厂《东港谍影》摄制组,因天不作美,原来安排的室外戏拍不成了,制片主任金兆元便临时安排了一场活动,到离住地邕江宾馆不远的一家棉纺厂参观。

这家棉纺厂是上海支援广西的一个中型企业,几个厂领导和不少老师傅都是随厂一起过去的"老上海"。他们得知上影厂的一批演员要来厂参观,顿时欢呼雀跃,非常开心。载着剧组一行三十余人的大巴一进厂门,我就看到不少职工跑出车间,热情地迎向大巴。未等我们下车,就听到有人惊喜地呼叫:

"达式常! 达式常!"

"那是向梅,向梅来了,向梅来了……"

"哦! 尤嘉……《蚕花姑娘》里的尤嘉……还有于飞,于飞……大坏蛋于飞!"

一个个电影明星,以前只是在银幕上见过的,现在,就活生生地出现在眼面前,而且都是从上海,从自己的故乡来的电影明星,也算上是"乡亲"的缘分,大家真是分外的兴奋。车上的人呢,个个也是笑容可掬,尤其是被认出来被喊到姓名的几个明星，不高不低极有风度地摆动手臂，那亲切的笑容真像是看到了久别的亲人一般。

接下来的参观，几乎是被热情的师傅们簇拥着进行的。当然，被簇拥着的是电影演员，剧组的其他人反倒轻松自在了许多。

工厂并不大，我与几个剧务、照明师傅渐渐离开了人群，再忽东忽西地浏览一番，不一会便返回到大巴旁边，估计没多久也就参观结束了。

可是，左等右等，那拨演员还是没过来。

“犯关犯关!”剧务师周福棠忽然冒出话了，“参观变围观哉!”

周福棠是个老宁波，平时讲话，改不了浓重的方言土语。“犯关犯关”，就是“糟糕糟糕”的意思。他长得五大三粗，又胖又黑，名又含“福”，外号就叫“大阿福”了。

接着周福棠的话音，又有人学着他的声调:“犯关犯关，左联的同志被包围哉!”

这一说，众人被惹笑起来，我也憋不住，跟着嘻嘻哈哈。说真的，拍《东港谍影》的那些日子，成天与这一群快乐的人们泡在一起，我也变得“油滑”起来。

哈哈，左联的同志!

“左联的同志”? 什么意思?

当然不会是上世纪三十年代的“左翼作家联盟”了。刚到摄制组那会儿，我第一次听到“左联”也莫名其妙。可没多久就知道了，原来这是对几个普通话不太标准的演员的戏称，称他们(她们)为“左嗓子联合会”，简称为“左联”。

上影厂的一帮人哪，真会起绰号！

作为电影演员，标准的普通话可说是最重要不过的基本功了，在这方面，受到戏谑，遇到谁都会感到尴尬，都会不高兴吧。但上影人很可爱，他们，尤其是她们，几个银幕上颇为出众的女演员，并不因此而恼火，再火也就是嘴一撇眼一瞪，再用对方的绰号反击过去。过后呢则是细细捉摸自己的吐字发音，一字一句、一板一眼，都认真加以推敲，以便在影片中达到最大的完美。

围观电影演员的插曲，还发生在南宁体育馆。那天晚上，我们也是集体活动，到南宁体育馆，观摩文革后复出的著名演员黄婉秋主演的《刘三姐》。幕间休息时，有人发现了达式常、向梅，火热的围观场面也很快出现……

说到这里，不由得使我想起了毕克。

毕克是上海电影译制片厂的著名演员。他那饱满、磁性而又十分宽厚的嗓音，吸引了无数的观众。

1983 年 9 月，杨浦公安分局在全市公安系统中率先举办了公安书画摄影艺术展。由于书画摄影及编结根雕等作品丰富、精美，艺术展十分成功。展后由我以此为内容，编写了专题片《那是一片橄榄绿》。解说就请毕克先生担当。

配录解说词是在位于车站南路的市公安局七处，也就是预审处进行的。预审处是专门审讯犯罪嫌疑人的特殊场所，为什么要到这地方去录音呢？因为在那时候，高质量的，达到广播级的录音设备甚为稀缺，译制厂的录音室任务忙，一时排不出空档。市公安局文工团召集人丁文贤忽然想到了预审处，就出了这么个主意。于是，由我陪同毕克，还带着我初中刚毕业的女儿芸芸，一起驱车来到了警戒森严的预审处，进行一场特殊的录音。

专题片《那是一片橄榄绿》并不很长。从头至尾就四十来分钟吧，需要解说的部分也就更短了。但毕克真是认真啊，他配了一遍又一遍，录了删，删了录，他侧耳细听，反复比较，直到傍晚六时许，整整干了五个多小时！尤其使我不能忘记的是，有句台词中有个“合”字，在句子里该念成 he 呢还是 huo？对这个一字多音的“合”字，毕克反复捉摸，甚至问我、问我女儿该发什么音。最后还是打开一本随身携带的小词典，查明了准确的出处，才放下心来。

毕克老师富有感染力的解说，使专题片大为增色。专题片受到了公安部表扬，一度还成为对外警务交流的宣传片及赠送礼品。

像毕克老师这样对艺术创作一丝不苟的电影人，在《东港谍影》摄制组，也是不乏其人。工作之余，他们常常插科打诨，调侃搞笑。一旦进入片场，状态就完全不一样了，严谨、苛刻，视拍摄质量为第一需要。

他们对待工作，满怀激情。对待同事，也很热心。我在剧组虽然时间不长，但那些日子的许多往事，久久不忘，就像是在一个大家庭，感受到互相关爱的温馨。

陈震祥先生是位德高望重的摄影师，被人尊称为“老机师”。他拍摄了许多深受观众喜爱的电影作品。《舞台姐妹》、越剧《红楼梦》就是其中之一二。我们第一次出外景到大连，我因水土不服，食欲不振。老机师与我同桌吃饭，他一眼就看出我的毛病，关心地问这问那，饭后还拿出他随带的“食母生”送到我的房间来。说来那“食母生”还真灵验，几片下肚，就感到肠胃舒服了，排解也通畅了，整个人就变得精神起来。

在大连拍戏，我们住在市中心一个圆形广场一侧的中山宾馆。这幢三层楼高的四方形建筑，听说很早以前曾经是德国领事馆的商务楼。门厅高敞，石基坚固。在它的左右两边，则是式样各不相同的建筑，虽然高低不一，大小不等，但环绕广场，布局和谐。空余时间，我常常站在宾馆门前放眼四望，或围绕广场边走边看，总觉得这儿走走看看，心头就有一种愉悦的感觉。直到有一次，向梅给我上了一课，才使我看懂了一些门道。

那是在一天清晨，旭日东升，霞光初照，广场四周的建筑，迎着朝阳，显得分外壮观。趁着早餐前的间隙，我同向梅，还有朱曼芳、尤嘉、洪融等人走出宾馆，在广场上舒臂踢腿，随意遛跶。不一会，我又举目四望。大概是向梅看出我对四周的建筑颇感兴趣的样子，便为我一一介绍，“这幢大楼是罗马式的，它的特点是有几根粗圆的大立柱，支撑的力度感很强。左边那座，你看它有大平面的斜顶，那是西班牙式的别墅风格……那尖尖高高的，是典型的哥特式建筑，西欧很多天主教堂就是这种样子……”

向梅慢声细语，缓缓道来，一如她含蓄内向的性格。说得我连连点头，心里不禁暗暗诧然，向梅怎么会对建筑如此熟悉呢？就在这时，听得朱曼芳一旁称赞：“向梅到底是大学里学建筑的，专业！”

“都还给老师了……”向梅谦谦一笑，“不过，大连这地方，也同上海一样，可称是个建筑博物馆呢！”

说完，她嘴角一翘，微微一笑。在朝阳映照下，愈显端庄，愈显美丽。

著名演员中叔皇，在《东港谍影》中扮演东港市公安局局长，戏份不多，但十分认真，举手投足，处处到位。所以拍他的镜头，常常是一次过，极少再拍“二条”。导演沈耀庭和老机师陈震祥对这位大演员的演技都是十分佩服。

中叔皇演技高超，待人也非常谦和，丝毫没有大明星的架子。

大连外景拍完后，我随剧组一起回到上海，有一回患了重感冒，一连三天没有到剧组了。中叔皇得知，竟然买了水果来我家上门探望。不巧我正好到医院去了，家中无人，叔皇空跑一趟，便将水果请邻居黄老太转交。等我从医院一回到家，年近九旬的黄老太便不无惊讶地伸展手臂，比划着对我说：“小陈，有个人来看侬……长一码大一码，像牌门板一样哦！”

那时候，我家住在靠近中山南二路的宛南六村，弯弯绕绕的，不知中叔皇是怎么摸上门来的。不好找哦！

多才多艺的于飞，在影片中常常是以反面形象出现在观众面前。一忽是恶霸打手，一忽是帮派老大，诡计多端，凶残恶煞的表演，可谓出神入化。还真让不少人觉得于飞一定是个性情暴扈的大坏蛋。在《东港谍影》中，他同样是饰演反派，扮演一个潜入东港造船厂、以“专家”身份掩饰的间谍杨斯基，而且是一个高鼻子红头发的外国间谍，形神并具，惟妙惟肖。

可是，在生活中，于飞却是一个非常非常和蔼的好人。

曾经发生过这么一件让我哭笑不得的事情。

事情缘起于剧组中的一个青年演员毛永明。毛永明生性活泼，好开玩笑。一双乌溜溜的大眼睛，不时扑闪着邪乎乎的目光。在《东港谍影》中，他扮演一个年轻的侦察员，与于飞扮演的间谍是对手戏。两人接触多，他拿于飞开玩笑也习以为常，有时玩笑开得有点过分，甚至“出格”。而于飞总是笑吟吟的，不愠不怒，好一付耐性，真让我佩服。

那天，毛永明又来了兴致，笑眯眯地对于飞说：“我们剧组里，有两个斯基，一个斯基是好人，就是格楞斯基，常常给我们发点加班费（剧组里有个财务人员盛宗昌，因口吃结巴，上海人称“打格楞”，他的外号就成了格楞斯基），还有一个是大坏蛋，就是你杨斯基，一门心思要窃取我国的军工情报……来，练习练习上手铐……”毛永明说着说着，狡诘地一笑。

于飞不明其意，还真的以为是练练戏中被捕的动作呢。于是很认真地伸出手臂，让毛永明反铐了双手。

接下来，于飞可受罪了。毛永明这小捣蛋迟迟不将手铐打开，后来，于飞内急了，毛永明仍不开锁，还装作四处找钥匙，硬是让于飞憋得双脚跳……最后，还拖着于飞来到我的房间，让我拿出一把备用的手铐钥匙……这玩笑开得出格吧，可于飞自始至终没上火。生活中的于飞，与电影中的于飞，判若两人！

还有一件事，让我感动让我难忘。

那是在 1986 年 7 月的一天，当时我在上海公安干修班，经过两年脱产学习，毕业了。毕业典礼之后要安排一场文艺演出。筹备节目时，我打电话给于飞想请他演个相声，他当即应允，二话不说，还联系了他的老搭档于振寰。演出那天，冒着高温，一起来到西郊哈密路公安专科学校，为我们作了精彩表演。第二天，我登门送上演出费，不料被于飞“怒斥”了一顿：“侬想得出，老朋友了，还要啥演出费！”

于飞为业求精，为人坦诚。于飞是我的良师益友！

在《东港谍影》剧组工作的日子里，我有幸结识了许多可爱的上影朋友，而导演沈耀庭是我接触最多最密切的一位。沈耀庭的故事，当然就更多更多了，这里就暂且不说了。

6. 我与导演沈耀庭

大凡与一个熟识的人交往深了，相处就会随便起来，“相敬如宾”“彬彬有礼”那些套数也自会省略不少。

沈耀庭与我，就是这样。

沈耀庭是上海电影制片厂的一名导演，我是公安机关的一个警察，行业一点也不搭界，工作更是没有共同之处，但我们是朋友，交往颇深互相熟识的朋友。

先说两件小事吧。

1979 年 5 月前后，我同耀庭一起在杭州，为浙江电影制片厂即将拍摄的故事片作最后的剧本润饰。这部故事片片名《心灵的火花》，说的是一个“问题少年”，在工读学校老师耐心教育下悔悟转变的故事。在《东港谍影》拍摄停机，影片送审之际，我与耀庭又一次合作，编写了这个剧本，剧本发表后，吸引了新建不久的浙江电影厂，决定把它作为浙影厂的第一部故事片来拍，导演就由沈耀庭担任。

浙影厂为了让我们定下心来润饰剧本，特地为我们安排了幽静的住宿环境，就是只对内部开放的杭州市委第二招待所。

二招位于杭州著名的风景胜地柳浪闻莺，环境真是没话说了。二招又是一座漂亮的花园洋房，前门对着南山路，后门一出就是西湖。整个招待所也就是上下两层五六间客房。听服务员说，这洋房以前是蒋经国的公馆。解放前，当地人常常见到有部吉普车进出，有时车上还坐着一个外国女郎。现在想来，那人大概就是蒋经国从苏联带回的洋太太蒋方良了。

二招条件很好，一日三餐也可以预订，但价钱贵，耀庭觉得不合算。我俩在二招前后住宿有半个多月，早餐基本上都到前门对面的一条小路上解决。那里有家挨着菜场的小吃店，面点米粥，花样不少，价钱便宜多了。尤其是那实打实的一大碗猪油渣面，只要花个一角二分钱，就能吃得饱饱。它几乎成了耀庭的最爱。黄澄澄油光光的猪油渣，耀庭每次都吃得一点不剩。他见我不大爱吃，索性将筷子插到我的碗里，一块块地捞了过去，津津有味嚼个不停。那付“爱不释手”的吃相，哪像是一个拍电影的导演？在我面前，他就这么随随便便。

还有一件小事，也足以可见，耀庭在我的面前，是如何的不拘小节。

在编写《心灵的火花》这个剧本时，市公安局政治部给予了很大关注，特地在福州路总局北部三楼，腾出一间办公室，给我俩使用。搞创作的日子里，少不了有客人来访。这时耀庭会拿出好烟招待。等客人离去，耀庭就会抽过一张报纸撕下一条边边，再将那些扔进烟缸的香烟屁股一只只剥开，往纸条上拢起一点点的烟丝，三弄两弄就卷成一支“香烟”，美滋滋地抽了起来。

耀庭抽烟的姿势也很独到。就连抽那种他自制的喇叭烟，也不例外。他先“哧”地一声划着火柴，点着的火柴赶紧移开。

离叼在嘴上的香烟至少有尺把远，待那火柴旺旺地烧了一会，再移到嘴边点上香烟。他很内行地向我解释说："香烟最有味的，就是第一口。自来火一划马上点香烟，那就糟了。吸到的不是香烟味而是火柴味，这第一口就享受不到了。"

我提起这两件小事，对耀庭决无贬意的。恰恰相反，倒是让我看到了他的"实在""直爽"，看到了一个男子汉的真性情。

耀庭与我交往随便了，合作写剧本也就放松了，有什么设想，有什么顾虑，都能畅所欲言，一吐而尽。

搞创作如此，拉家常扯闲话，也是如此。我有一女一子，耀庭也是一个女儿一个儿子。他常说我女儿"嗲兮兮，嗲兮兮的"，说我与侯彩英对宝贝囡太娇惯了。他说他们两口子就不是这样。有一次儿子要个什么，姐姐不让，他就哭着向妈妈求援，一旁的耀庭竟然用力将儿子拉开，大声说："去抢，抢不过就打，跟姐姐对打！"我怀疑他这样教育孩子的方法有问题，也怀疑他那当老师的妻子会同意他这样教育子女？耀庭则不以为然地对我说："我儿子从小性格软弱，老实头，以后到社会上要吃亏！"言下之意，他这样做完全是因人施教了。

其实，耀庭和他太太程老师，是非常宝贝小红、小峰两个孩子的，只是他们采取了与众不同的教育方式，潜藏的可是真切的爱。这种深远的、粗中有细的关切，也深深影响了两个孩子。

耀庭还告诉我这样一件事，好让我感动。

有一次，是放暑假的时候，耀庭感冒咳嗽，上班时忘了带止咳药水。刚上四年级的小峰竟会拿起药水瓶，给爸送去。那时他家住在靠近外滩的四川南路，上影厂在徐家汇，这一头东一头西的相隔有十几站路，小峰又不认识，只知道上影厂在42路终点站。他竟然硬是认住42路公交车的路线，一路地跟着跑，那么个大热天，那么个远的路，那么个小小的年纪……当正在摄影棚里忙着的沈耀庭，忽然接到门卫打来的电话，赶紧来到厂门口，远远地见到儿子手举药水瓶，大声喊道："爸爸，咳嗽药水……"眨眼间，耀庭难抑激动，立即就去厂边小卖部，给儿子买了根棒冰。

这样的故事，如果拍进电影，我想也会很感人。不过，要我与老伴像耀庭那样教育子女，也做不到。这恐怕与耀庭当过兵，性格中有比常人更多的刚强有关吧。

当过兵，不仅影响了耀庭的性格，也促成他当上一名颇有成就的电影导演。

耀庭曾经直言不讳地告诉我，他底子薄，文化程度不高。当兵以前也没有什么好工作，摆过小摊头修过脚踏车，充其量也就是一个中学程度的社会青年。真要感谢部队！他入伍后当了个放电影的"放映兵"，成年累月不停地跑连队下哨所，在广场空地上支起竹竿挂上银幕就放电影。往往一部影片，要放二三十遍。重复的镜头，重复的对话，其他几个放映员看也看厌了，听也听腻了。可耀庭不一样，他一边放电影一边捉摸、回味，悄悄地学习电影中的编演技巧。回到营房后，悄悄地在本本上记下他的心得。年复一年的放映工作，就成了他的电影学校。复员之后，他又幸运地被安排到上影厂，起先还是放电影，但这时的沈耀庭的笔名"孔见""一得"等等，已常常出现在《上影画报》《电影故事》上面了。那些对影片的观感、心得，虽然是"一孔之见"，"细微一得"，却也颇具独到之处。

渐渐地，引起了重视，于是，他被调进上影厂导演部门，先从场记干起，再副导演……导演。

耀庭还告诉我说，他有个习惯，看到报纸上杂志上的精彩词句，就会记到簿子上。有时簿子不在身边，就在香烟壳子上面记一笔。这样的簿子，记满了好几本。这些日积月累的警句格言，常常恰到好处地搬一下、用一下，既为他写的稿子增添文采，也激励他不断增强刻苦奋发，拍好每一部电影的信念。譬如“我将抱着摄影机死去”——这句话，是意大利名导演安东尼奥尼说的，耀庭特别欣赏，不仅记在他的本本上，还用红笔划了道杠杠，似乎成了他对事业追求的座右铭。

在上影厂，像沈耀庭这样的自学成才的人，可谓是出类拔萃了。可是，偌大的一个上影厂，一年才拍七八部故事片，一大帮导演闲着没事干，谁不想挤上这条独木桥。因此，就如常言所说“树大招风”，誉之者有之，毁之者也不少。这种风言风语，就连我这个厂外人也听到过。记得在筹拍《东港谍影》时，有天早上我乘42路车去上班，在陕西南路那一站遇见刚上车的石方禹。石方禹当时是上影厂副厂长，以后不久调任文化部电影局局长，不知怎么也会认识我的。石见到我，竟然说了一句：“东港谍影是沈耀庭拍？”听他这一说，我确实一愣，你是副厂长，还不知厂里的决定吗？他说话的音调，的确好听，但那语气，分明就是对沈耀庭不大信任了。

每当遇到讥讽，遇到诋毁，耀庭少不了苦闷，甚至要打退堂鼓。幸有贤内助好老婆，常常给予他极大安慰。程雅娟老师包揽所有家务，全力支持丈夫的工作，耀庭的成绩，他的太太功不可没。

《东港谍影》一炮打响，犹如坚固的闸门訇然打开，滔滔激流奔涌而来，不时还激起冲天的浪花。在那以后，耀庭担任独立编导的电影一部接一部，如《午夜两点》《马永贞》《刘胡兰》等等，虽说没有得到过什么大奖，但在广大观众的心目中，仍是占有一席之地。耀庭也成了上影厂拍摄影片票房最高的导演之一。

写到这里，我又想起了耀庭的一件往事。这件往事，在我退休后受聘《上海法治报》，担任记者编辑时曾写过一篇短评，并刊登在该报 2001 年 8 月 17 日的版面上。我就摘录其中的一段作为本文的结束吧——

名导与老农

上影厂有个功成名就的老导演，当驾驶员的儿子不久前成婚，媳妇小凤是个来自安徽泾县的农家姑娘，她出身贫微，长相也一般，但为人真诚，手脚勤快。按照泾县农村的习俗，女方置办喜酒，男方的父母得到场喝上几盅。为着这事，小凤那当农民的爹妈着实有点为难。一是乡下人成亲，讲的是“板门对板门，笆门对笆门”，如今闺女跳出了穷窝窝，嫁到大上海，这已够让老两口高兴了，还能指望大上海的亲家会到穷山沟沟里来喝喜酒？二是上海到泾县，毕竟千里迢迢，亲家又是个大导演，岂会有闲脱身？不料就在女方办喜酒的前一天，导演夫妇双双赶到了。望着风尘仆仆的城里亲家，小凤爹妈还真愣了神，过了好一会，老实巴交的小凤爹才实打实开口说：“咱家小凤，可是个乡下人……”“乡下人又怎么了？”未等亲家把话说完，导演的夫人已快言快语地插了话,“当年我们不也是从乡下出来的吗?”她这一说,小凤爹妈脸上的拘谨全消,满院的邻里乡亲也纷纷点头称是,婚庆的欢乐气氛随之也被推向了高潮。

由于导演夫妇的光临,小凤爹妈办的喜宴热热闹闹,这在当地亦传为美谈。

7. 良师诤友孙道临

一

说不清是第几次到道临老师家里去了。

为了编写电视系列剧《大都会擒魔》剧本，道临组织了一个编剧班子，成员有资深剧作家王炼（写过《枯木逢春》《魔术师的奇遇》等电影剧本）、曲信先，上影厂老编剧赵自强、胡国英等人，我亦是其中之一。道临的家，就是我们经常讨论剧本的一个地方。

时间是 1990 年 2 月。在这之前，道临激流勇退，不再担任电影演员的工作。他与同样退休的上影厂原厂长徐桑楚一起，筹办了一个华夏影视公司。公司就设在武康路上的上影剧团三楼。有时我们讨论剧本，也在那儿进行。

华夏影视公司成立不久，道临与桑楚二位德高望重的电影艺术家便决定以大上海为背景，拍摄一部新时代老干探的电视系列剧。经过两年时间的编剧、拍摄及后期制作，由道临担任导演的十集系列剧《大都会擒魔》于 1992 年正式播出。

道临府上位于淮海中路与武康路交界的路口，在一幢由旅华建筑师邬达克设计，建于 1922 年的造型别致的船形公寓四楼。二月申城，尤为寒冷。一进道临家的客厅，则感受到一股暖暖的春意。在一张小小的四方矮桌周围，放着几张单人沙发。每次我们进门，道临的夫人王文娟女士总是笑吟吟地招呼我们入座，随即为我们倒茶。小方桌正中，早已摆好花生酥、芝麻饼等几盘茶点。

王文娟女士是著名的越剧泰斗，她与徐玉兰担纲主演的越剧《红楼梦》家喻户晓，是我国戏剧宝库中的璀璨明珠。

道临家客厅不大，约摸二十来个平米。四壁泛黄，布置也很简单。靠南窗往里一点，一座硕大的仿古青铜方鼎却是引人注目。底座镌刻一行楷书：孙道临——影视精英奖。

客厅西侧墙头，悬挂一副镜框。框内是当地街道办事处颁发的奖状——孙道临 王文娟：特色家庭奖。

“街道称我们家是特色家庭，像特色菜一样……”有一次，道临仰头看了看那奖状，风趣地对我说，“我也不知道有什么特色，大概是会演演戏吧。”

说这话的时候，道临正坐在矮方桌旁的小沙发上，身穿一件褪了色的蓝布棉袍，如同在寒夜里值勤的门卫身穿的一样的棉袍。可能是昨夜睡得很晚的缘故，今天起身稍迟，这会正用早餐。只见他捏住一只小面包，朝着喝完了牛奶的小碗里擦了又擦，再一口口把小面包津津有味地吃进肚子。

看着道临那朴素的衣着和简单的早餐，我很惊讶，几乎不敢相信：这是孙道临吗？大名鼎鼎的电影明星孙道临！竟然是这样过日子？

忽地，我就相信了一个以前听说过的“传闻”：孙道临到上影厂，上下班常常骑着一辆“老坦克”！

讨论剧本的活儿十分累人，且不说系列剧的总体走向及每一集的大致布局，就连剧中主要人物的设计，也颇为费心。既要有鲜明的个性，又要有时代的特征；既要有职守的追求，又要有业余的情趣……大伙往往会为一个人物的"诞生"而争执不休。每当这时，道临总是习惯地斜靠在沙发上，一手支着下巴，认真地耐心倾听。有时，就俯身在本子上记下几笔。

在挑选，确定扮演主要角色的演员时，道临也是细心听取各人的意见，他还反复与老厂长桑楚，与副导演冯笑等人商量。他曾提议请尤勇担任男主角，张敏演女一号，并一一列举、分析了他选角的理由。而当别人有不同意见时，道临又权衡再三，丝毫不以个人的喜好而定夺。

有一次他还这样对我说："镇江，你是个年轻的老公安，又写过不少公安题材的作品，在这方面，我是头一回接触，辛苦你多帮我出出点子哦！"

道临的话语，让我好生羞愧！

那年，我已年近半百，道临还称我是"年轻的老公安"。尤其是他那极其悦耳的嗓音，将这话儿缓缓道来，那股亲切、信任、鼓励……我不知怎的，有种与往不同的感觉，记住了，深深地记住了。

道临那谦谦之风，让我深为感动，就在听他说这话儿的刹那之间，我竟从内心，率真地感觉到，有道临这样的导演，有道临这样的前辈，我们着手筹拍的电视系列剧《大都会擒魔》，一定会取得成功！

这种发自内心的预感，在与道临一起工作的一两年之中，随着筹拍的进展，竟会愈来愈强烈，愈来愈坚定。尽管在筹拍的过程中,遇到过不少困难和阻碍,然而道临始终以他人格的魅力,把剧组几十个成员紧紧团结在一起,不仅如期完成了摄制任务,还使剧组的成员、原来素不相识的“临时组合”,变成了关系密切的好朋友。以致后期工作全部结束,摄制组解散时,大家互道珍重,依依不舍。尤其是一个个与道临、与桑楚相拥握别时,忍不住泪花闪闪,那情那景,真是难分难舍啊!

我深感此生有幸,能与道临合作。形式上是合作,实质上是直接感受道临言传身教的指导,称道临为大师,言不为过,我心诚口服。

在那些个日子的夜静时分,我会不知一天工作的疲劳,伏案执笔,继续编写剧本。有时,则会倚在床头,在昏黄的灯光下扪心自问:道临的目光为什么会那么的平静深邃(有时平静得近乎忧郁)?道临的话语为什么会那么含蓄深刻?道临的为人为什么会那么豁达宽容?

临睡前的写作和思索,常常弄得我难以入眠。但我感到这种搅起思维活跃的波澜,让我身心愉悦。

终于,我得出了一个答案,我自以为悟出了的答案:道临是位演员,是位导演。但他又不仅仅是演员不仅仅是导演,他是真善美的典范,他是浮躁凡尘中的一个既不脱群又不入流的儒雅学者。

二

《大都会擒魔》摄制工作结束后,我与道临接触少了,但到元旦春节,我会收到他寄来的贺卡。

1995 年秋季的一天,我的一位在上影厂工作的老朋友杨代琇先生，送我一本孙道临写的自传作品集，这本刚出版的新书题名《走进阳光》，我如获至宝，欣然拜读。

正如书名一样，道临的人生，是从低谷走向高峰，是从阴霾走进阳光。

道临的书，读着读着，我的心灵也一次次受到了清泉洗涤；读着读着，在那朴素的文字、真挚的情感引领下，我也甩脱着世俗，走进阳光。

道临祖籍浙江嘉善，1921 年生于北京。其父是留学比利时的工程师。道临七岁入北京崇德小学后进崇德中学，高中毕业后考入燕京大学，攻读经济，一年后转读哲学。1941 年 12 月 7 日，日军偷袭珍珠港，太平洋战争爆发。第二天，由美国教会办的燕大即被日本宪兵封闭。道临失学，家境也陷入困顿，昔日的同学四分五散，贫穷、寂寞中的道临百般无奈，百般忧伤，只得以养羊送奶为生。

在这人生的低谷，面对扑面的风沙，凛冽的寒风，性格像羊一般善良的道临，曾经冒出“一了此生”的念头。幸而有舒伯特！道临崇敬并称之为“我的朋友舒伯特”写的小夜曲，为他排解忧愁。在放羊的山坡上，在挨家上门送羊奶的胡同里，道临常常情不自禁独自悲歌，唱得最多的就是舒伯特的《菩提树》——

在门前水井旁边，
有一棵菩提树。
我曾在那树皮上面，
刻下无数爱的语句。
今天我必须去流浪，

一直到深夜，
在沉沉的黑暗中，
闭上我的双眼。

菩提树枝桠轻轻摇动，
像在把我呼唤：
来吧，到我这里来吧，
这里可以找到安宁！
……

凄清、委婉的歌声，让以后教道临学习唱歌的德国女教师十分惊讶。眼前这个英俊的年轻人，为什么总是目光忧郁？一百多年前的德国作曲家舒伯特，写的歌曲一大篓，这个年轻人为什么偏爱这首柔肠寸断的《菩提树》？

抗战胜利后，道临重进燕大，完成学业，获哲学学士学位。

在这继续学业的两年中，道临的同龄、同乡、同窗黄宗江十分器重他的歌唱和表演天才，请他在燕大的剧社中担任角色。以后又到焦菊隐的“艺术馆”，出演由宗江编剧的《大团圆》。金山观看了此剧，十分欣赏。一年后，金山在上海组建清华影业公司，即将此剧作为第一部影片，由原班人马来沪拍摄。从此，道临走上了职业电影演员的艺术生涯。

自那以后，道临用真情，塑造了一个个生动鲜活的银幕形象，有《民主进行曲》中的方哲仁；《渡江侦察记》中的李连长；《不夜城》中的资本家；《革命家庭》中的江梅青；《永不消逝的电波》中的李侠；《早春二月》中的肖涧秋；《非常大总统》中的孙中山；

《一盘没下完的棋》中的江南棋王……

一个电影演员，做到被广大观众念念不忘，痴情爱戴，是多么的不容易。然而，道临不仅银幕形象好，他朗诵、演话剧，也都非常出色，以至受到美国旧金山艺术剧院邀请，赴美担任英语话剧《马可・百万》中的男主角。

道临从事导演工作之后，他的作品也一部接一部。与繁忙的艺术创作并肩齐驱，他还多次担任国内外电影节评委会主席，他渊博的学识、儒雅的风度在国际电影界誉为美谈。

还有，道临的诗文，也如同其人，饱蘸真情实感、宽仁大爱的心灵墨汁，记述他坎坷的人生经历，抒发他向善向真、谢师念友、永探生命真谛的情怀。时下那些个为了获得什么什么国际大奖而无耻抹黑人性底线、撕裂民族根基的“长篇巨著”，在道临的诗文面前，实在应该羞愧！

我曾经一遍遍、一字字细读道临诗文中这样的句段：

“我好像真正了解了生命的意义，窥见了生命的丰富而又魅人的内涵。尽管心头有时也涂满忧虑和悲伤，但我不相信多少人曾经为之牺牲生命的理想之火会那么容易熄灭。”

“对于那些曾经掷给我仇恨和痛苦的人，我愿意忘掉他们，而且记得他们给我带来的教训。这样，我可以不至于满面阴霾，步履过于沉重。我愿意向我记忆中的一切角落中去搜寻，去挖掘人们馈赠我的爱和善意，常常记住他们的微笑，他们的眼睛。这样，即使喉咙已经开始喑哑，我也仍然可以唱着愉快的歌行进，在未来也许不太长的路程中，把同样的爱和善意回赠给同行的人们。”

道临的文字，让我心颤，让我流泪。

三

真的，我流泪了，看着这一行行朴素又深刻的文字，我如见其人，我又想起了道临宽厚为人的两件往事：

1996年初春，道临在拍完《大都会擒魔》之后，马不停蹄，含辛茹苦，又导演了一部十集电视新作，即越剧电视连续剧《孟丽君》。这部试放时深受好评的电视剧，尚未公开播放，却被剧组内的一个成员，私下拷贝并流出组外。很快，东窗事发，全组哗然。大家非常气愤，纷纷要求对那人严处。道临，当然也不例外，他比谁都更心痛，更担忧，因为他是总导演，他比谁都清楚这部作品诞生的艰难，也明白那人的行为，会给剧组带来的损害。然而，忧虑在他心头，一闪也就过去了。他以常人少有的宽容，大度地把责任揽到自己肩上。对那个当事人，依然一视同仁，不作追究。至仁至善，实为少见！

还有一件往事，发生在上海公安博物馆。

大约是1997年，一个夏日上午，华夏影视公司为了更好更深地反映公安题材，事先与上海市公安局书刊社取得联系，打算从《东方剑》这个公安刊物中挖掘素材，继而进行编创拍摄。书刊社的领导对此提议完全赞同，并确定了在公安博物馆，双方商谈合作的事项。

作为公安一方，我与《东方剑》另一个编辑一起参加商谈。

当我来到公安博物馆，没想到道临竟然也来了，而且比我还早到呢。他是那么忙，天气又那么热，他还亲自到场！我已好久没见到道临了，意料不到的相遇，让我十分高兴。

可是，这愉快的心情没持续多大一会，让我尴尬的事情发生了！就是在谈到从《东方剑》杂志中取材进行改编时，我那个同事，猛地一站，扯着嗓门嚷道，“你们改编……”嘭地一声拍响桌子，“要讲明出处……”又拍一下桌子，“还有稿费，先讲清楚……不可以糊里糊涂！”嘭嘭嘭，一边说一边又不停地拍着桌子。

这举动，太粗俗太势利了！我霎时怔住了，又气又恼，却一时说不上话来。

道临也深感意外，顿时显露一付吃惊的样子，忽而，眼神变得忧郁起来，只是对那口出妄言的人扫视一下，出乎预料地缓缓说了一句：“我讲话，是从来不拍台子的！”

四

星转斗移，日月如梭。一晃又是十多年过去了。

一个深秋的下午，我闲来无事，来到我家西边的徐家汇公园散步。沿着汇金湖旁边的小道走着走着，忽地见到迎面过来一个熟悉的面影。定神一看，是道临！我立即加快了脚步，迎了上去：“道临老师，您好！”

那天，道临是坐着轮椅，由一个可能是做家政服务的阿姨推着，到公园里来的。

道临没有回应。但我清楚地看到，在我问候过后一会，道临搁在轮椅上的手臂极其轻微地动了动，好像要举起来打招呼，嘴角也颤抖了一下，只是吐不出半个字来。

哦……我明白了，没等那家政阿姨示意，我很快明白了，道临病了，道临得了可怕的老年失忆症。前几个月我就听到过这个不祥的消息，可我还不相信。满怀善良满怀爱心的道临，病魔不应该缠着他的呀！可是，可是眼前的道临，真的病得不轻，以至我再也无法听到他那亲切、感人的呼唤和充满关切、厚爱的话语……我感到了一阵哀痛，面对我的良师诤友！

那天，道临身穿米色的厚衬衫，藏青色的西裤从膝盖往下有着两道笔直的褶缝，半新的皮鞋擦得一尘不染。在秋日的阳光下，他目光怔怔地投向湖面，忧郁的眼神久久不变，宛如一座端庄肃穆的雕塑。

我不再言语，只是抑制住内心的悲哀，默默地从阿姨手中接过车把，推着道临，在湖边弯弯的小道上，缓缓前行。

在一处视角最为开阔、没有树木遮挡的草坪旁边，我轻轻地、稳稳地把车停住，默默地陪坐在道临身边的石阶上，许久，许久……

8. 上影厂旧忆点滴

今年初春，我与童年时的小伙伴姜宗荣（小名小荣子）相约，到徐家汇参观落成不久的上海电影博物馆。

上海电影博物馆，是一座具有现代风格的八层建筑，坐落在徐家汇漕溪北路裕德路东侧。博物馆主体建筑前的小广场上耸立一座雕像，那健硕有力的工农兵形象，一看即知是上海电影制片厂的厂标。以前它总是出现在上影厂摄制的每一部影片之首，随着岁月变迁，它也成了上影厂品牌和荣誉的象征。就像如今的名片。

春天的阳光，柔和又明亮。

春光中的电影博物馆，更具一付吸引众人的魅力。参观者络绎不绝，有拄杖的华发老人，有年轻的潮男靓女，还有在老师带领下结集待进的少年儿童。趁着排队等候安检入场的间隙，有的游客就迫不及待地在那工农兵塑像前摆开姿势，拍上几张照片。有的则在广场北侧一幢三层楼房旁的白杨坐像前取景留影。白杨是上影厂著名演员，她在 20 世纪 40 年代主演的影片《一江春水向东流》，上了年纪的人几乎无人不晓。

站在排队的人群之中，我默默地打量着眼前的情景，不由得悄然走神，浮现在眼前的则是另一幅景象。同样是这片小广场，三十多年以前却完全不一样了。

那时候，博物馆主体建筑的位置，应该是上影厂的一个录音棚。

小广场南侧，现在盖起了一座座高楼，成了上海银行及一户户私家住宅。那片地块以前是上影厂的道具车间和服装车间。这两个被称为“车间”的部门，各占一座大屋顶的平房，像两个仓库似的，黑糊糊旧兮兮的。在这两个“车间”东边，与之毗连的是又一座硕大的“平房”，那就是上影厂的“一号棚”，即一号摄影棚。它曾经为上影厂作出过极大贡献。拍摄过一部又一部影片内景的“一号棚”，现在也杳无踪影，全被一幢幢公寓楼无情地取代了。

绕过“一号棚”，再往南，是上影厂二号门。门外有条小巷，以前这地方称之为“三角街”。

三角街地方虽然不大，却与徐家汇的“土山湾”一样，经久驰名。土山湾是因为教堂高耸，信徒广聚，是上海乃至江南的天主教“圣地”。三角街则影星出没。从 20 世纪 30 年代以来，三角街孕育了联华、电通、新华、昆仑、文华、天马、海燕等电影企业，曾被誉为上海电影的“好莱坞”，可谓是中国电影的发祥之地。

隔着小巷，二号门对面就是三号门，三号门内又是一片大大的厂区。右侧是“二号摄影棚”，左侧是置景车间。置景师们真是一个个能工巧匠，不消十天半月，就能在空地上铺成马路，沿街还搭起各种店铺字号。沿着脚下的“石板路”再往里走，竟然出现一座“金銮殿”。有年春节休假，我曾带着妻子和儿女，由上影厂好友吴文骞陪同，在这“金銮殿”里，穿龙袍，戴凤冠，坐上

“御座”，拍了几张搞笑的全家福。

在“金銮殿”东侧，还有一座惟妙惟肖的蒙古包，蒙古包后是巨大的天幕，几朵“白云”，漂浮蓝天。蓝天下，有着一群羊儿。远远一看，真是辽阔悠远，好一派草原风光。

我的好友吴文蔼，本职是上影厂照明车间工人。照明车间就在置景车间南侧。车间里满地都是大大小小的灯架、灯箱及反光板，还有成捆的电线、插座、笨重的雷司（变压器）。无论是拍摄内景或外景，照明师傅都得先行布光，工作十分辛苦，却十分重要。听导演沈耀庭说过，日本拍电影，就是先听照明的。照明师认为可以拍了，导演才喊“开麦拉”。吴文蔼照片拍得好，我想这与他干照明这一行是不无关系吧。吴文蔼不仅摄影出色，经常在《上影画报》发表摄影作品，他待人也热情真诚。记得在1987年前后，我因担任杂志《剑与盾》编辑工作，经常向小吴求助，请予提供照片，以作刊物封面及装帧之用。小吴总是热情应允。有一次还将他精心汇集的一本相册交我挑选。不知何故，这本相册被我杂志社的一个美编弄丢了。面对小吴，我真是无颜启口。可小吴却十分坦然十分大度，反倒劝我不要去多想了，丢就丢了。真够朋友！

照明车间，还有一位好友，名裘荣彪。他是故事片《东港谍影》的照明组长。矮墩墩的个子，十分壮实。阿彪是个十足的工作狂，铺线架灯，打灯布光，他总是一马当先，一顶俩，甚至一顶三。笨重的灯架别人一次搬一付，他能两付三付。手提肩扛，健步如飞。可惜在《东港谍影》完成后的另一部影片拍摄中，他在江西某外景地食物中毒，不治身亡。为此，上影厂专门出了通告，告诫外出工作不得随便采食蘑菇，严防发生意外。听此消息，我很悲伤，心中默默祝祷：好友阿彪一路走好！

当年上影厂雄踞三角街一带，占地颇广，是缘于20世纪50年代将原先在此的江南、天马、海燕三家电影厂与老上影合并为一，组合而成的。故而，上影厂的范围北起慈云街，南面直达斜土路，真是大啊！

出了斜土路上的四号门，马路对面还有一大片范围，那是上影厂的车队。这里停放着各种车辆，除了常见的大巴中巴，还有年代久远的老道奇，老顺风，还有几辆外形如同大卡车一样、发动起来吼声如雷的发电车。当然，也少不了早年上海街头常见的“东洋车”、黄包车。这些平时闲置的老古董，拍戏需要时才被请出车队，而且需得经过厂部领导同意才能出厂。虽说不上是“镇厂之宝”，也可称是身价不菲了。

上影车队不知何时也无影无踪了，这块地皮现在变成了万体馆东北角的一个小型足球场。

再说上影厂厂标广场北侧的那幢三层楼，原来是一座长条形的砖木结构。高不过十余米，东西长约五十来米，中间有两扇南北相对的双排木门，两头又各开一扇便门。进得便门，即是长长的走廊，走廊两侧是一间间面积不大的房间，分别是上影厂财务科、行政科、制片办公室等部门。还有的房间，门上贴着纸牌，标明是某某影片摄制组。这些摄制组都是临时搭起来的班子，影片拍好了，班子就解散，门上那纸牌也就撕掉，换上新成立的另一个摄制组。

1978年秋天，上影厂筹拍故事片《东港谍影》，也在这里用上一间十七八个平米的房间，门上也贴上了一张纸牌：惊险片《东港谍影》摄制组。作为这部影片的编剧之一，我还受到摄制组之邀，从头至尾参加了摄制组的工作，前后约有一年半之久。除掉拍摄外景，基本每天都到摄制组上班。这临时的差使，让我有了对上影厂熟悉的机会。上影人忙忙碌碌的身影也深深印在我的记忆之中。

这座狭长形建筑的二楼，分别是厂长室、厂党委、厂办公室、人事科、保卫科，还有一个打通两个房间，布置得也较别致的小会议室。记得二楼还有一个小房间，是上影厂艺术委员会，老厂长徐桑楚，导演谢晋、赵焕章，总摄影师黄绍芬，演员孙道临、张瑞芳等人常常在此开会，商讨电影创作。

这座小楼后面，有一个放映间，可容数百人，常常放映未曾公映的新片。试片室东边是大食堂，再后边就是上影厂的北侧围墙了。那青砖垒砌的围墙高约三四米，墙头墙脚，密密匝匝地长满爬墙虎和青苔。围墙与前边的小楼一样，历经风霜，苍老古旧。我第一次见到这小楼这围墙时，不禁心里纳闷，堂堂一个上海电影制片厂，厂部怎么就设在这破破拉拉的地方？后来才知道，这小楼还是个“古迹”呢，它曾经是徐家汇天主堂的教产，建于上世纪二三十年代，当时的用途是作为教堂附属的一座女修院的宿舍。大约是有着这层“历史渊源”，2013 年建造电影博物馆时，这幢小楼还能保留几分原来的外形，但材料、装潢则完全是现代化的了。

上影厂还有一个主要部门，即上影剧团。这个由上影厂的电影演员组成的剧团，既为拍摄电影提供合适的演员，也自排节目，进行公演。当时的上影剧团设在大木桥路一个小小的院子里，也就几间低矮的平房。直到 1995 年，才搬迁到武康路上一座很有气派的小楼之中。

1994年秋，退休后的上影厂老厂长徐桑楚和孙道临一起，组建了华夏影视公司。我参加了该公司第一部电视系列剧的剧本创作，经常到华夏公司与桑楚、道临及老编剧王炼、演员冯笑等人一起讨论编写剧本。华夏公司也就设在武康路的上影剧团三楼。经过一年多的努力，写成了剧本《大都会擒魔》，后拍成十集同名系列剧播放。

文学部是上影厂的另一个主要部门，担当电影剧本的组稿、编辑以及由这里的编剧们自行创作的任务。文学部的办公楼就漂亮多了，它位于静谧的永福路北端，偌大一片花园草坪，精致玲珑的城堡式洋房，这里原是一个挪威船长的私宅。这个十分安静、舒适的环境，确也是进行剧本创作的理想之地。

由于创作剧本并参加拍摄的缘故，在上影厂文学部，我也有幸结识了不少勤奋的剧作家和编辑。如斯民三、杨时文、沈寂、周泱、吴本务，还有一位对己低调、待人诚恳的老大姐、老编辑杨代琇先生……

参观了电影博物馆，我与姜宗荣又向小广场北侧那三层楼走去。正门紧闭，无法进入，便绕到西头。在西侧便门旁的墙壁上，镶贴着一块金属说明牌，上面是这样几行文字——

天主教圣衣院旧址简介

清同治八年(1869年)，首批修女自法国来到上海创办徐家汇圣衣院，并于十三年(1874年)建会于土山湾三角地(现址)。

圣衣院旧址是一幢假四层砖木结构建筑，正门朝南，楼内过道贯通东西，每一层都有东西走向的通道，屋顶还开着一排天窗，是典型的十九世纪法国农舍风格建筑。

2013 年上影集团在旧址按原貌重建本建筑。

哦，一百四十年了，这座小楼，一百四十年了！

可是，原先那座历经风霜、曾经是天主教圣衣院的砖木建筑，曾经见证上影厂六十年变迁的砖木建筑，还有那砖木小楼后面爬满老藤青苔的围墙，全都消失了，永远消失了……

9. 帽子山的枪声

“哒哒哒”一扣扳机，三发子弹飞了出去。

五十米外的水门汀水池，顿时被爆掉一只棱角，水池旁的一根用来拉晒衣绳的水泥柱也吃了一枪，这根在风霜雨雪中挺立了十几年、不倒不歪的水泥柱，立刻也被削去了一大片。

三四个还未爬进水池的囚徒，被陡然响起的刺耳的声音吓愣了，呆若木鸡，一动不动。

“快！快爬进水池！”我运足力气，朝着水池方向大声喊叫：“快进去……快点洗澡！”

囚徒们似乎反应过来了，池子里的搓洗动作飞快起来，池外的几个赶紧往里爬。水池半人高，半张乒乓桌那么大。

池子里的人，已插蜡烛一般挤得满满的。外面的人费了大劲，才插进两个，还有一个，正慌里慌张的寻找池里的空隙……

“哒哒哒”又是三枪！

“啊——”急着要往里爬的那个囚徒，中抢了，一头栽在水池边上。血，自来水笼头拧开似的，往外冒……

情况发生得太突然了，完全出乎我的预料。“救人要紧！”尽管毫无预料，事发后的第一时间，我还快速作出反应，竟然不顾那黑洞洞的枪口，朝着水池方向，快步冲下坡道。

紧接在我身后，冲下坡道的还有市公安局政保一处的日文翻译李刚、市局办室的王文之，还有几个叫不上名字的人。

枪声，惊动了监房武警。几名武警飞快赶来，架起受伤的囚徒送往医护室。

“救……救救我”，受伤的人痛苦不堪，声音断断续续，“我……我还有……还有三个月……就刑满了……救救我……”

枪打得太狠，一枪断了他的肋骨，子弹头钻进肝脏，一枪击中肺尖。医护室赶紧开出救护车，可是，还没到达场部医院，他血流尽了……

他的囚号是204，二十一岁。

架走伤者的时候，那个开枪的人还抱着枪，在坡道上晃荡，被酒精烧得通红的脸上杀气腾腾，两只粘着眼屎一般的醉眼还在朝水池那边张望。

幸亏两名武警动作果断，强行夺下了他手中的那把冲锋枪。

“噢，噢……枪”，他支支吾吾，不甘心呢。

这贸然开枪的醉汉，是丁某某！

丁某某开枪打死人的地点是上海市劳改局下属的某劳改农场。

时间是1980年9月4日下午6点28分。

这刻骨铭心的一天，我不会忘记。

这一天，我怎么会出现在劳改农场的呢？

事情还得从头讲起——

1980年8月下旬，我当时正在市公安局政治部秘书处工作。一天下午两三点钟光景，凌荣生处长通知要召开紧急会议。

会议传达了一个紧急文件，文件内容是市委市政府对市高级人民法院、市检察院、市公安局一份联合报告的批复。

在政法三家向市委市府的报告中，详细地报告了某劳改农场部分犯人不服管教，抗拒改造，甚至在劳改农场大搞打砸抢的严重违法犯罪行为，报告还强调说这些犯人结帮拉伙，疯狂闹监，有越狱逃跑的迹象。万一那样的事情发生，他们会窜回上海，窜向外地，将是“猛兽出笼”“老虎下山”，将会对社会治安带来难以估量的严重危害！

政法三家的报告提议：组成一个平乱工作组，由法院、检察、公安三家抽调得力干部，立即前往进行调查、处置……

市政府接此报告，随即批示同意，并下发急件，要求迅即调集力量，尽快出发。还以十六个字，作为市委市政府对解决此事的原则：查明情况，宣传政策，依法处置，恢复秩序。

凌荣生正在传达文件时，市公安局副局长兼市局政治部主任丛昌余也推门进来了。他在凌处长传达完了之后，补充了几点，把白峁岭的紧迫情况及可能带来的危害，又强调了一番，并希望大家积极报名，还说这也是一次对我们政治部干部的考验和锻炼，面对抗拒改造罪上加罪的劳改囚犯，敢上还是不敢上？面对艰巨复杂的改造与反改造，处置得好还是不好……政治部的同志，要在关键的时候带个头！

会议开得很紧凑，前后不过半小时光景。我不及细想，当场就报了名，当场也就定了下来。丛主任还表扬了我，说陈镇江同志参加工作组，也可以发挥他写作的特长。这次工作组带队的组长是我们市公安局的林道生老局长，他也对我说过，希望能从政治部抽个笔杆子，这次工作组有个很重要的任务，就是要把情况摸清楚，调查报告要写好，让市委市府了解那里的真实情况，情况弄清楚了，下一步怎么走就有了方向……

说来急，还真急。头天下午开的动员会，第二天一早，工作组便集结、出发。

可是，第二天是 9 月 1 日，是我的宝贝女儿芸芸，刚刚进入闸北区第一中心小学一年级的第一天，开学的第一天！

好在我的内当家，对我的工作还很支持。那天晚上，她虽然咕噜了好一阵，还是一边唠叨一边帮我找出旅行袋，理好一大堆衣物。这一去，还不知得多少天。原则是要等到事态平息，秩序安定之后，才能撤回。多少天？谁也说不清，可能是十天半月，也可能半年，没准！

第二天一早，彩英因上早班，厂里又不能请假，天不亮就去上班去了。于是我便一手搀着芸芸，一手拎着自己的旅行袋，送芸芸到康乐路上的闸北区第一中心小学。一路上免不了左叮咛右嘱咐。芸芸真乖，不住地点头，到了学校门口，竟然不要让我再往里送，跟着一个邻居小朋友和他的家长一起往里走去……

我在校门口与女儿匆匆道别后，转身便挤公交车，赶到福州路 185 号市公安局大门口。三辆大巴已等候在那里，从公检法抽调而来的一百多名干部一一上车之后，便向劳改农场进发。

那时候，长途乘车可不像现在这般舒适，路况差，车况也不好，一路颠簸，一路摇晃，直到下午五六点钟，三辆大巴才进得帽子山的地界。这一路上，虽也看到了不少风光，但我恍恍忽忽，脑子里倒也不是想着接下来会怎么怎么，想到的却老是宝贝女儿芸芸，毕竟她才 7 岁，小学开学的头一天！

工作组一行到达帽子山后，未及洗澡晚餐，立即分组布置任务，我被分配在材料组，主要任务是每天汇总情况、书面上报，工作组阶段小结以及总结也是我们材料组的任务。

工作组还分设情况组、审理组、联络组。

总指挥林道生最后强调，工作组是代表市委市府，到第一线来处置突发事件的，工作组每个成员都要严格执行政策，严格遵守纪律，严格依法行事。要体现市委市府对劳改第一线工作的关心、重视，体现上级部门处理问题的决心和水平，争取以最快的速度、最好的效果把这次平乱工作搞好。林道生老局长还嘱咐大家要注意安全，不要发生不必要的损伤、牺牲……

工作组的临时宿舍，是设在大食堂旁边，一间存放杂物的大屋，上下铺的双人床塞得密密匝匝。我在一个上铺迷迷糊糊睡了一觉，9 月 2 日一早，各组开始分头工作。我虽在材料组，可以留守办公室，等候情况汇综，但我也急于掌握第一手资料，便与情况组的同志，由着当地劳改队的管教干部带领，一起到闹得最凶的一个监所去了。

据当地的管教干部介绍，帽子山分场三分队是犯人闹得最凶的一个分队，已处于失控状态。我们随他到达三分队时，只见三分队是四排坐北朝南的平顶监房。监房四周被坡地包围，铁丝网随坡地起伏，将监房死死扣在一块大半个足球场大小的凹地里。

管教干部为了防止发生意外，没带我们再往前走，只是站在监房大门旁的高坡上朝里观望。其实，这时监房的大铁门早已被电焊烧死了，囚徒们也乐得不出来，这样就可以不出工不下地了，因为这一阵囚徒闹得凶，管教队长担心他们出工会惹事，会逃跑，干脆将他们统统“禁闭”在监房里。这么干前后已有七八天了。

兴许是发现来了几个陌生人，一间间囚室里的囚徒竟然一涌而出，站在第一排监房前的不大的空地上，凶凶的目光直逼而来。随后，便有人带头吼叫一声："政府队长打人，抗议！抗议！！""抗议政府队长打人！……"

很快，就看到一块门板从一间囚室里冒了出来，门板由四个囚徒用肩扛着，门板上直挺挺地躺着一个血迹斑斑的伤员。

"抗议！抗议！！"

"血债要用血来还！"

吼叫声愈叫愈响，愈叫还愈整齐，管教干部也不回应，只是连连摆手，一边又朝着我们苦笑一下，连连说道："你们看……你们看……装死装得像哩……"

管教队长边说边引领我们继续往前走，沿着坡道绕到后边两排监房背面。这里情况更是令我吃惊，只见监房的窗框檐瓦全都零零落落，破散一地，地上还有一堆堆灰烬，坡下原本有一道防空洞，洞门已被砸开。管教介绍说："那里面原来存放的一些改造档案、卡片全被他们抢出来，烧掉了。还有不少咸菜面粉，也被他们抢的抢，吃的吃……闹得我们根本就没法进去，一进去他们就围攻，暗拳暗脚又打又踢……他们还反咬一口，说政府队长把他们打伤了……"

这样那样的情况，先不多说了。9 月 4 日那天傍晚，丁某某开枪打死囚徒"204"，又是怎么回事？

工作组到达帽子山后，很快发现，像三分队那样的闹监行为，各分队或轻或重或大或小的都有存在。决定先将四处流散的囚徒强行收监，进入各自的监号囚室，再集中进行政策训导，为下一步的整顿打好基础做好准备。因此，修复被破坏的监房，将“无监可归”的囚徒尽快收监，是工作组进驻后的当务之急。

9 月 4 日出事那天，三分队受损的四排监房正在从后往前地进行抢修，一百几十号囚徒只得先挤进前面两排监房之中，原来每排监房前各有一个水池，夏天就成了洗澡的浴池，因抢修房屋的原因，后面两排的浴池也暂时停用。囚徒们只得围在前排的两个浴池边上，争先恐后抢着要爬进浴池。按照监所规定，夏季每天洗浴时间需在下午 6 点 30 分前结束。那几天因特殊原因，队长允许适当延长一个小时。可是就在 6 点 50 分光景，丁某某摇摇晃晃地从坡道上走过来了。我与市局政保一处的日文翻译李刚同志也正巧是晚饭后在坡道上散步，一眼就很刺目地看到他肩上挎着一支冲锋枪，在落日余晖的反照下，他脸红脖子紫的样子，真如猪肝一般。

一看丁某某那付醉醺醺的架势，我顿时心头一怔，不由得与李刚会意地对视一下，未及往回走去，就听得三分队的监房那头传来一阵阵喊叫。

“快洗快洗！”是管教队长催促的声音，“快！快快！”

可能是队长也看到丁某某走过来了。丁是他上边的头头，传闻劳改局下边大大小小的干部，见了丁都有三分怕。

丁某某过来了，管教哪里还敢怠慢，只得站在大门旁的坡道上，放开嗓子朝里死命喊叫：“快点洗——快快快！”

可是，一百多号人挤在乒乓桌还不到的那么个小浴池边上，怎么快得了呢，偏偏，“204”落后了，他脱光了身子，正要往浴池里爬的当口，丁某某来了！

这个被烧酒灌得面红耳赤的醉汉，横目一扫，还真的从肩上滑下冲锋枪，端在手中猛扣扳机……

一条鲜活的生命，顷刻之间，消失了！

那天晚上，我迟迟不能入睡，“204”最后的那话音，怎么也撵不掉，不时地在我耳边重复：“救救我……救救我”“我还有三个月……就刑满……了，救……救救我……”

那天晚上，我还冒出这样的念头，认为这件事一定会严肃处理，怎么可以开枪打死人呢，即使要警告犯人，完全可以朝天开枪嘛！

不仅我一个人抱这样的想法，李刚也同我一样，觉得丁某某太不应该了，犯了大错，肯定要严加处分了。

可是，我们想得太天真了。那个开枪打死人的家伙，在他的检查中，只是一味强调“当时情况特殊，开枪射击是为了杀鸡儆猴，平息闹监”。对他开枪致死的问题，似乎并未深追。

俗话说：上梁不正下梁歪。一个部门的领导，作风好坏，对下属的影响是不言而喻的。

那枪击事件以后的大量调查、处置工作，也证实了这句国人老话。当年该劳改农场，之所以会出现大范围的闹事闹监，以至发展到局面失控，急报求援的地步，很大的程度是当地的管教工作无视法制，缺乏人道造成的。

我这个看法，也不加掩饰地写进了由我起草的工作组调查报告之中。

说几个例子，引以为证吧——

工作组到达之后，分头深入“重灾区”，审理组的同志则抓紧对那些“闹监尖子”一一审讯，面对上海来的政府队长（囚犯称工作组人员同当地管教干部一样为“政府队长”或“上海队长”），许多“闹监尖子”情绪激动，列举了种种受刑讯被体罚的事实，有的泣不成声，泪流满面，连呼“上海队长，你们终于来了，我们有地方讲话了……上海队长，我们虽然犯了罪，但也是人啊……”

有个闹事尖子，被审讯后叫他在审讯笔录上签字，他签不了，手腕抬不起来，手指捏不住笔。“政府队长打的，把我一只手打……打废了，我以后哪能办？我要靠着双手吃饭，出去以后要劳动……手断忒了，上海队长，你们说哪能办？”他是一个上海人，一口上海方言。

有个带头抢库房的囚犯，在讯问时答话老是“吼吼”的，发音含混。从其他人犯口中得知，他是被政府队长烟熏的。起因是有一次出工，他在大田里悄悄刨开藏在地里的香烟，偷偷吸了几口，不料被一个队长发现了，就把他五花大绑捆起来，吊在树上。下面堆上枯枝烂叶，点上火冒出烟，熏！一边熏，那队长一边说：“你不是要吸烟吗，臭小子，让你吸，让你吸！”足足熏了他个把小时，喉咙坏掉了……

还有个囚徒“316”，也是被队长认定的一个闹事头头，一个管教干部向我们介绍说，他原来就因流氓罪判刑，到农场里仍淫心不改。看到场部医院的一个女医生下队检查疫情，就对着女医生做下流动作，哼下流小调。有一次他借口吃不饱，下地劳动时不好好干活，却去抓了只青蛙，藏在裤袋中，带回监房用开水烫一烫，塞在嘴里还边吃边说：“嫩啊嫩啊，天鹅肉……”一付下流相惹得旁人哄堂大笑。队长教训他还老三老四，不服管教，依照监规，就对他关了一天禁闭……

照那个管教干部所说，对“316”的处罚似乎也并不为过。但与几个囚徒谈话中得知，政府队长处罚“316”的手段老“促克”

(上海方言,意为阴损、恶劣)。竟然命令"316"同一监房的人去捉田鸡,捉癞介婆,足足捉了七八只,回来之后还强迫同监,硬将田鸡、癞介婆往"316"嘴里塞,不吞下肚则甩脚就踢……"那惨像,就连阿拉这批犯人也看不下去了,替他向队长求饶,也不放过。"

这样那样的粗暴管教,棍棒管教,不去一一多说了。

于是,场员中不断出现这样那样的自残自害,故意把自己弄伤了,可以泡病号,更巴望能送进监狱医院,呆个十天半月,躲开凶恶的政府队长。帽子山劳改分场关押的对象,大多是上海籍的囚徒,年龄多数为三十上下,还有不少是在校学生和社会待业青年,其罪名大多为"流氓罪""盗窃罪""故意伤害罪"之类,对于这样的囚犯,如能入情入理地政策教育,因人制宜地感化引导,是可以取得显著改造成效的。帽子山劳改分场的不少管教干部却是相反,我认为,对于帽子山的这场风波,他们应作深刻反省。

工作组前后在帽子山驻守了二十五天,这二十五天之中,只是对极个别的闹监囚犯起诉、加刑,对绝大多数参与者进行教育训导,对一些确有伤病者送医送药。政策的阳光,人道的温暖,促使他们知错悔改,积极改造。监所秩序很快走上正道,工作组的任务完成了。

离开前夕,我同李刚又去了三分队一次,损坏的监房已修缮,砸破的防空洞门已调换,监房前后的场地上灰烬垃圾都一一清扫干净。囚徒们已经知道工作组即将撤回,眼神中流露出的是依依不舍,还有对日后处境的担忧……

三分队第一排监房前的那只不大的水泥池,水泥池旁竖立着的那根水泥桩，水泥桩上被冲锋枪子弹削去的一角，再一次映入我的眼帘……我的心不由地紧缩了一下，莫名地也产生了一股担忧。

回沪不久，传来了周恩来总理生前在一政法文件上的批示：废除法西斯审查方式。

我高兴啊！

我相信劳改局的大小干部们，帽子山劳改农场的大小管教们，也都听到了“废除法西斯审查方式”！

赶紧行动吧，为了不再出现帽子山那样的“闹监”，为了不再出现“204”那样的冤魂！

10. 空当了一回说客

1980年9月，我曾参加过一个上海市政府派出的工作组，前往安徽白茆岭劳改农场帽子山分场，调查处理部分服刑人员"闹监"的问题。事过十八年，我又一次参加了市政府委派的一个工作组，这次任务则是前往河南、安徽两省的几个贫困市、县，向当地政府及民政、劳动等部门领导，通报情况，既要向他们说明上海欢迎外来民工、感谢大量农民工为上海经济发展作出的巨大贡献，也要说明上海外来流动人口骤增、城市压力过大的实际情况，希望当地政府及有关部门协助上海，引导外出务工人员有序流动，减少向上海输出务工人员。简而言之，我们此行的任务，就是要从源头上做工作，减少大量农民工向上海盲目流动。简称为"源头堵盲流"。

同第一次赴帽子山匆忙出发一样，这次从接到通知到集结出发，也只一天时间。

当时，我被借调市政法委，为即将召开的上海市政法系统先进表彰大会，撰写领导报告。任务完成后，市政法委副秘书长柴俊勇迟迟不放我回原单位。有一天中午，忽然就通知我明天下午出发，到河南、安徽几个地方跑一跑，"源头堵盲流"……

这次派出的工作组共有十四个成员，分别来自市公安局、民政局、劳动局、工商局、环卫局以及上海铁路局等几个部门，领队就是柴俊勇同志。

柴俊勇，上海市委政法委副秘书长，此职属正局级干部了，工作责职主要是协调上海全市的公检法司劳等政法部门之间互相推诿、互相扯皮的棘手事务。这项工作政策性强，涉及面广，资历、能力以及个人的涵养素质，都要有出众之长者方可胜任。柴俊勇曾经在中央党校学习过一阵，也在团中央干过几年，但凡在团中央滚打过的干部，大都具有活泼开放的作派，各地上上下下的人脉关系也较深广。领衔率队赴外地堵盲流，此行可谓与他对上号了。

第一站，直奔民工潮“汹涌澎湃”的源头之一——安徽F市。

F市这地方，之前我虽没来过，却也听人说过。那还是在1992年秋天，我的女儿芸芸刚参加工作，第一次出差就是到这儿。飞机起落时，机场的大喇叭就高声吆喝：“老乡们，快把牛拉走，快把牛拉走！”芸芸出差回来，是把这当作笑话告诉我的，但在我脑海里，对那里却有了个贫困的朦胧印象。

事隔七八年之后，我亲身来到了，下了火车一看，火车站也不比当年的机场好到哪里。

车站出入口是一道锈迹斑斑的矮铁栏，铁栏外是一个高低不平的水泥广场。放眼望去，广场左边零零星星有几家小店铺，杂食摊。右边是油毛毡搭成的简易大棚。听说这就是候车的地方，大棚约摸有二百来平方，还是年初时抢建出来的。为什么要抢建这么个简易的候车棚呢？按当地政府说法，是为群众办了一件实事：因为这两年，到城里去打工的农民越来越多，火车站也就成了全市最繁忙最拥挤的地方。去年年底，天寒地冻，加上一场大雪，车站广场上仍是人流不减，可无遮无挡。虽说周围有几家小客栈，但一拨一拨打工者图省钱，不住店，硬是冒着风雪严寒，扛着行李挤在广场上。有的实在站不动了，就在雪地上铺块塑料布，往下一坐，任凭冷风裹住雪花冰粒往脸上扑打。一听得火车进站的声响，这潮水一般的人啊，呼地一下死劲往轨道上挤。那有票的，没票的，全都一个劲地扒住车窗，往里爬……据说，人数最多的一晚，这小小的车站广场上挤得几无插足之地，民工多达三万余人。后来搭了这么个大棚，民工们总算有了个避雪躲雨之处！

在与当地市政府有关部门的座谈会上，第一个发言的是市民政局的一位干部，他向我们介绍情况时，也是把越来越多的农民外出当作他们的政绩来说的，“农民外出，进城打工，是一条致富路，走上了脱贫的快车道。农民外出打工，现钱到手可快了，各乡各村也收益大增，外出务工就要办务工证嘛，务工证 50 元一张，外出的越多，乡里村里收入也越多。个人集体双双得利，所以，我们近年要继续为农民外出创造条件……也希望上海老大哥，大城市更多地为我们的农民工兄弟进城打工，提供方便……”

这位民政干部神采飞扬、兴致勃勃地说了一通，显然，他还不明白我们的来意。要不是他的一个上司连连向他示脸色做手势，他还要滔滔不绝地讲下去呢。

这位民政干部的发言，与我们此行的目的可谓是“南辕北辙”。但他说的，听来也是实话。祖祖辈辈守着贫瘠黄土的农民兄弟，在“改革开放”“少数人先富起来”的强烈引诱下，谁不想快挣钱，多挣钱，谁不想早早成为“小康之家”。如今，“致富路”就伸到家门口了，还不赶紧往上挤。因此，那五十元一张的“务工证”一定要弄到手，哪怕是家里再穷，也要砸锅卖铁，勒紧裤腰带凑足数。交了钱，拿到证，就不愁到城里找不到活儿干了，就不愁没有花花绿绿的票子往家寄啦。因此，火车站，火爆了……一个个通往大城市的车站、码头，火爆了……

在这“千万民工过大江”的阵势之下，迅速形成了新的“农村包围城市”。

在上海的闵行、闸北、普陀等区的市郊结合部，外来流动人口更是大量聚集，有些乡镇及村庄甚至出现人口倒挂，即外来流动人口超过当地常住居民的现象。再说那些满以为有了一张“务工证”，就能在城市里找到工作的农民兄弟，真正进了城市之后，方才知道并非如此。但是，钱也花了，来也来了，只得干等，等一天是一天，挨半月是半月，指望这等下去总会等到个活计，找到份工作。于是城市的环境、卫生、治安……以及其他令人头疼的社会问题，越来越多，越来越严重。

面对这农民工进入上海的如潮之势，让我们靠几张嘴皮子劝阻盲流，引导他们有序流动，能行吗?

离开这里，下一站是民工输出大县J县。

下得火车站，只见县政府派来接站的干部，早已候在月台上，十分热情地引领我们入住县委招待所，随即为我们接风。

不知是真的贫困还是怎么的，圆桌上的菜肴几乎不见荤腥，两大盆山芋倒是冒着热气，香喷喷的十分诱人。

饭后，接待人员带领我们参观一个靠近县城的村庄。

汽车开出城区约摸十来分钟，奇怪的景象出现了：只见并不很宽的公路两旁，是一只接连一只的大坑，那一只只坑约摸双人床大小，四四方方的，有的还积了脏兮兮的浑水，活像怪物一样一只只趴在公路与农田之间，间隔着一根根电线杆，数不胜数，让人看了好不舒服，我们一行人不明其因，个个都显出好奇的样子。

陪同我们的当地干部看到我们神情疑惑，便直言相告："那坑是被盗挖出来的，一些乡办陶窑胡来，乱挖土……"

原来，当地农业不太景气，出产的陶器倒颇为有名。这种陶器外形粗砺，质地厚朴，历来为人喜爱，于是挖土烧窑也成了当地的一大产业。然而，在"高速发展""全民奔小康"的形势之下，农村的土地一片连一片地快速被征用了，窑厂急需的主要原料也日益紧缺了，于是，公路两侧的土坎遭了殃。对这种破坏市容，破坏道路交通的盗土行为，县公安、工商等部门也查禁过，惩处过，但总是阻挡不住。过后不久，人们消费观念审美观念都快速转变了，外形粗笨的当地陶业很快失去市场，窑厂产品滞销堆积，窑厂效益低下，职工拿不到工资。而没有利润的许多乡镇企业，也成了职工流向城市的一个源头。

不一会，载着我们一行人的"京备"中巴开到了目的地。这是一个不起眼的普通农村。这天，却洋溢着几分喜庆气氛。原来是村里一个二十出头的小伙，明天招亲。这会儿他家里正忙乎着，小屋前搭起了凉棚，摆开了七八张方桌，大红"喜"字贴在窗户上，小伙子的老爹老娘，还有他姐等一拨家人里外忙个不停。只有那准新郎，啥也不干，一身光鲜地在村子里踱来踱去。那一身浅灰色的西装，有点肥大，穿在他瘦瘦的身上，显得几分晃荡。他不时举起手臂，笑吟吟地向邻里乡亲打招呼。紧跟着他走来走去的是五六个男娃女娃，有的光着脚丫，有的拖着鼻涕，个个也是兴奋不已。那模样，不由让我想起自己的童年时代，交通西路老屋门口偶尔有辆汽车驶过，一大群童年小伙伴也会觉得稀罕，争先恐后跟在车后追逐奔跑！

看着新郎那春风满面的神情，我们也为他高兴。柴秘书长更是个善做群众工作的干部，一听这家正在筹办喜事，遂即让我跟着他一起上门道喜，还让我掏出一块工艺挂表送给新郎，作为见面贺礼。当然这块挂表也不是我自己原来就有的，而是这次工作组成立前，柴秘吩咐各个成员单位都准备些小礼品，以便每到一处赠送赠送。于是各单位就分别购买了黄铜茶具、文房四宝、纪念礼袋等等小玩意。工艺挂表则是民政局那位干部带来的。这些礼品，我们工作组每人也先都分得一套。那天我正巧带着分得的挂表，柴秘书就让我拿出来赠送给新郎了。

新郎双手接过挂表，乐得眉开眼笑。他的老父老母更是连连道谢。新郎的姐姐则在一张方桌上摆开大碗，忙着要为我们沏茶，一群娃娃不用说了，全都围着我们好奇地东张西望……

“大上海真是好地方吖，”新郎的老爸得知柴秘书长是个上海来的“大干部”，得知我们是上海来的工作组，脸色突地分外红亮起来，笑呵呵地赞不绝口，“我儿子，就是在大上海打工的，这才挣到了钱哩，上海好哇上海真是好，我儿子能娶上媳妇，人家姑娘就是看上这小子在大上海有了工作，你们瞧这小子一身的西服，多气派，尽料子的，八十好几哩，全是他自个儿置的……要是赖在家里种田，这平展展的衣裳，别说能穿上身，连瞧都瞧不着呢！”

在这小小的村子里转了一圈，得知像这户办喜事人家一样，外出打工的，占了大半数，这些人家，留下的只是些老人、孩子。实在脱不了身的那十几户人家，少不了三天两头地自艾自怨，自认晦气。进城打工，进城挣钱，几乎已成了整个村子的一致目标和最高追求。

离开了这个皖北小村庄，我们又继续北上，到了河南沈丘、官渡、南阳、开封……一站站继续我们的工作，继续与当地政府部门接触、交流，一遍遍说明上海的情况，诚请他们协助。协助什么呢？请他们尽快协助，组织农民工有序流动。

一路上，尤其在一些贫困的小县城小村庄，我们不时见到土墙上刷着这样的一条条标语：

谁富谁光荣　谁穷谁孬种
今天不进城打工　明天莫后悔眼红
进城是条致富路　打工是棵摇钱树

看着这一条条标语，看着一个个火车站上人头攒动的流动大军，我心里暗想，我们这支工作组，看来，只能是白费一通力气了。

回沪不久，得知另外两路工作组，一支前往贵州、四川的，一支前往湖南湖北的，他们工作的效果也同我们一样，说客们一路劳顿费尽口舌，结果呢，那就不用再说了……

11. 我的建国路“情结”

在上海市中心的南面，有条建国路。分为东、中、西三段的建国路不宽也不长，却是历史久远。早在上个世纪二三十年代，它分别是法租界的康悌路、薛华立路、福履里路。这条道路两侧，尤其是在建国中路、建国西路两侧，绿树成荫，别墅幢幢，虽经百年风霜，依旧显露着难以消磨的法式风韵。

我，与这条别具一格的建国路，可说是有着一份特殊的感情。因为我的工作、我的业余创作以至我的家庭生活，都与这条建国路有着密切的联系，有着说不完、道不尽的“情结”。

早在五十多年之前，1962 年 7 月，我高考落选，心情沮丧。郁郁不欢之中，一所新建的特殊高校——上海市政法干部学校内部招生，我被录取了，真有说不出的高兴。新生报到，就在建国中路 26 号。因为政法干校远在西郊哈密路（与上海电影专科学校在同一校园），新生报到后尚需作些写自传等项准备，这些事儿就由学生们自行在家中进行。为方便起见，新生报到就借用了地处市中心的建国中路 26 号，也就是上海市公安局卢湾分局。

进入政法干校，既是入学就读，也是参加工作。因此，报到那天，我就领到了生来的第一份工资：25 元人民币！

25 元，在 1962 年，可算得上是一笔不低的收入了。当时工厂里的学徒工，每月工资 16 元，三年后满师转正，月薪也就 36 元。我们进干校读书，每月还拿 25 元，我很满足。

报到后一回到家，我就将“工资”交给父母。父母也很高兴，却不收这钱。我即爽快地从中拿出 15 元，寄给了外婆。这时，外婆已不住我家，一年之前就到安徽蚌埠，随二舅生活去了。

事后，父亲告诉我，妈妈很开心，比她自己收了这钱还要开心！

11 月 25 日报到那天，我的童年小伙伴董登高（这时已不叫他小名小和尚，而称呼大名登高），还有住在他家隔壁的他的表妹小彩娣，一早就来到我家，抢着帮我扛被褥提网袋。他俩送我过了大洋桥，又沿交通路往东，翻过老旱桥，一直送到天目西路 41 路公交车站，等到车来了，才依依惜别。好像我住了校，这一去就不再返回交西似的。

自从那次报到，以后，我就常常光顾这条绿树成荫的建国路啦！

从卢湾公安分局往西，隔着一条瑞金二路，不过一二百米，便是建国西路 75 号。

“75 号”，门禁森严。这里又是什么单位呢？局外人全然不知，即使是局内干警，也并非都能知晓。尤其是在 1968 年 7 月 26 日那场公安两派武斗之前（两派武斗前后经过，载本书第 75—77 页），“75 号”绝对是个神秘的大院。而我，却是这里的常客。

建国西路 75 号，在上世纪二三十年代，曾经是法租界的法国兵营。院子中央是偌大的操场。南、西、北侧是三排长条形的四层楼建筑，坚固的结构，赭红色的外墙，呈现出典型的法国风格。西部底层有个小礼堂，虽然不满上千个座位，却也是当年上海公安机关最大的一座内部会场了。

进入政法干校之后，我经常接到市公安局政治部交代的额外任务：为市局文工团编写节目。也就是搞些朗诵诗、节目串联词以及小话剧、小戏唱词之类的"应景"创作。文工团排练及内部演出，就在建国西路75号礼堂里进行。作为节目的编创人员，我就能多次进出"75号"了。

那时候，来到"75号"活动，文工团召集人丁文贤多次叮嘱我们，不要在院子里随便走动，看到了什么，也不要到外面去传。听她说得神乎乎的，越发使我对这里的角角落落感到好奇。后来，丁文贤还是悄悄告诉了我，说这"75号"是上海公安机关非常重要的要害部门，集中了上海公安搞政保工作的一、二、四、五、六等业务处，是非常保密的对付"帝特蒋特"（即美、英、日等帝资修国家与台湾国民党特务）的反间谍情报侦察部门。

尽管我从未搞过政保工作，从未接触过情报侦察业务，但由于搞创作，尤其是1974年以后连续数年专职写公安题材的小说和剧本，经过上级特批，我就能经常地与"75号"那些个特殊的部门打交道了。深入反复的采访，不仅使我了解到一个个典型的案例，还知晓了不少侦察员的传奇经历和个性特质，并与许多侦察高手结下情谊，成为好朋友。

就拿案例来说吧，几乎都是上海解放以来侦破的重大间谍特务案件。其中有1952年前后侦破的直属美国中情局指挥的美国第44海外观测队（ESD44）上海总部雷德蒙案；有上世纪五十年代初期打入太湖“国民党地下救国军江浙司令部”，策反潜特头目金家骧大案；有经过十余年长期侦察、精心经营、后为配合外交斗争，经周恩来总理批准结案的日本老牌潜伏特务案；有被台湾国民党特务机关收买，疯狂搜集我政军经情报、并洋洋得意地登上南下列车伺机出逃的蒋特孔繁萍案；有为贪图享乐，在香港被敌特发展后派入大陆执行爆炸指令的胡顺井案；有密谋暗杀陈毅市长的蒋帮派遣特务、军统王牌杀手刘全德案；有反动会道门首领、“顺政国皇帝”张成宝案；还有披着天主教司铎外衣，大肆进行反动宣传及情报活动的数名帝特案件等等。

大量从未对外透露的绝密案例，以及侦察员们超乎常人的智慧和毅力、还有种种特殊的侦察手段，极大地丰富了我的头脑，为我进行小说以及后来的电影剧本创作提供了极大的方便。

那时候，我家住浙江北路一间十三四平方的阁楼上，常常是待到妻子女儿入睡之后，我才伏在一张方桌上开始写作，常常写到深更半夜、甚至通宵不眠。

隆冬深夜，陋室更寒。我就习惯地将被褥围在腰间，继续往下写。“家少楼台无地起，案余灯火有天知。”可说是我那时认真写作的景况。奇怪的是尽管很苦很累，但内心充实，越写越有劲，欲罢则不能。

如今已年高九旬的孙俊芝先生，在我 1974 年到建国西路 75 号采访时，他任职政保一处处长。与其他许多侦察员一样，他也十分热情、详细地向我讲述了不少与帝特较量的故事。在他离休时，搞反间工作的几个业务处，已与公安部门脱钩，另行成立了“上海市国家安全局”。1994 年前后，该局副局长唐连勋（即解放初乔装打入太湖，策反蒋帮潜特头目金家骧的优秀侦察员）提议设立一个上海国家安全史办公室，并编辑一本《上海国家安全史料》的不定期刊物。孙俊芝离休后不图清闲，与同样离休的原政保二处处长阮昌如等情报专家一起，积极投入了编史工作。1996年秋季某日，孙俊芝特地找我，希望我能为刊物稿件“把把关”，对稿件写作技巧及文字词句方面进行修饰。他出语恳切，还开列了每期300元改稿费。协助阅稿，我答应了。报酬，我则坚决不收。这份内容翔实、史料珍贵的内部刊物，我协助编辑了八九期，从中又让我加深了解了上海反间部门的特殊战斗和杰出贡献。反间部门真是一条看不见的战线，反间人员真是一群大智大勇的无名英雄！

1998年初，上海市国家安全局决定创作一部反间题材的电视系列剧。唐连勋、孙俊芝等老前辈再次邀我参加写作。此后，我又多次到建国西路安亭路口的一座内部宾馆和建国西路吴兴路口的一座花园洋房之中，一次次讨论创作问题。经过大家近两年的苦干，终于完成二十四集电视系列剧《上海秘密战》。

建国路，不仅同我的文学创作缘分深深，而且同我的本职工作，也是关系密切。我曾一度任职的岗位，即上海市公安局政治部，也设在这条建国路上。那幢位于建国西路394号的八层建筑，也同建国西路75号一样，是建于上世纪二十年代的法式洋楼。柚木地板，落地钢窗，厅室高敞，环境优雅。是全市公安部门两大首脑机关，即市局办公室（后称指挥部）、政治部的办公部门，也是当年全市公安机关条件最好的一幢办公楼。

我初到“394”工作，是在1970年秋季。“394”周围尚无一幢超过八层的房屋。我站在办公室的前阳台，朝西望去，远处的衡山宾馆清晰可见。衡山宾馆，旧称“毕卡第公寓”。1952年，被我反间部门打掉的美国第 44 海外观测队上海总部曾设在此。

在我办公室的后阳台北面，隔着院墙，有一方精巧的庭院。庭院中有一座大理石地中海式建筑。1949 年 5 月上海解放之前，它曾是梵蒂冈教廷派驻中国乃至东亚地区的天主教教务协进会。这座沪上少见的白色大理石建筑，在上世纪末难逃拆除噩运，呼啦啦地就被夷为平地。过后不久，原址上冒起一座与周围建筑很不相称的"上海中国画院"。

那记忆中的白色大理石别墅再往北，仅一箭之遥，与之毗连的花园洋房，即民国大员宋子文公馆。现已改为"上海老干部大学"。

宋公馆再稍稍往北，有个街心花园，竖立着俄国诗人普希金铜像。铜像再北，又是一座白色的豪华宅邸，曾经是国民党将领白崇禧居住过的"白公馆"。

建国西路 394 号西侧，隔着一条狭窄的岳阳路，便是上海滩著名的衖巷"建业里"。在这建于上世纪三十年代的"中西合璧"衖堂里面，曾经居住了法租界及老上海的各式人物。有法租界的安南警察；有霞飞路外国坟山管事；有洋行帮办、老克勒；还有一个曾经是李鸿章小妾的民国美女。在这位曾经风光一时的女人死后，其孝顺儿子既不向亲友报丧，也不设灵堂，却是出人意料地将他娘的遗体如生前一般，"平躺"在雕花大床上。儿子陪睡一侧，一连十余天，尸体腐烂出蛆了，恶臭不堪，惹得四邻怒斥，他仍置之不理。邻居们实在忍无可忍，只得报告派出所。民警与里弄干部强行上门，好说歹说，他才呼天抢地依依不舍地将娘遗体入殓。

我在建国西路 394 号市公安局政治部，前后工作了八年之久。中午饭后休息，常常在“394”周围蹓跶，“建业里”则经常去转转看看，后又深入采访，写成了长篇报告文学《建业里，有个宁波阿娘……》

在“394”大门对面，建国西路南侧，有个别墅群。香港特别行政区第一任“特首”董建华，他的祖居就在这里。别墅群再往南，是一片古柏苍虬的大院，即中国科学院上海分院。解放前为中央研究院，幽深的庭院、独特的建筑，颇受影视导演青睐，多次出现在影视镜头之中。

在“394”的东侧，仅隔几个门号，有一条整洁的弄堂，上海文艺出版社招待所就设在弄内。1991 年秋，我在编辑刊物工作之余，应上影厂之约，编写了电影剧本《黄金黑道》。到了创作后期，经上影厂责任编辑徐世华、肖岚二人联系，我单位批准“创作假”十五天，我就住进那家招待所，闭门改稿，忙了一阵。

1988 年 4 月，我调往创办不久的公安文学月刊《剑与盾》当编辑。起初，刊物编辑部也设在建国西路一侧。中午搭伙，则到建国西路 648 号用餐。“648 号”，原来是华东公安部。该机关撤销后，大楼交市检察院。上世纪八十年代末，原来的那幢四层大楼拆除，建造了高达二十八层的大厦，先后有市政法委、市司法局、市人民检察院等数家市级政法机关在此办公。1996 年下半年，我曾一度借调市政法委宣传处工作。

离开了市政法委，我复回原单位。这时市公安局政治部宣传处又一次搬迁，可新址仍然还在建国路上。那是位于建国中路思南路口的一个大院。半个多世纪之前，这里曾是法租界巡捕房，华人称之为“西牢”。上海解放后，改为上海市第一看守所。“文革”初期，蒙受不白之冤的原上影厂厂长于伶，曾关押在此。我所在的宣传处搬来时，看守所的监房也都拆了，原址上也一样新建了二十余层的大厦。我的办公室在四楼，凭窗西望，就是瑞金医院。这所当年由法国教会创建的“广慈医院”，闻名沪上，救治过无数病患。不幸的是我的生母，因难产未能得治，于1946年秋，一个台风肆虐的夜晚，命丧于该院的“产科医院”，年仅26岁。“产科医院”是一幢独立的红色二层楼房，现在依然屹立在瑞金医院北部。它的旁边，是新建的病房大楼及作放射检查的几个诊室，我每年例行体检要到此做CT，每次经过这里，少不了要朝那“产科医院”，默然看上一眼。

一条并不很宽也不很长的建国路，对于我，真是牵牵连连，情结重重。

真可谓无巧不成书！

除了工作和写作上的关联，在我的家庭生活中，建国路与我，也是十分的密切。

我的女儿芸芸，儿子祥祥，他俩上过的托儿所幼儿园，也在建国路上。一个在建国中路30号，一个在建国西路71号。

有一次，我骑车载着儿子祥祥，送他上幼儿园，那天风大雨大。自行车踏到建国西路陕西路口，见有一辆24路电车慢慢靠站，趁电车停靠的间隙，我抢时间超车向前，殊不知对面的一辆24路驶过来了(当时马路不设单行道)，后面的又启动，一下将我的自行车夹在两车当中！真是太不巧了，忽又一阵大风，将我雨披掀起，遮头盖脸，挡住了双眼，真是危险啊。幸亏我镇静，稳稳地把住龙头，沉住气保持车辆直行，过了一会，觉得两车过去了，才稳稳刹车停下来。一下车就紧紧搂住儿子，气喘吁吁地问道：“没吓着吧？刚才爸爸好险好险哪！”

1993 年 5 月，我家搬迁，新址又在建国西路旁边。而我的两个孙辈，她们的幼儿园，又全都在建国西路！大孙女在市立幼儿园，位于建国西路 629 号；小的在建国西路 570 号，凑巧的是，那园名就叫徐汇机关建国幼儿园。

美丽的建国路，与我真是有情有缘啊！

12. 初识邵健

初识邵健，是在 1966 年 3 月，新柳嫩绿、乍暖犹寒的一天下午。

那时候，邵健担任上海市公安局政治部副主任。我不过是公安战线上的一个新兵，刚从学校毕业，分配到市局交通处办公室，工作还不满一年。

那时候，上海公安系统正在筹备召开第四次团代会。我被交通处团总支推选为团代表，还被确定要在大会上发言。就是为着弄好大会发言的事儿，总支通知我到市局团委去开个座谈会。市局团委设在建国西路 394 号，与市局政治部的几个部门同在一座大楼里办公。

那天下午，我是第一次来到“394”。这儿门禁森严。细细查验身份之后，才微微拉开一道小门。沿着一条通道，我朝里边走边看，迎面是一株高大挺拔的雪松，雪松后面是高高的台阶，台阶连着一座米黄色的大楼。通道两旁，是栅栏隔起的草坪、花圃，面积虽不很大，但几棵梨树长势极佳，雪白的花儿缀满枝头，招来几只蜜蜂绕着那梨花，忙个不停。

因为是头一回来“394”吧，又因为政治部是上级机关，我不免有点拘谨。暗暗思忖，这儿与我上班的福州路总局就是不一样。福州路总局那个大院，车进车出，闹闹嚷嚷，尤其是交通处机动中队的几部“哈来”，一踩油门，发动起来如同打雷，吼声震耳。这“394”大院，多么的安静，就像个花园一样。

一部小巧的电梯，将我送到四楼。我进到市局团委办公室，稍过片刻，同我一样要在大会上发言的团代表到齐了。接着，一位高高瘦瘦、面容清癯的同志推门走了进来。团委书记于强同志立即向大家介绍：“这位，是我们市公安局政治部副主任——邵健同志！”紧接着，他又说了几句邵主任很关心团代会，要听听大家发言的内容之类的话。

于书记说的确也如此。邵主任对大家的发言，听得很认真。共有六个人呢，每人讲了自己准备发言的大致内容。邵主任一一细听，直到一个个都说完了，他才发表了自己的意见。邵主任讲的大致意思是：我们公安系统部门多、业务广，任务艰巨，广大青年同志勇当排头兵，是各个单位最活跃最积极的生力军。即将召开的团代会，就是对我们青年工作的一次检阅，也是全市公安系统青年工作的新起点。他希望大家的发言不要光讲那些大道理，发言要实在，要有重点，要体现出青年的特点、本单位以及本人的特点。大家把发言搞好了，团代会也就成功了一半……

浓浓的山东口音，将这些嘱咐慢慢道来，确实让我们开窍，听得入耳入心。座谈结束后，邵主任又同我们一一握手，亲切道别。他那和蔼的长者风度，给我们这些年轻人印象深刻。

可是，谁也没有料到，我那次在“394”与邵健的初见初识，竟成永别!

1968 年 9 月,一个异常闷热的夏夜。在狠斗“走资派”、横扫一切“牛鬼蛇神”的狂风恶浪中,已被打入冷宫、枉遭审查的邵健,又被造反派秘密绑架。

这一去,邵健他永无复返!

邵健遭受迫害,不幸身亡的噩耗,我是在他离世后,时隔一年之久方才得知的。这时,一度被造反派“砸烂”的市公安局政治部,在公检法实行军管一年之后,恢复了名称和职能。我也调进了这个机构,在宣传处工作。那天,当我一头进入那个曾经来过的“394”大院,立即就想起了邵健。我还天真地想象,又能与邵主任见面了,还要在他直接领导之下工作……可是没过两三天,我就心情沉重,哀痛怅然!邵健,一个平易近人的慈祥长者,竟然……

到新“成立”的政治部上班之后,我才陆陆续续得知,邵健有着非凡的曲折经历。尤其是在我们这座城市解放之前,他担任中共上海地下党警委书记。这可是一个随时都要为之献身的重任啊。他领导着一群赤胆忠心的革命者,与国民党上海特别市警察局的那些凶险毒辣的反动分子,斗智斗勇,反复较量,在极端险恶的环境中,获得一个个重大的胜利……

光阴如箭,白驹过隙。一忽儿十几年过去了。1999 年,邵健努力为之奋斗的上海市人民政府公安局,成立 50 周年。借此纪念之际,我编写了一个小话剧《接管》,在隆重热烈的上海解放暨上海市人民政府公安局成立五十周年纪念大会上进行了公演,一并作为对敬仰的邵健的深切怀念。

附：

接　管

（小话剧）

1949 年 5 月 28 日，这一天将永载史册。这天上午 9 时许，中共华东社会部副部长梁国斌及李士英、杨帆等首长率领 20 多位接管人员乘坐两辆美式吉普车来到四马路一大楼前（现为福州路 **185** 号）**，接管了国民党上海市警察局。**

人物：

梁国斌　解放军三野某部首长、军管干部

李士英　解放军三野某部首长、军管干部

邵　健　中共旧上海市警察局地下党警委书记

陆大公　旧上海市警察局代局长

通讯员、秘书等　数人

时间：1949 年 5 月 27 日

地点：上海交通大学体育馆一角

（天幕显示室内灯光、球场、篮球架）

（舞台一侧是几张课桌拼成的临时办公桌。桌上有厚厚的卷宗、文件、公文包、电话。地板上是几只尚未打开的军用背包。几名身穿解放军服装的军管人员忙碌地走动。两位首长正在办公桌前看地图研究工作）

（通讯员急上）

通讯员：报告！最后一批从丹阳来的同志已经到达！

梁国斌：（看表）九点四十三分。好！接管国民党上海警察

局的700多名南下人员全部到齐了。(转向李士英)老李,到底是南方大城市,火车加汽车,比起在山东老区,靠两条腿赶路快多了。

李士英: 可大伙心里还嫌太慢,在丹阳集训,一坐就二十几天,哎呀,不少人都坐不住了。就盼着早点南下,早点接管大上海。

梁国斌: 坐不住也要坐,陈毅司令员说了好几回,我们是第三野战军,到了大上海不能再野了。从国民党手里把大上海夺过来,不容易! 要管好,更不容易。特别是我们接管国民党警察局的,不定下心来学习个十天半个月,把城市工作的一条条政策装进脑瓜里,怎么行呢?

李士英: 这可要感谢上海地下党警委的同志们。地下党情报系统为我们搞了厚厚的三十本资料,把大上海方方面面的情况都作了详细的介绍,及时雨呀!

梁国斌: 知己知彼,才能打胜仗。上海地下党警委的工作真像一把锋利的钢刀,插进了敌人的心脏……

通讯员: (急上)报告! 有个丘八,要见首长。

梁国斌: (表情严肃)王长锁! 你说什么?

通讯员: 我,我说有个国民党的警察也要来……

(梁国斌与李士英互看一眼,立即明白,兴奋)

李士英: 快,快把他请进来,快去,快去!

通讯员: 是。

(通讯员即下,随即领着邵健上,梁、李快步迎上,握住邵健的手)

梁国斌: 啊呀! 是老邵啊,辛苦了,辛苦了!

邵健：(激动地看着梁、李)老梁、老李，你们终于来了，解放军终于来了！

李士英：快坐，坐，王长锁，快给这位……哈(大笑)老邵啊，我们的小王同志刚才还把你当作丘八……

邵健：(笑容收敛)这从头到脚的，咳，国民党的警察，真是让人讨厌！

李士英：老邵，只能再委屈大家几天了。上级指示，警委地下党，暂时还不要公开。不过，警察局接管之后，很快就要成立上海市人民政府公安局，到成立大会那一天，老邵，请你上主席台。

邵健：我上主席台？穿这身黑狗皮？

李士英：不！要穿上中国人民解放军军装。咱们地下党的同志，不容易，都是有功之臣。要上台，穿军装！

邵健：(激动)要上台，穿军装？

梁国斌：(肯定地点头)这可是陈毅同志亲口对我们说的！

邵健：陈毅同志说的？

梁国斌：对！陈毅同志还指示我们，接管工作千头万绪。千头万绪还是有个头绪嘛，三个大头不能丢掉，一是接收，二是管理，三是改造。对国民党上海警察局，要想管好，必须要紧紧地依靠咱们的地下党，紧紧地依靠上海广大的工人纠察队和人民群众。老邵啊，我们要抓紧筹备，尽快地把上海市人民政府公安局的牌子挂出来。对了，上级还指示，为了配合上海市民庆祝解放，要搞大游行、解放军入城式。全城欢呼，人山人海，这交通、治安，可是咱们的责任……担子不轻唷。

李士英：老邵，你看，旧的警察局还没打碎，新的任务就一件件压下来了。来,我们抓紧研究一下。先请你说一说,目前警察局的情况。

邵健:好! 我先汇报一下。上海旧警察局,总局下设七处四室,以及 29 个分局,共有员警一万六千多人。5 月 24 日,毛森召集应变会后匆匆逃跑,临时委任的代局长陆大公,已经被我地下党争取过来。这主要是肖大成同志根据上级指示,通过旧警局人事处处长做了大量的工作取得成功的。目前来看,旧警当中,除少数坚持反动立场,多数尚能在岗,等候处置。

梁国斌:一万六千多个国民党警察,能做到不乱不散,这就很不容易。(转向李士英)老李,我们早就听说,警委地下党的几个领导,在蒋介石的白色恐怖下,在杀人魔王毛森的眼皮底下,悄悄收听解放区电台,把《约法八章》一字一字记录下来,刻钢板,印传单,一份一份寄给全市警察系统所有巡官以上警官。警告他们立即停止危害人民的作恶活动,认清前途,争取出路。这可是个大炸弹,在国民党警察局里来个猛烈的大爆炸。

李士英:就是就是,毛森气得汗毛都发直了,天天在追查,可我们地下党就是不怕。革命的信念嘛,坚不可摧! 好,好,说下去,说下去……

邵健:到今天为止,总局和一些分局的要害部门、档案、枪支,还有一些坚持反动立场、枪杀过我革命志士的反动警察,已被我们控制住了。总局和分局的二十多个地下党支部,500 多名地下党员,全部行动起来,抓紧工作,做好了解放军接管的准备。

梁国斌:太好了,事不宜迟,只争朝夕。明天上午,咱们就到四马路总局去。(看表)唷,十二点了。这时间,过得太快了。

邵健：老梁，老李，我就先走了，还要到邑庙分局，跟几个同志商量工作……喔……你们一早从丹阳过来，也……（忽见地板上的背包）哎呀，你们还没住下呀。

梁国斌：怎么没住下，一来大上海就住下了嘛。

邵健：（疑惑）住下了，住哪？背包还都在这里呢！

梁国斌：（脚跺了跺地板）就在这儿！

邵健：（恍悟）就睡地板？

李士英：比起攻城的战友，睡在大马路的水门汀上，我们睡地板可是好多了。

（三人齐声大笑）

（暗，转场。第二天上午）

（天幕显示，四马路警察局大楼，大门，旧警局的牌子尚未摘去。大门两旁堆着沙包、工事）

（在零星的枪声中，一些解放军战士跑步上场，荷枪站立，口令声。战士们立正，梁国斌、李士英在地下党领导邵健陪同下上场。通讯员王长锁随后）

邵健：（向梁国斌、李士英介绍）这座大楼，就是国民党上海特别市警察局，它从1935年建成到现在，作为反动统治的机器，整整14年了。如今，上海解放了，人民盼望的一天终于要到了！

梁国斌：毛森是想不到的，会有人民的今天！

李士英：可他们不会丢掉幻想，总是幻想卷土重来，再坐他的宝座。

梁国斌：是啊是啊，我们要为人民掌好刀把子，责任重大！陈老总在丹阳就说，你们接管国民党上海警察局，了不得。你们就是韦陀菩萨，韦陀是干啥子的？是神仙世界干保卫的。人民当家做主了，你们为人民干公安，光荣啊！

（几个国民党警察，手举小白旗，从另一侧颤颤巍巍上，边上边哼哼地出声：欢迎解放军，欢迎解放军。一当官模样的警察缩在后面随上。）

通讯员：（跨上一步）站住！

（众旧警惊，不住点头称是）

旧警甲：（恭恭敬敬地深鞠一躬，朝缩在身后的警察努嘴，示意。那警察故作不见。旧警甲无奈，只得吞吞吐吐地说）禀，禀告长官，国民党上海市警察局代，代局长陆大公，派令鄙人，前，前来欢迎解放军……

通讯员：（气愤）什么呆局长、傻局长的，摆什么臭架子……

梁国斌：（伸手示意王长锁不要再说）陆大公先生已经同我们通过电话，根据他的表现和态度，军管会也礼尚往来，请他放下包袱，留任公职，配合接管，维持治安。现在，他正在处理一桩公务，我人民解放军军管会正是崇尚务实，只要有益于维持上海治安，有益于上海市民，我们就双手欢迎。

旧警乙：长、长官，解放军真的宽宏大量，对、对我们也、也不计前嫌？

李士英：中国人民解放军《约法八章》，条约内容，员警谅已知晓。凡遵守者，并能配合接管，我们一概欢迎。那些坚持与人民为敌的旧警，当然不在此列。对于绝大多数员警，我们也明白，他们是为了混饭吃，过日子，这也情有可原。但是，不少员警染有恶习，敲竹杠，吃白食，看白戏，老百姓讨厌。国民党警察是警察人民，我们以后也当警察，是人民警察。一个是警察人民，一个是人民警察，这是天壤之别，本质不同。

（众旧警竖耳聆听，新鲜，又似难解，脸上流露复杂的神色）

梁国斌： 陈老总曾举例子说，苏州河上黄包车上桥，拉不动走得慢，国民党警察上去就是一脚，拉黄包车的屁股踢痛了也不敢叫，他嘴上不哼不叫，心里却恨死国民党警察。以后呢，我们人民警察看到车子上桥，帮他推一把，可以吗？可以！这一个踢一个推，大不一样。旧警察就是警察人民，新警察就是人民警察！

（众旧警明白，不住点头）

旧警甲： 我们……这号人，也能当，当人民警察？

李士英： 刚才都说了，只要你们拥护接管，安心工作，努力转变立场，就好嘛。

旧警甲： 可是，有，有的说，解放军来了，要在跑马厅，对我们这帮警察机枪点名。一个不落，统统枪毙。

（梁、李笑。对老邵，又是坦然大笑）

梁国斌：（对老邵）老邵哇，你看你看，当年咱们在江西打白匪，不也听过这样的说法，可是，历史作了最好的回答。

（正说着，陆大公在一西装革履、戴金丝边眼镜的秘书引导下，从一侧出，众旧警见，立即挺胸吸肚，肃立一旁，个个木头人一般）

陆大公：（瞥了旧警甲一眼）胡说八道！

旧警甲： 是！代局长胡说八道。

秘书：（愤愤地纠正）代局长说你胡说八道！

旧警甲： 是！代局长说你胡说八道。

陆大公：（挥挥手）去，去，站到一边去！（转向梁、李，脸上堆笑)怠慢怠慢,实因公务冗杂,有失远迎,有失远迎。

梁国斌: 陆大公先生,你过谦了。应该说,你是弃暗投明,人民政府要欢迎你,包括所有愿意为人民服务的你的下属。

陆大公: 有幸有幸。王秘书,还不快快向长官,噢……向,向解放军首长禀报详情。

秘书: 是!(翻开公文夹,取出一份清单呈上,通讯员王长锁接过,交梁国斌)

梁国斌: (看了清单一眼)好,对这些收缴的档案、枪支弹药,还望陆大公先生派员,协助我接管人员严加保管。

陆大公: 一定,一定!(转向王秘书)总局大印,还不快快呈交!

王秘书: 噢!(连忙打开公文大皮包,取出局印恭恭敬敬递给王长锁)

王长锁: (向梁请示)怎么处理?

梁国斌: 交军管会,封存!此事等会你就去办。

王长锁: 好!(将大印收进背包)

陆大公: (喘了口气)嘀——(忽有所悟,弯腰朝向大门摊摊手)进,请进,请进,欢迎人民解放军,欢迎军管会接管!

(梁国斌、李士英两人互看一眼,欲走又停)

李士英: (朝旧局牌瞥了瞥)这牌子……

陆大公: (顿时领悟)摘牌摘牌,王秘书,快派人摘牌。

(未等王秘书发话,一旁站立的几个旧警赶忙上来,七手八脚将旧牌卸下)

(梁国斌、李士英、邵健相视一笑,跨开大步进入总局大门)

(台上,原先缩在后面的警察忽见旧警甲、乙等人正在卖力

地拆除工事，搬走沙包，似有不解）

旧警甲：刘股长，还愣着？快干哪！

刘股长：干……干啥？

旧警乙：你真是个黄鱼脑袋，军管会首长说得多清楚，以后要当警察，就是人民警察，把这些与人民为敌的沙包、工事拆个干净，就是……就是为人民办了第一桩好事嘛！

旧警甲：他不干，我们干。

刘股长：（稍一沉思）干，干，我也要……我也要跟你们一道……为，为人民办事（挽起袖子，拆搬工事）

（灯光大亮、一支腰鼓秧歌队，由一侧涌上台来）

（欢乐的秧歌，不绝于耳）

（剧终）

13. 悲风壮雨七子山

1979 年 5 月 1 日，国际劳动节。因为是劳动节，人们多了一天休息日。正当千家万户安享节假之时，在远离上海一百多公里的苏州郊外七子山，发生了一场刻骨铭心的巨大悲剧！

这天上午九时许，七子山脚下一片草木稀疏的空地上，聚集了十几个忙碌的身影。他们正在紧张地挖坑刨土，争分夺秒做着引爆废旧炮弹的准备工作。这天天气晴朗，气温逐渐升高，虽然有几棵树木遮挡了明晃晃的阳光，还得要抓紧才好。

远远地看到卫淑海抬起手腕看了看手表，他肯定是在把握着引爆的时间。挖坑填弹工作进行得还算顺利，就等最后的三发废炮弹下坑了。

销毁废旧枪炮弹药，这可是一桩及其危险的差使。对付几十年前的战争时期遗留下来的一大堆“火爆性子”，选址、运送、挖坑、填弹、引爆……每一道环节都得倍加留神，每一道程序都紧贴着生命的弦。

上海市公安局消防处义不容辞，担当了这项繁重又危险的特殊使命。

其实在七子山销毁废旧弹药，这次已不是第一回了。卫淑海再次担任了这项任务的总指挥。可是万万没有料到，就在他靠近那黑糊糊的坑洞，全神指挥着将最后一发炮弹缓缓下进坑洞的一刹，突然，“轰——”一声巨响，天翻地覆，浓烟冲天。随即，密密匝匝的燃爆声、炸裂声、倒塌声……在一团一团炽热的火球中，前呼后拥，排山倒海一般，冲出坑口……

坑口，瞬间就变成一个极大的凹塘！

远在数十米外、伏在岩石后面的另外十几个爆破队员被眼前突然发生的一切惊得目瞪口呆，可稍过一瞬，他们就弹簧似的纵身跃起，急吼吼地要向坑口冲去。要不是被这次爆破任务的副指挥胡玉琨大声喝住，那群冲向坑口的消防干警，后果也是难以设想。

卫淑海，不幸壮烈牺牲了。

同卫淑海一起牺牲的，有市局消防处消防科科长蔡越，还有五位，我叫不出姓名，一共七名消防干警！

上海消防史册，永远铭记这悲壮的一天——1979 年 5 月 1 日！

那天牺牲的七名烈士之中，我所熟悉的只有一位：卫淑海。他曾经是我的上级领导——市公安局交通处副处长。

那是在 1965 年 5 月之后的一年之中，我刚从上海市政法干校毕业，分配到市公安局交通处办公室工作，大约一年之后，我离开了交通处，调往市局政治部。卫副处长也调到市公安局消防处，担任副处长。

那时，卫淑海约摸四十来岁，瘦高个，瘦得脸上颧骨高高的，喉结突突的，双眼也深深凹陷了下去。他还理了一个土巴巴的板刷头，就像一个久经风霜的老农民。夏天，他常常穿着一件皱巴巴的短袖衫，一点儿没有当领导的风度。他说起话来，更不像个领导了，老是急急吼吼，连走路也是匆匆忙忙。说实在的，他那副模样，我印象不佳。

我同他的"近距离接触"，还是在一次小型会议上。1965 年 9 月，交通处准备召开一个全市交通干警先进表彰大会。由于卫副处长是分管全处思想政治工作的领导，理所当然就是这大会筹备组召集人。第一次筹备会我也参加了。只听得卫副处长干脆利落，没什么啰嗦，就将材料组、联络组，还有会务组什么的一一定了下来。前后不到一个小时，筹备会就要结束了，出乎意料的是，他突然抬手朝我一指："小陈，你起草个领导讲话，下星期交给我。"我一下蒙了，他竟指名道姓，派我这个刚到交通处的小年轻起草领导讲话！这稿子怎么写啊？可让我抓头皮了，会后，我费了好大一番功夫，头发撸掉七八根，在一大堆简报材料中东找西挖，又经过办公室老法师朱仲德一番指点，总算按期交出了长长的一大篇。更没想到的是卫处长接过那讲稿，匆匆浏览一下，"行!"那极为爽快地一声肯定，顿然使我如释重负。随后我就飞快下楼跑进食堂，开心地点了一份糖醋排骨，自我犒劳了一下，那顿午饭真是吃得特别特别的香!

说来也怪，从那以后，我对卫淑海的印象，就变得好了起来。即使听到有些人对他不恭，譬如说什么"老卫不正经，走路冲冲撞撞，就欢喜往女同志身上撞……"我也不加附和，有时还直言相告："别瞎讲！卫处长不是那种人，他只是性子急，做什么事都是风风火火的嘛。"

卫淑海确实是个急性子。他的爽直，大概是同他的经历有关吧。他原来是个当兵的人，而且当的是炮兵！他在福建沿海的炮兵部队，艰苦服役了二十几个年头。从基层战士，一级级往上提，直到晋升为炮兵团长。在那两岸对峙关系紧张的相当长的一段岁月，他作为战士、作为指挥员，不知向那边打去多少发炮弹！可以说是难以统计了。

可能就是这么个与炮弹、与硝烟长期接触的特殊经历，他转业后来到上海市公安局，先在交通处任副职，不久便调任消防处副处长。指挥销毁废旧枪炮弹药的艰巨任务，也是非他莫属吧。

可是，老天无情！

听到他牺牲的消息，我顿时愕然，犹如五雷轰顶！那天中午上食堂，饭菜全无滋味，一脑子尽是卫淑海的影子。

卫副处长走了，我好难受。

他留下了一个儿子，却是一个精神病患者，每想到此，我更难受……

转眼，十几年过去了，卫淑海留下的那个儿子已长大成人。可谓人大心大，对异性的需求，并不因为他患病而有所缺。他的母亲也够操心，生怕这有病的儿子出门上街会惹事，便想方设法将他关在屋子里。幸好他家有个大大的阳台，能让儿子到阳台上活动活动。他家就住在岳阳路195弄，他家的阳台，正对着我工作的市局政治部宣传处办公室后窗，他到阳台上走来走去，我和我的同事们都看得清清楚楚。

可是，有一天，突然听到他一声吼叫："我要老婆……我……要……老……婆……"

那声喊啊，不光是响，还惨惨的，听得我心头一颤。办公室里的人也都听到了,有的哈哈笑了起来,有的转脸朝向那阳台,其中一人还脱口说了一句:“憨大!”

我却一点也笑不出来,反倒是觉得心里好一阵酸楚!

我又想起了我的老领导——卫淑海!

卫淑海为了众人的安宁,与他的六名下属,在人们欢庆五一节的那天,壮烈牺牲了。可是,他的在天之灵,难得安息啊!

14. 帕米尔雄鹰

我上中学的时候，有一天放学路过长寿路江宁路口的电影画廊，看到一张新贴的海报：《帕米尔雄鹰》。这电影我没看过，但从海报说明中还是大体了解它是一部反特故事片，说的是新疆维吾尔族公安侦察员大智大勇，破获复杂的特务案件的故事。

一部惊险反特片，为什么要用上《帕米尔雄鹰》这么个片名？那时候，我不清楚。

往事如烟。当年脑中一闪而过的疑问，过后也就忘记了。还真没想到，事过四十几年之后，"帕米尔雄鹰"，突然又从我浑沌的脑海之中跳了出来。而且让我由衷地觉得，这个电影片名，起得好！

说来话长，这一突发的感觉还来自于我的一次新疆之行呢！

那年秋季，我那对我百般照顾的女婿，发现我喜欢《新疆是个好地方》这歌儿，却从未去过一次新疆，于是就特意利用公休节假，陪着我到天山南北畅快地转了一大圈。

新疆之大，新疆之美，新疆人之豪爽热情，让我感慨，让我难忘。这些，我就不去一一细说了，单说那北疆明珠喀纳斯吧！喀纳斯的天是那般的兰，水是那般的清，漫山遍野的绿草繁花是那般的悦目！开得最多的是那亭亭玉立的虞美人，亮黄色的花瓣就像一片片轻柔的薄绸，被风儿逗弄得快乐地抖动。我曾经到过欧洲引以为傲的瑞士，那里的山冈森林，河流草场，不也就如同我们新疆的喀纳斯吗？

清晨，我徜徉在森林宾馆旁边那条淙淙流淌、不时激起朵朵水花的喀纳斯河边，山风送来阵阵松脂与各种花儿绽放混合的清香，令我神清气爽，四处观望。

忽地，我的视线被一只老鹰紧紧拽住了。只见那不远处的一座山岗，刚刚还孤零零地突兀着，咋的一下就闪进一只鹰来？活像一幅平静的电影画面，突然插入一个闪回，一个特写，不容你细辨它的来处，它已牢牢抓住你的眼球！

这老鹰，不，应称它为雄鹰！这雄鹰插入的姿势，简直流星一般，极其明快、极其利索，刷地一下就斜冲过来了。蓦然间，它又定格一般停在半空。说它定格，当然只是短暂的一会儿。稍顷，它那宽阔的两翼平展开来，两翼几乎一动不动，全凭风儿将它庞大的身躯举上压下，推前挪后。它却是那般的逍遥，就像做着惬意的滑翔游戏。如此的举托盘旋，数圈之后，它忽地一个猛栽，几乎成一条直线俯冲下去，从高高的山岗之上坠入树丛。雄鹰矫健的形影顿时从我视线中消失了！我想，它一定是发现了什么猎物吧，那么快速、那么敏捷的坠落，必定是……

果然，不出所料，仅隔片刻，那雄鹰又出现了！只见它冲出树丛，直扑扑地升腾起来，而它那腹下，果然有只被牢牢揪住的活物，活物还在拼命地挣扎，只是被那雄鹰轻巧地拎在半空，无法逃脱。随后，雄鹰的双翅只是轻微扑闪两下。它矫健的形影就从我的视线中远去了……消失了。

哇！这多像是电影中一组精彩的镜头！那雄鹰的一连串的动作，真是让我暗暗叹服：叹服它的镇定、叹服它的敏锐、叹服它的果敢，还有勇猛！

叹服之余，“帕米尔雄鹰”，那几十年前我所见过的电影海报，竟也奇怪地跳出我的脑海！

是呀！这北疆高原上空的雄鹰，帕米尔高原的雄鹰，用以比作机智果敢的维吾尔族公安侦察员，是多么的贴切啊！

这下，我明白了，一部新疆反特影片，为什么会起上这样的一个片名：《帕米尔雄鹰》，它既形象又生动，还有着鲜明的地域特色。这个片名，起得好！

15. 向往采访

常常有这样的怪事：在节假或闲暇的日子里，同家里老小一起外出，路过某地某处，我会情不自禁地喃喃自语："噢，这地方我来过……好多年以前，我到这里来采访过……"这没头没脑的自言自语，还能勾起我对那次采访的片片回忆，尽管年轮远去，还会带来丝丝回味。

采访，采访……在我任职公安宣传，尤其是在担任公安文学杂志及法治报刊记者编辑的岁月里，大大小小的采访，或远或近、或难或易、或深或浅，不下数百次。面对不同的对象，倾听不同的声音，了解不同的事件，常常让我心绪难平，或欣然欢畅，或压抑沉重，或愤然难抑，或由衷称赞……这一次次的采访、写稿，不仅是我的工作任务，也让我置身于纷繁复杂的社会大学堂，从不同人的不同经历中汲取人生的教益。

采访、思考、写作，劳累和辛苦少不了，但这累这苦也是快乐的，回味无穷的。久而久之，我爱上了采访，我向往采访。

附采访实录四则。

附：采访实录之一

七只烧焦的麻将

1999年6月28日，凌晨3点50分，当一家家夜总会闪烁的霓虹灯纷纷熄灭，申城也进入了最安宁的沉睡时分。突然，锦江饭店北侧的进贤路上冒出一团火光，几乎就是短短的几分钟，大火就把一座老式的民房吞没。当消防队火速赶到，奋力将火扑灭，粗粗地清点一下火场，发现损失惨重：这幢三层楼的石库门房子第三楼层全部烧坍，二楼前楼的地板烧出一个口径约有0.8米的大洞，更惨的是在这房间靠南面的一扇窗户下，一个十二三岁的小女孩，痛苦地倒毙在地板上，无情的大火早已吞噬了她幼小的生命……

消防专家们众口一词

这场大火到底是怎么烧起来的？这是一个巨大的问号，不仅是四周惊悸尚存的居民们纷纷疑惑着，卢湾区主要领导和卢湾公安分局的一二把手的心也全被这个问号牵动着。他们都在接到报告后的短短时间内，迅速赶到了现场，冒着大雨紧张地组织抢救，大火扑灭之后，他们仍在现场，反复叮嘱有关部门一定要迅速查明火灾发生的原因。

说来正巧，就在这起火的前一天，有一批来自国内几个大城市的消防专家，聚集在卢湾区一家宾馆参加“火场调查问题研讨会”。卢湾分局很快便将这些专家请来，看过火场，专家们众口一词：这起火灾不像是意外事故，很可能是人为纵火。原因很清楚——起火的中心位置是在二楼前楼正中的地板上，这里并不存在电器短路，火又烧得极其迅猛，甚至在大雨之中也能极快地形成惨重的后果。这说明在起火的中心位置，肯定有助燃物。

竟然有人纵火！这不胫而走的一丝风声，陡然燃起周围群众心头的怒火。人们哗然了！快抓住这可恶的纵火者！人们期盼、焦虑的目光，立刻向公安机关投来。

卢湾公安分局刑侦支队，在繁忙的工作之中，又义不容辞地担负起一项追查纵火嫌疑人的艰巨任务。

分析会，凌晨两点仍在继续

既然是纵火，那纵火的人动机是什么，这个丧心病狂的纵火者又是谁呢？紧接着的两天两夜，侦察员们马不停蹄地四出调查。

那是怎么样的两天两夜呢？天气太反常了，大雨连着暴雨，公安干警却心急如焚。进贤路一带地势低洼，马路上都积了水。可侦察员们没有丝毫怠慢，他们冒雨走访一户户居民，淌水调查一丝丝线索。支队领导更是以身作则，亲自到第一线摸情况，并对来自四面八方的一条条线索进行仔细分析。通过大量的调查，外人进到死者小胡家里放火的可能性被否定了。这是因为胡家的条件很差，小胡的母亲在三年前不幸去世，她的父亲——41 岁的胡伟国又没有固定职业，她的家里没有什么值得歹徒偷盗后再去放火掩饰的东西；胡伟国此人个性沉闷，没有势不两立的冤家对头；对死者检验，更没有发现除了烟尘窒息以外的反常。在这幢房子里面居住的成年人之中，最大的疑点渐渐集中到胡伟国本人身上。据他周围邻居反映，胡伟国得悉房子起火时正在外面打麻将，一听女儿烧死了就号啕大哭，但到第二天，却又若无其事一般。还有个已经从进贤路搬迁到很远地方的麻将搭子，在侦察员上门调查时提供了一个重要情况，他在失火这天晚上同胡伟国打麻将时，亲眼看到在他身上，放着他女儿的好几张保险单。

胡伟国的女儿，由于弱智，学习比较差。胡伟国没有稳定的收入，又在谈着一个女朋友。这些，会不会成为促使胡伟国走极端的原因呢？

分析案情的会议，一直延续到深夜两点。矛头已有指向，然而，光凭分析还不行。在这抽丝剥茧的紧要时分，分局长范本上特别强调，一定要尽快把证据抓到手。

雨，还在一个劲地下着，侦察员们，谁也没有在意，个个争分夺秒，又都抓紧分头行动……

灰堆里掏出七只烧焦的麻将

离火烧现场几百米的地方，有一家私营小餐馆，胡伟国跟小餐馆的老板娘很熟，常常到这里来打麻将。据胡伟国在火灾发生后警方找他谈话时说，房子失火这天晚上，他是在十点多女儿睡着以后，到小餐馆里打麻将的，一直打到凌晨三点多钟，又跟女朋友一起在小餐馆里吃了夜宵，再拦了部出租车送走女朋友才回家的。这时，火已经烧起来了，可他当时还不知道是自己住的房子起火，等赶紧过去一看，知道女儿烧死了，自己顿时就哭得昏死过去，以后就什么也不知道了。老板娘证实了他的说法，但有个牌友补充说，就在麻将打完之后，由于这副麻将是胡伟国带来的，就叫他带回去，这是一副绿颜色的大麻将。还有一副小麻将，是胡伟国楼上邻居“大块头”的，也叫他一块带还。有几个人都看到，胡伟国离开小餐馆的时候，胳肢窝里夹着的就是一大一小的两副麻将。

“麻将！”刑侦支队支队长王正平一听，脑海里立即冒出一个念头，如果是胡伟国放的火，他应该是在送走女朋友以后回家就下手的，从作案时间上排，有可能。他随身的两副麻将在哪里？半路上扔掉不可能，一副小麻将还给了邻居“大块头”，凌晨三点多钟，也不可能。而最大的可能就是被他带回了家。按照这样的分析，失火之后，这两副麻将也是劫运难逃。如果能找到这麻将，那就是十分有力的证据！

支队长的分析，说到了点子上，侦察员们个个点头称是。当下，副支队长朱章鸣带上侦察员何灏东一拨人，再次赶到现场。面对烧焦的废墟，他们一点一点地扒，一层一层地找。有些邻居感到好奇，小何就说，看看有没有黄货埋在里面，要细细找出来，不能再增加受灾人家的损失了。

经过一番苦干，终于从乌黑发臭的废墟里，找到六大一小七只烧焦了的麻将！

这时，严谨的侦察员们又提出反证，这幢房子里的 12 户人家，会不会有相同的麻将？胡伟国的家里，会不会有两副一样的麻将？范局长一再强调，不论是正面调查还是反面设问，都要做到实、透、全，切忌有一点点的疏漏。而所有的调查，近在胡伟国的左邻右舍，远至搬迁到徐浦大桥的老关系，他们全都做出了对胡伟国不利的回答。

最后的突破

根据充分的人证、物证，7 月 3 日下午，胡伟国从他的哥哥家中被卢湾刑警依法拘留。在看守所里，他倒显得出奇的镇静，对着审讯他的王队长和侦察员小冯、小张，他说我家也烧了，女儿也死了，你们还要把我抓进来，冤枉啊！王队长说，我办了二十几年的案子了，还没有出过冤枉人的事呢。想不到胡伟国竟笑笑说，哈！这次你冤枉我了。面对这个狡猾的家伙，侦察员发起猛烈的攻势。7 月 6 日，又是一个激战的夜晚。王队长连连逼问，间而抛出一丝丝掌握的证据，这一发发炮弹打得胡伟国难以招架。当突然问及两副麻将的下落，胡伟国的脸上闪过一阵慌乱。他不得不承认说火可能是他引起的，但是是无意的，是抽香烟忘记把香烟屁股掐灭，大概扔到放助动车机油的雪碧瓶子上了。王队长立即点破他的谎言，严肃地回击道，机油只有在遇到明火情况下才能燃烧。胡伟国语无伦次了，脑门上一瞬间就冒出了细汗。审讯一直持续到晚上 12 点，当侦察员端来夜宵，胡伟国却咽不下了。在强大的心理攻势下，他终于供认："火，火是我放的……6 月 28 日凌晨，三点半光景，我打了麻将，送走女朋友，回到家见女儿熟睡着，就想甩掉这个包袱，能得到一笔保险金，甚至还能骗得女朋友和邻居们的同情……我就起了狠心，把汽油倒在擦助动车的毛巾上，往地板上也倒了汽油，打着了一次性打火机，才赶紧离家……"他万万没有想到，烧焦的麻将泄出了阴谋。

至此，发生在卢湾区进贤路上的"6・28"纵火案真相大白。善良的人们难以相信，这把烧毁了一个家、烧死了一个女孩的大火，竟是生身父亲为甩掉弱智的女儿、骗取女儿的保险金而犯下的罪孽。法网恢恢，疏而不漏，自作聪明的胡伟国终于逃不出侦察员的眼睛，逃不脱法律的严惩。

原载 1999 年 7 月 20 日《新民晚报》

采访实录之二

一个优秀的青年律师,22 年不堪回首的特殊经历。

猪 倌 归 队

1980 年 2 月 18 日,地处安徽郎溪的白茅岭农场下了一场春雪,鹅毛似的大雪借助风势,在高高低低的丘陵与平地之间施虐。气温骤降,寒气逼人。到大伙房吃了早饭的场员们一个个挤缩在伙房的屋檐下,有的拢着棉袄的袖子,有的愁眼望天,似乎都在默默地想着同样的心事:看这风雪交加的鬼天气,等会队长来了总得开开恩,至少也不会派大伙下大田去干活了吧。

这大伙房所在的地方,就是白茅岭农场长乐分场三大队的中心地带。长乐分场是个劳动教养场所。由于各种各样的原因送来劳教的,以及劳教结束后,由于各种各样原因回不了原地而留在这里"工作"的共有三百来号人。他们每天单调的生活、辛苦的劳动,都是这样一成不变地从大伙房开始。大伙房不仅是他们填饱肚皮的地方,也是他们开大会听报告什么的活动中心。

正在大伙东想西想的时候,长乐三队的王指导员来了。到了大伙房的门口,他一边收伞跺脚,一边大声招呼道:"大家进屋,快进屋,我要宣布一项重要决定!"

"哦——"场员们发出一阵意外的惊叫,涌进了大伙房,很快就按照指定的位置,坐到了各人应该坐的地方。就像教室里的小学生一样。

王指导员站到一张餐桌旁边准备讲话,他年近六旬,原来是上海市区一个派出所的指导员。1958 年,奉命带领第一批被送劳动教养的"右派分子",来到安徽白茅岭农场接受劳动改造。

一晃二十几年过去了，他的身份不变，还是指导员，但人老了，腰弯了，在农场属于“为了两劳事业献青春，献了青春献子孙”的元老一辈。他平时待人和气，不像有些管教干部总是把自己的地位看得很高，对被管教的人员动不动就虎着脸，摆出一副“政府队长”的威势训人。因此，王指导员在大伙心目中，是个有威信也很可亲的人。

兴许是在风雪中赶路的缘故，这会王指导员的脸色有些苍白。他接过一个场员递上的一杯热茶，爽快地喝了一口便扯开了嗓子：“今天下大雪，大田里的活、露天的活，就搁一搁，大伙不要出工了。”

这一说，说到大家心里去了。会场里气氛立即活跃起来。

“不过接下来，大家要回去讨论一件事，要围绕这件事谈谈自己的感想。什么事呢？现在我就宣布一下。”说着，王指导员从衣袋里摸出一份红头文件，展开后定了定神，高声读道：“上海市高级人民法院关于纠正对丁荣藩同志错误结论的决定——1957年10月，由于当时整风反右错误思潮的影响，时任上海市第三法律顾问处律师丁荣藩同志蒙受不白之冤，被错误地划为右派分子并解除公职，劳动教养。粉碎‘四人帮’以后，根据党的实事求是的精神，对丁荣藩同志的情况认真全面地进行了复查，认为1957年市司法局对他宣布的结论是错误的，应予撤销，恢复名誉，并根据其专长，尽快重新安排其律师工作……”

读完，王指导员带头鼓掌。

霎时，大家跟着鼓起掌来，众人的目光也一齐投向坐在食堂一角的丁荣藩。

“这个老猪倌，原来还是个律师！看不出看不出，一点也看不出!”

“律师可了不起啦,在外国,一个大律师,连总统也不在话下!”

“那是在外国,”一个戴灰布棉帽子的人白了刚才说话的一眼,带着几分嘲笑地纠正道:“懂哇?我们中国是中国,中国的律师跟外国的律师不一样,推板(相差的意思)远了!”

人们七嘴八舌地议论开了。

“静一静,大家静一静”,王指导员挥手让大家安静下来,接着说:“大家知道,老丁是我们长乐分场的养猪能手,多少年来,他为农场养了多多少少大肥猪,几千头也不止,确切的数目我这个指导员也说不清楚。前几天,上海司法局有个干部到我们总场来,一是要通报一下对老丁平反的决定,二是想要看看老丁本人,了解一下他的健康情况。可这个干部到了白茅岭总场,一提起丁荣藩三个字,总场的人个个都知道。那个干部很奇怪,心想丁荣藩只是个劳教留场的人,名气怎会这么响?总场的人立刻就告诉他,丁荣藩是我们白茅岭有名的养猪专家,谁还不晓得?他就在长乐分场第三大队。这个干部说,最近组织上为不少人平反冤假错案,他做具体工作的也就到过好多农场,要找某某人先是到总场查档案,查明了此人在某分场再到分场,再查档案,这才晓得此人在某某大队,再到大队,到中队到小队,一级一级往下查,最后才找到要找的那个人。可丁荣藩一下子就找到了……我们的老丁哪,我这个当指导员的名气还不一定有他响呢。所以说,老丁出色的成绩不仅是他自己的光荣,也是我们长乐分场、长乐三队的光荣。现在他被平反了,很快就要离开农场回上海了,说实在话,我心里也有点依依不舍。他是个养猪的老把式，人才啊！但是老丁他的本行是律师，他受了冤屈，已经耽搁了22年，吃了22年的苦，我不能只为自己三队的养猪，再耽搁他了！”

说到这里，王指导员有点动情，他不由得低下头，调节了一下情绪后又接着说：“刚才，我是从我们三队、从我个人的小范围来看，应该让老丁回归律师岗位的。另外，从全局看、从大的方面看，就更应该让老丁返回原来的岗位。为什么这样说呢？因为最近上海市司法局发下来一个文件，文件指出‘四人帮’对司法工作破坏严重，而律师协会受到的破坏更惨更严重，‘四人帮’及其一伙把律师协会都解散了，把律师都赶跑了。‘四人帮’打倒后要拨乱反正，五届人大颁布的新宪法还特别有一条新的规定：被告人有获得辩护的权利。这条规定来之不易啊，它说明了我国的法制开始走上正规，开始健全起来。但是被告人要获得辩护就需要律师，因此律师协会要尽快重建起来，受到迫害的律师重返岗位就是当务之急……”

王指导员的话音，在大伙房里回荡，三百来号劳教及解教留场人员个个目不转睛地注视着指导员，个个都认真地听着。丁荣藩更是如此，听着听着，他忽然觉得心头有一股热流涌过，滚烫的眼泪随之就滴落了下来。

22年了，当年的一名富有才华的青年律师，如今已55岁，一头黑发已染霜夹雪，变成了灰白。

说起到白茅岭农场改造的前前后后，丁荣藩至今记忆犹新。

1957年，党中央号召大鸣大放，帮助共产党整风。不久，这场整风运动就发展成反右斗争。当时，丁荣藩是上海市第三律师顾问处的一名青年律师。有一天下午，他在高级法院查阅一份材料后回到顾问处,又像平时一样协助顾问处主任审阅几份其他律师写的辩护词。由于这位主任是部队转业干部,文化不高,因此审批材料方面的事他就常常叫丁荣藩帮他把把关。

丁荣藩忙了一阵后,主任叫他了。丁荣藩一进主任室,主任问他:“材料都看完了?”

“看完了。”

主任嗯了一声,抽了口烟接着说:“丁荣藩,现在向你宣布,上级经过研究,决定送你劳动教养,等一会,你就去把工作移交一下……”

劳动教养?!真是晴天霹雳。丁荣藩顿然如坠云里雾中,他等不及主任把话说完,就急切万分地问:“主任,送我劳动教养,为什么?我犯了什么罪错?”

“啊呀,你就不要为难我了,”主任一脸苦相,“我怎么能告诉你犯了什么罪错?我要说了你不服气,跟我辩起来,我怎辩得过你?”

“我犯了什么罪错,自己总该知道吧!”

“这……我不跟你多说,要不,你去找上级司法局,你去问他们好了。”

“我怎么能直接去找司法局呢?”

“找不找司法局那是你的事,你自己看着办吧。我只是传达上级的决定,你赶快移交一下工作吧……”

主任说完这句话,就急匆匆要忙其他事情。临走,他又叮嘱一句让丁荣藩到办室去抓紧办移交。整个谈话过程,前后不过十分钟。

接下来,丁荣藩简直是不知道如何打发时间的,心里就像有着一股莫名奇妙的怒火，随时就要喷发出来。但这天晚上下班后回到家，丁荣藩却是强迫自己，硬是装着无事一般与三个年幼的孩子有说有笑，还逗着小女儿疯玩了好一会，可是他越是压住心里的焦虑越是心情不安。

那天夜里，丁荣藩失眠了。

他想啊想，不停地想，我丁荣藩到底犯了什么错误？我到底有什么严重的问题？劳动教养可非同一般哪，受到如此严重的处分，肯定是犯了严重错误的了，自己是干律师这一行的，还不明白罪与罚的关系吗？罚当其罪，方显公正。罚不当罪，何以服人？丁荣藩搜肠刮肚，一会从工作上反思，一会从思想上检查，一会又从待人接物，与同志们相处的相互关系上去深究……可他想来想去，也想不出自己在哪个方面出了什么大纰漏。他认为自己的工作还是称职的，办案的数量质量在顾问处里算得上数一数二了，上级每年对自己的奖励，多少也能说明这个问题吧。在办案当中，自己也从来没有占过当事人的便宜，连人家请客的饭也没吃过一顿，不知有多少回工作过了点，赶不上回单位食堂吃饭，就自己掏钱买个面包什么的解决一下，因此还被人家称为“面包律师”。

难道会是自己的家庭出身有问题？一忽，丁荣藩又从这个方面再三斟酌。想来想去他觉得自己虽然出生在一个职员家庭，算不上是劳动人民、无产阶级，解放前自己又在国民党的首府南京上的中央大学，学的课程主要是旧社会的《六法全书》。但当时自己只是个青年学生，并没有一丁点与人民为敌的行为。况且大学毕业的时候南京解放了，自己非常高兴，志愿参加了革命，很快就到江苏无锡，参加了苏南司法干部培训班，接受了革命的司法培训。培训结束时考核优秀，以后就分配到苏南人民法院当刑事审判员，再到华东司法干部培训班学习，由于学习认真成绩也好，结业后就被留任为教育干事；再往后，担任了最高人民法院华东分院刑事助理审判员。有一次，他参加华东分院召开的一个大会，陈毅市长亲自到会讲话。他亲眼看见陈毅市长身穿一套洗得发白的布军装，顿时心里就对陈市长有了一种非常亲切的印象。陈市长在深刻分析了革命形势之后，恳切地告诫大家说，解放前衙门八字开，有理无钱莫进来，平民百姓能到哪里去申冤？现在解放了，人民当家作主了，我们的司法机关要为人民服务，法院要为人民群众敞开大门。陈毅市长越说越激动，伸手朝光光的脑袋上撸了把汗，又笑着对大家说，你们都知道，过去抗战胜利后国民党大员接收上海，一下飞机就忙着“五子登科”，什么叫“五子登科”？就是忙着抢房子，抢车子、位子、票子……现在，我们的负责同志是怎么个样子呢？和大家同甘共苦！我这个当市长的，口袋里就是空空的，连一张票子也没有。共产党人嘛，当官不当官一个样，都是为人民服务……一晃四五年时间过去了，陈市长的讲话在丁荣藩的脑海里依然记忆犹新。这也像座右铭一样，不断地激励着丁荣藩，要好好工作，不能辜负党和人民的期望。

以后，丁荣藩到了上海水上运输专门法院担任审判员，代理副庭长。1956 年，奉命被调到上海市高级人民法院，参加筹建上海律师协会的工作，先后担任上海市律师协会的调研员和上海市第三法律顾问处律师……

丁荣藩把自己的历史一一排开，梳理再梳理，天地良心！我丁荣藩哪里有过与党离心离德的罪错呢？

看来，只好到司法局找上级领导去了解受处罚的原因了。

正巧，司法局李局长是丁荣藩在最高人民法院华东分院工作时的老上级，他们两个人又是四川大同乡。找他，肯定会有个明确的答复。想到这里，丁荣藩心里总算有了一线希望。

第二天，丁荣藩一大早就等候在司法局门口。见李局长一到，他就迎上前去说明了来意。

李局长一听，好生奇怪。心想丁荣藩怎么会问出这个样子的问题。只见他双眉一皱，操着重重的四川口音说道："咦，你这个人自家的问题，自家还不晓得？自家的问题还要来问我？"

丁荣藩红着脸，急忙解释："我自家真的是不晓得，李局长，请你点拨一下，我改造起来也好有个方向。"

"你不晓得，不晓得就回家去好好考虑考虑！"李局长说完，头也不回地走进办公大楼。

"啊……"又是一个闷包！

两个上级怎么都是一样的回答？丁荣藩痴痴地站在司法局门口，他感到冤屈，感到一种失去信任失去帮助的极大的痛苦，就像一叶被遗弃在汪洋大海中的孤舟。

过了两天，第三法律顾问处一个秘书，就带着丁荣藩前往虹口横浜桥，进到一个灰暗的会馆里报到。

这时，从上海各单位送来的"右派分子"，与党离心离德的各种重点对象，大约已有数百人集中在这里了。丁荣藩发现这里的气氛非常压抑，有一种叫人喘不过气来的感觉，好多人都绷着脸，有的还跟这会馆房子里的工作人员争争吵吵。随后，一个很有一副大干部摸样的人来做报告，他先是着重宣讲了一通整风运动的重大意义，接着舌头一转说，很快就要送大家到安徽白茅岭农场,去开始新的生活。他特别强调说安徽白茅岭可是个好地方。白茅岭地处皖南,而不是皖北。皖南跟皖北虽只是一江之隔,可地理环境、自然条件大不一样。而白茅岭呢,又是皖南的一块好地方,是鱼米之乡,有山有水,风景比上海的公园还要好,至于劳动嘛,也是不重的,借此机会,大家可以锻炼锻炼……

事后,丁荣藩知道就在这同一天,顾问处的那位秘书还特地上自己家中去了一次,他很关心丁荣藩爱人的立场,是不是已经转变了?转变得彻底还是不彻底?他对她说了不少很有启发性开导性的话:“你要坚定革命的立场,要分清大是大非,帮助丁荣藩深刻认识错误,督促他抓紧劳动教养的两三年时间,好好改造脱胎换骨……这对你及你的孩子来说,也是一次深刻的考验……”

就这样,丁荣藩被送往白茅岭去了。上路那天,解放军荷枪实弹,前后押送,这架势他从来没有看到过,真是吓人。

到了农场一看,才知道这里太荒凉了。才知道原来在上海虹口横浜桥集中时,那个大干部说的并不是真话。劳教人员每天的劳动,更不是常人所能承受的苦活。硬是要上山开荒,要自己种粮食,自己解决吃饭问题。真是连犯人还不如。犯人有囚粮,这是国家规定的,每个犯人每个月吃多少粮食,劳改部门保证供应。但劳动教养是“最高行政处分”,因为是“行政处分”,当然就没有囚粮了,粮食要靠自己去种。刚去的时候,别说地没开出来,连荒地里的石头还没拣掉,种子没法子播,粮食哪来?队长说口粮先借给你们吧,以后收了再还。可是没等到收成的那一天,许多人浑身浮肿了,因为缺乏营养,加上过度劳累,一个个身体都垮了下来。丁荣藩也是一样,累倒在床上,鞭子抽他,赶到地里，又倒在了地里。

不久，劳教队发生了饿死人的事情。有的上山劳动“嗵”的一声倒下就再也爬不起来，有的实在吃不饱，偷偷去弄些“钢丝面”，硬是塞进肚子，一时是把肚子撑饱了，可是拉不出屎，好多人就眼睁睁地活活憋死……再这样饿下去可不得了，农场赶紧向上海市劳改局打报告。上级派人下来一看，认为再这样下去不行，得赶快采取措施。这才减少了一点劳教人员的劳动强度，对实在体弱有病的则调动一下岗位。就这样，王指导员将丁荣藩调到大伙房烧火。

到大伙房烧火，这比起上山开荒下地种田，真是轻松了许多。丁荣藩心想这全是王指导员照顾了自己，自己可不能辜负指导员的一片好心。于是干活特别的认真。一个月后，又调他去切菜，丁荣藩同样干得很起劲，咸菜，大白菜全都切得又细又快，他一人能抵上其他三个人，被别人誉为“飞刀手”。

不过数月，长乐分场种猪站扩建，人手不够，分场领导得知丁荣藩很能吃苦，文化又高，就把他调了去当饲养员兼学习组长，从此以后，丁荣藩就一年 365 天，天天在猪棚里进进出出，与一拨又一拨的猪猡打交道。

种猪站有个劳教人员，名叫徐志弘，一段复杂的历史压着他抬不起头。他曾经是留学日本的兽医博士，娶过一个日本老婆，还在国民党的军队里当过少校兽医。幸亏他没有跟共产党直接交过火，因此从轻发落，劳动教养，送到白茅岭干他的老本行。此人果真是医术高超，妙手回春。丁荣藩好多次看到他给病猪打针灌药，还给难产的孕猪剖腹接生，对他很是佩服。

丁荣藩心里琢磨着，我这个人一无力气，二无技术，光懂点法律，可法律这玩意连自己也保不住，在农场也吃不开，现在上头派我养猪，可我对猪一窍不通，怎么行呢？因此，他一心想拜徐志弘为师。

有一天，他悄悄地将自己想要学点兽医的念头，跟徐志弘透了点风，没想到徐志弘爽爽快快地就答应了，没有一丁点博士的架子。这大概是归功于他经过改造，脱胎换骨的缘故。他对丁荣藩毫不保守地言传身教，一两年下来，丁荣藩竟成了个猪棚里的赤脚医生。猪生病了，他能治，猪没有病，他能防。徐志弘对自己的这个猪棚门徒也很满意。

当时在白茅岭农场，好多大队都在养猪。一是为了积肥，二能改善生活，长乐三队也不例外。可是三队的那二十几头猪光吃食不长膘，小猪养了大半年还像头羊似的。看来这养猪没有人才也是不行。这事让王指导员又想到了丁荣藩，他跟队长商量之后，就向分场打报告，将丁荣藩要回了三队。

丁荣藩这个人，有个憨脾气，他要干什么事，非要干好不可。以前他当律师是这样，现在劳动教养也是这样。他想，送我劳动教养，我是身不由己，想不通，但既然劳动了还是要干好，一方面在苦干之中打发枯燥的时光忘却苦恼，第二也使自己得到以前没有过的锻炼，更主要的是想表现好，争取自己的问题早一天求得解决。

王指导员，还真是个伯乐。他把丁荣藩召回了三队，三队的养猪成绩就一个劲直往上窜。

那天，丁荣藩一回三队就直奔猪棚，前前后后转悠了半天。太阳下山的时候他向指导员汇报说："我们三队的猪，能养好。但现在要改造。一是猪圈里太脏，猪粪猪尿积得太多太厚，跟猪食都混到一块去了。猪跟人一样，也要讲卫生，不卫生就要生病，生了病就要传染，这样就养不好；二是有好多小猪养僵了，要处理掉。要不光抢猪食又不长膘，也影响了其他猪的发育；三是有头母猪，阉割一下才能养得肥，不阉割它一个月要发一次情，一发情就不长肉。如果这头猪不阉割，就拿它跟种猪站去换小猪，那边杨队长肯定欢迎。因为我看过这头母猪身子特别长，它有 26 个奶头，一般的母猪是 20—24 个奶头，这头猪奶头多，下小猪就会多，成活率也高，种猪站肯定要这样的母猪。”

丁荣藩的一席话，王指导员听得连连点头：“好，你看该怎么办，就放手去办吧！”指导员高兴地说。

丁荣藩说干就干，第二天一大早就忙开了。他先把二十来头猪统统圈到另外一个临时的“宿舍”里，卷起衣袖裤管就清除猪圈里的大粪。那股囤积了多日的猪屎猪尿一掏一扒，真是骚臭冲天。丁荣藩强忍着连干了四五天，才把猪棚清完了。接着，他一边让地面晾干，一边又挑起竹筐，四处去拣砖头。白天将破破烂烂的砖头拣回来，晚上再连夜加班，在猪棚里铺地砖。有半个月的光景，他天天如此忙个不停。

有天深夜，丁荣藩照样埋头弯腰地趴在地面上铺砖头。大伙房里烧饭的老张忽然端着一碗米饭来了，让丁荣藩赶快把饭吃了。丁荣藩一看，这可是一碗白米饭哪，上面还铺着一层咸菜，顿时感到十分的意外。一个劳教分子还吃夜宵！哪有福气享受这么高的待遇？

老张见他犹豫，就笑着说：“你放心地吃吧，这是王指导员特地关照的。他刚才见到你还在加夜班，就到伙房叫醒我，让我一定要想办法给你弄碗饭，还要加点咸菜。指导员还说，丁荣藩哪，是个好人，天天没日没夜地忙，全是为了养猪。”

丁荣藩经过一番拼命的苦干，终于把猪棚整理干净了，地砖也铺好了。这时，王指导员同负责种猪站的杨队长“讨价还价”之后，那头有 26 个奶头的母猪又换回了八头小猪。三十几头猪全由丁荣藩一人照管，白天黑夜没个停，他就把自己的铺盖搬到猪棚旁边的一间草棚里，在这里一住就是 22 年。

这漫长的 22 年，丁荣藩默默地忍受着劳动的艰辛。他亲手饲养的猪娃，头头膘肥肉壮，全都长到两百多斤。由于他成绩显著，总场多次组织各分场的饲养员前来观摩取经。长乐三队的干部，也因此成了白茅岭农场以及市劳教局活学活用毛主席著作的先进标兵，多次在光荣会上登台亮相，介绍心得。

1965 年底，丁荣藩一个人养猪已达到了 300 头，而其他人养猪，一个人最多只养二十几头，整整超过了 10 倍！这可了不得。猪棚一间变两间，还是容不下。因此，总场特地拨出专款，将长乐三队原来的两间猪棚彻底推倒，翻盖成两大间砖墙瓦顶的“猪洋房”。猪的待遇大为改善，而丁荣藩还是蜗居在他的那间草棚里头。

丁荣藩在养猪的过程中，还一次次单枪匹马，对付过半夜里下山来偷袭猪娃的狼。一个人在深更半夜与狼对峙，丁荣藩在事后回想起来，心里还发毛。尤其是冬天的夜里，在山丘旷野里呼啸的西北风发出怪怪的响声，加上饿狼鬼哭一般的嚎叫，真是叫人毛发悚然。万一狼饿急了闯进猪棚怎么办？丁荣藩想到狼怕火怕光，就自己掏钱买了个四节电池的特大电筒，半夜里一听到猪的惊叫，他就赶忙起床打开电筒，将狼吓跑。后来，他又请指导员批条子，弄到不少的火油，点了两盏火油灯，再往灯罩外蒙上红纸，挂在猪棚两头。这样一来，狼就不敢来了。可有一天半夜刮大风，将灯吹灭了，狼乘机入侵，等丁荣藩听到惊叫，打起手电把狼赶跑，一头小猪已被咬伤，腿上的骨头也露出来了。丁荣藩连夜给小猪消毒缝针，还给上了云南白药。小猪得到了及时治疗，伤口很快就长好了。

说起这云南白药，在当时是很名贵的。丁荣藩又是从哪弄来的呢？原来，丁荣藩学到不少就医的本领之后，为猪治病很有一套。总场兽医站知道后，多次请他到一些养猪棚去给病猪“会诊”，还让他给其他的饲养员上专业课。他名气渐渐响了，总场兽医站也就常常发给他一些医疗器械和各种药品，包括云南白药、青霉素、红霉素之类的好东西。这些东西丁荣藩全都用来为猪治病，从来不像有些人偷偷地拿到老百姓那里去换吃换用。尽管丁荣藩留场“工作”之后，每个月只有 12 元工资，平时生活十分清苦。但他始终认为自己有自己的人格。在任何曲折的处境中，人格不能变。在他平反回沪之前，这没有用完的药品及器材，一件件全都交还给了兽医站。

“平反”的决定宣布后，丁荣藩开始办移交办手续，距离开农场的日子越来越近了。在那短短的几天里，不时的有人到他的猪棚里来向他祝贺同他道别。大伙房里的饭师傅老张这时已老态龙钟了，前几年就离开大伙房了。他不知从哪得到的消息，也脚步蹒跚地赶来了。一见丁荣藩就从怀里掏出一瓶农场酿造的土酒，还有一包他自己晒的青豆，硬是要丁荣藩收下带回上海去。他颤颤巍巍地说“你是个好人哪，你早就该回去了……回去吧，回去吧……”

那天半夜里，刮起了大风，丁荣藩又习惯地到猪棚里去转转。他刚推开草屋的木板门，王指导员来了，两人一块在猪棚里转了一圈后回进草屋。指导默默地坐了好一阵，他平时很会讲话，这时却变得有点儿木讷似的，良久才从口中蹦出一句话来："回去好好干吧，老丁啊，当好一名律师，太重要了！"

指导员紧紧同丁荣藩握握手，推开门消失在黑夜之中。他那句话，却在丁荣藩耳边久久萦绕。

那夜，他躺在铺上难以入眠。

他回想起自己这么多年来遭受的不平，自己的家属在这漫长的岁月里承受的屈辱和艰难，真是一言难尽。他想起了在"文化大革命"那阵，自己当时在农场已经解教了，已经是农场的一名职工了。可是那顶"右派"的帽子又被造反派翻了出来扣在头上，逼迫他的家属同"右派丈夫"划清界限，他的家属实在被逼得没有办法，几乎要走了绝路，幸亏王指导员帮了大忙。他得知这个消息后连夜赶到总场，请求总场出了一张组织证明，说丁荣藩此人尚能认识所犯的罪错，改造的态度较好，为照顾他的情绪，希望法院不要判决他的离婚案件……

历尽苦难，丁荣藩总算见到了上级为自己平反的这一天！比起有些吃了冤枉官司的人，他觉得自己是不幸又是万幸的。他想起当年被押送到虹口横浜桥集中时，就看到某个单位一个押人来的干部，因为他交出来的名单上的数字不对，少了一个，结果他自己就被硬揪了进去，以后在改造中他老是不服气老是上诉，越上诉越吃苦，到后来郁郁寡欢得了癌症……

1980 年 6 月，丁荣藩回到了魂梦萦绕的上海，回到了阔别 22 年的律师岗位。

年过半百的丁荣藩，经过风风雨雨的吹打，这时更加深刻地理解到民主与法制的健全，对于平民百姓是何等的重要；更加深刻地理解，作为一名律师，在保障当事人的合法权益，维护司法公正的诉讼之中，是何等的重要。

他对自己过去蒙受的冤屈，对那些错把自己打成右派分子的人，渐渐地淡忘了，认为那是一个历史的错误，个别的人也只是执行了错误的路线，他对他们采取了宽容的态度。他要发奋追回损失了的时间，刻苦钻研新颁布的各种法规。他一次次成功地完成了出庭辩护的任务，为当事人，特别是为弱者争回了应得的权益。尤其是一些被起诉为犯罪嫌犯，将要受到刑法惩处的当事人，丁荣藩投入更多的精力，据理力争，使之事实昭然，处置得当，免受了不白之冤。

由于丁荣藩的出色工作，他被评为高级律师，多次荣获司法局嘉奖。

如今，丁荣藩已近 80 高龄，当年在农场改造超负荷的劳作，使他的胃病、肺气肿等旧疾屡屡复发，前年还动了大手术，但他在病榻上还时时关心着律师的工作，稍有康复之后，又投入了新的战斗……

写于 2003 年 9 月

（上海市律师协会为纪念协会恢复活动二十周年，组稿编纂纪念文集，作者应约采写了此文，并采写了另一位优秀律师陈洪谟）

采访实录之三

呵扶哀痛

走出交警总队的办公大楼，已是黄昏时分，我骑上自行车登上归途，心头也像这幽幽暮色，涨满沉甸甸的感觉。刚才，交警总队的领导谈及上海的道路交通大有改观之后，直言不讳地坦然相告“令人头痛的问题仍然很多”，尤其是那些无证无牌、假证假牌机动车及驾驶员，数量多危害大，确实是上海交通安全的一大隐患，从交警管理部门来说，正在投入大量的警力不断进行整顿，黑车乱闯，岂能不管！

循着这位总队长的提示，接连几天，笔者走访了几个交警支队——

一

那是一个闷热的夏日，我来到普陀交警支队事故处理科，只见姚世广科长默默地坐在办公桌旁，默默地填写一张他极不愿填写的报表。此刻，一向由于繁忙的接待工作而喧闹而嘈杂的交通事故处理科变得出奇的安静。空气似乎凝固，气氛沉闷得令人窒息。

笔在微微颤抖，走了样的字迹落在一张死亡证明上，又一张通向地狱之门的死亡证明！

那是发生在几天前的一场交通事故。太阳刚刚升起的时候，一辆运土车碾过一颗充满遐想的脑袋，夺去了一个水灵灵的生命——何春花，刚满 17 岁的花季女孩。

死者的父亲神情恍惚地接过死亡证明，他那干枯的眼窝已经没有眼泪，巨大的不幸残酷地折磨着这个贫困的安徽农民："俺小花来上海打工，活蹦蹦的怎就死……死了？俺小花才 17 岁呀！"

车轮下悲剧，又何止小花一个。

姚科长手中那不祥的本本，已撕去了厚厚的一叠，而在死难者之中罹于无牌无证、假牌假证机动车、"驾驶员"的就占了很大比例。

李大林，就是又一个冤魂。

车祸发生在去年初春的一个雨夜，快一年了，姚科长说来依然触目惊心。

那天午夜，来自苏北的李大林和一名同乡扛着百来斤新大米出了长途汽车站，雇上一辆"残疾人"载客车，向石泉路管弄方向开去。由于负荷过大，"残疾车"开得十分费力，好不容易到了岚皋路桥，车尾一个劲冒烟，车身却原地不动。李大林只得下车俯身在外档"推桥头"，另一个同乡则在内档一齐使力，"一、二"，"三"字刚出口，只觉车身猛然一震，陡然一晃便窜上了桥头。那个同乡紧跟着快跑了十几步，正要上车时却不见了李大林，当即一边喊一边寻。可是，前前后后就是不见他人影。老乡慌了，急忙拨通了报警电话。

姚科长带着警官小王小张，迅速赶来了。只听得那个同乡慌张地说道："载客的三轮车是被一部大卡车刮了一记，大卡车停也没停就冲过桥了，李大林也就不见了。"这一说，真使姚科长暗暗一惊，莫非李大林是被大卡车某个部位勾住了拖……他简直不敢再往下想，但又不得不想，当即决定，小王留下勘察现场，自己则和小张一起快追卡车。他飞快地驱动警车，在驶离桥头约 1 200 米的地方，果然发现一个人扑倒路边，将他身子一翻，可把两个警官吓了一跳，天哪！眼前这人剩下的是张什么样的脸哪，鼻子没了，嘴巴没了，眼睛没了，脸上的皮脸上的肉全没了，留下的只是白生生一片骨头，就像麻将牌里的那张“白板”！

惨！干了十几年交通事故处理工作，与几百个死者打过交道的老姚也心颤了。李大林是被卡车的右侧勾住，活活拖死的，1 200 米呀……老姚与李大林素不相识，这时也不能自抑，眼睛潮湿了。

可是，肇事的那辆卡车无影无踪，开车的人不见了。一定要找到他！普陀交警支队的领导下了死命令。那时节，正是春运的当口，支队领导毅然从第一线的岗位上抽出一名富有责任心又有工作经验的老交警潘金华同志。“其他事情你都放一放，一心去寻找那肇事车。”支队长的嘱咐，受害者的惨状，深深地印在老潘的头脑里。他闷声不响，一连苦干了 48 天。用同志们的话来说，“老潘硬是把自己累成个猴子似的，又瘦又黑，不像个人样。”老潘这才深深舒了口气，那肇事的车辆找到了，逃跑的开车人终于找到了！

说来真让人难以相信！这个来自山东某地的个体运输户，却是个深度近视眼，根本不具备驾车的条件，可在 360 行中，他偏偏要开车！“拉车，可挣钱呢！”他直截了当地说，可他开的那大卡车，偏偏又坏了雨刷。于是，一场触目惊心的悲剧，便这样从他手中导出。

二

“据了解，95 年上半年新区陆路管理署签发外地货运车辆营运证 200 余张，但实际进入已超过 2 000 多辆，由于存在众多的弊端而被上海逐渐淘汰的拖拉机也大量出现。”

在浦东交警支队的一间办公室里，支队长黄禹胜不无忧虑地告诉笔者。他随手指了指厚厚的一本机动车驾驶员违章登记簿，接着说，“6 月 7 日傍晚，四大队对杨高路、金张路实施突击整治，查扣违章拖拉机就有 30 多辆，其中仅有 3 辆持有效证件，不到总数的十分之一，这些拖拉机被拦下之后，不少驾驶员故装可怜，以求同情给予照顾。遇到警力少，他们就公然抗拒，甚至围哄殴打交警。占外来车辆大部分的散户驾驶员往往是天马行空，独来独往，忙于扒分，安全学习无从谈起。对每年一次的车辆检查能逃则逃，嫌回原籍车检路远费时损失大，往往抱着侥幸心理，混一天算一天。更有甚者，伪造年检图章，蒙混过关，认为这样干既省了验车费，还能‘一劳永逸’……”

无视法规，必将受到法规惩罚。

1995 年 8 月 25 日，浦东北路发生了一起死亡七人的恶性交通事故。究其原因，发人深省。那两辆创造“死亡记录”的肇事车，竟然让交警好费一番探索，方才弄清各自的“身世”：甲车是 8 吨“黄河”，挂的是浙江牌照，雇的是一名广西的驾驶员，车主是上海老板；与之相撞的乙车，是俗称“农民轿车”的“奇观”牌工具车，确也名副其实，颇为奇观：车门上用油漆写有“上钢二厂”，实际归属江苏某厂，驾驶员则又来自上海杨浦某厂。这种人与车的复杂组合，雇主与司机的“异地合作”，怎能不出现管理、训练以及车辆保养上这样那样的疏漏？加上急切的利欲趋使，快跑多载，快跑超载，又怎能不使险情屡出，事故频频呢?!这场撞车事故太惨太惨，就在“轰”的一声两车碰撞那一瞬，高大雄壮的“黄河”猛显神威，一下子就将低矮的“奇观”压在保险杠下，又以巨大的车速产生的“伟力”，轻巧地将它倒推了 18 米！其结果，使每一个目击者无不膛目结舌：“奇观”车上的两户家庭共六口老小，还有“黄河”车上的驾驶员，一共七人瞬间丧命。

事故，仅仅发生在极为短促的几秒钟里，而诱发事故的因素却早已存在，尤其是机动车及驾驶员无牌无证，后患无穷。

这种目无法纪的现象和恶性交通事故，决不能让它在浦东重演了。黄支队长最后说，支队最近又一次作了动员，下决心尽快改变这种与浦东新区的形象格格不入的交通混乱状况，严格法规，严格管理，特别是对无牌无证、假牌假证的机动车、“驾驶员”，对未经检验的车辆及车貌破、车况差的报废车营运坚决予以取缔。

三

闸北交警支队事故处理科的 7 名警官个个都忙，实在太忙了，我不忍打扰他们的工作，只得一次次另约时间。直到第 3 次登门，科长还是一时抽不出身。他只得抱歉地让科里的小黄同志先抱出几本厚厚的事故处理记录簿，放到了我的面前。

天下怪事，无奇不有。这里，我竟然看到如此一份问讯笔录，笔录前填写着交通肇事人刘某及承办员小黄的名字，下面便是黄警官与刘某的讯答：

问：怎么会带你到公安局来的？

答：昨天半夜里，我开解放 141 号车从大场八字桥装楼板送往军工路，因货需加固回大场拿紧固器，往后倒车，车尾撞坏后面的一部桑塔那。下车就跟他们说，我帮你修一下，叫另一个驾驶员把车开走了。

问：你车上有几个人？叫什么名字？

答：有三个人吧，一个胡某，一个李某，还有我。

问：你有没有驾驶证？

答：没有。

问：没有驾驶证怎么能开车？

答：……我右转弯弯不过去，就后倒了。当时从大场八字桥出来时，我主动要求开车的。

问：车上有没有正式驾驶员？

答：有的，叫小胡，是我请的，有没有驾驶证我没看过，是我的安徽同乡。

问：你为什么酒后驾车？在什么地方喝的酒？

答：昨天晚上，9 点多吧，在住地沪太路 5 号桥喝的。不多，二两白酒，一杯啤酒。

问：酒后无证驾车是违法的知道吗？

答：知道的。

问：发生交通事故要保持现场，知道吗？

答：不知道。

问：你的身份证呢？

答：丢了。我有结婚证，也能证明我是那里人。反正我赔点钱不就得了。

……

就是这么一个既不懂交通法规、更无驾驶证的人，喝了酒竟然去开大货车！闯了祸还不以为然。像他这样的“驾驶员”，茫茫车流浩浩司机之中，为数知多少？

再看一份一个开“夏利”出租车的受害人张某的陈述笔录：

1995 年 8 月 21 日深夜 11 点 20 分，我开夏利车沿共和新路由南向北，至保德路口，一辆拖拉机闯红灯将我车左前侧撞坏，不停就逃。车门坏了，我从窗口跳出去追，奔了 200 多米，在一助动车帮助下追上了，开拖拉机的叫我们让开，说没有刹车的。这时正巧前面路不好，拖拉机震落前轮，我就上去抓住他，这时后面又上来一部拖拉机，冲下两个民工揪住我头发往路边撞，让前边的人逃掉了，后来他们也上拖拉机逃了，我追了一阵没追上，只得报案。

车子被撞坏，人还遭殴打。叫谁也难咽这口气。要不是闸北交警闻风而动，迅速、认真地查处这起事故，受害人真要气出一场大病来呢。

四

闵行交警支队的一位头发花白的老交警告诉我：对于鲁汇乡永胜 4 队何惠芳一家来说，1995 年 6 月 16 日，是一个“黑色的星期五”，是一个令一家人痛彻心肺的日子——这天早晨 7 点 15 分，何惠芳唯一的 8 岁儿子——活蹦乱跳的二年级小学生斌斌被一辆无证拖拉机撞死了，送儿上学的母亲眼睁睁看着爱子死去，惊恐万分，当场昏厥。噩耗传到何家，个个惊得发呆，稍顷，便是号哭连天。平日疼爱孙子、视孙如命根子一般的爷爷，突然往后一栽，险些回不过气来……

丧家往往以哭以泪表达对死者的哀思，而专职处理交通事故的警官们则要面对复杂的现场，反复勘验，科学论断，分清责任，秉公执法。他们对事故的双方都要高度负责。就这起撞死

8 龄童的事故而言，无疑拖拉机一方要负主责。且不说开拖拉机的那个外地民工从来没见过驾驶证是啥颜色啥模样，单说他开的那要命的“野牛”，也真够吓人的。6 月 22 日，经陈行农业机械化管理站检验，这辆拖拉机可谓“病入膏肓”：喇叭不响，灯光不全，无后视镜，制动差。对如此“重症一身”的拖拉机，车主华某没想到把该修的部件去修一修，却对不该擅自改变的排档动了手术，洋洋得意地提高了它的速度。“时间就是金钱”嘛，这句名言的诱惑实在太大了。然而，对一些急于捞钱急于致富的人来说，置交通法规于脑后，无疑是在走向罪恶走向毁灭的跑道上发疯一般狂奔。

让他赔款，华某两手一摊，没钱。任你怎么说，还是没，就是没！交警一番调查，确也如此。他是从外地农村来上海投亲打工的。几个月前与姐夫一起凑合了 3 500 元，买了台报废拖拉机，七弄八弄的就跑起了运输。出事这天，华某是 6 点出门的，从陈行到鲁汇窑厂运砖。可是砖还没装上一块，却撞死了个孩子。为买这台“赚钱”的铁牛，他本来就瘪瘪的口袋全部掏空。交警无奈，只得去找他的姐姐、姐夫，不料他俩得知弟弟闯了祸，早已料到大事不好，连夜就退了租屋，匆匆出走。认真负责的交警并未到此罢休，再想他法另辟蹊径。后来，又三番五次与肇事人的原籍进行联系，直到找上当地县司法局，由该局出面担保，赔偿了死者亲属 22 550.20 元，才使这场“官司”画上一个难画的句号。

在闵行交警支队事故处理科，还有一面很大很艳的锦旗，上面缀着“衷心感谢”四个金灿灿的大字，饱含群众对交警的崇敬和深情。显然，这里面有着一个感人的故事。

我问沈科长，沈科长谦谦一笑说这是应该做的。实在要谈，就让老章说说，这事故主要是他处理的。

找到老章，这矮墩墩黑乎乎的老交警更是“木讷”，怎么办？干脆，到徐泾乡去，直接去找赠送锦旗的刘志华。

刘志华住在青浦徐泾前明村。这里离开闵行不是很远。但我乘着沪朱线公交车到达徐泾之后，东问西问好不容易才找到前明村。一进村，就看到十来幢气派非凡的小洋楼。这些都是村民的住宅，可是刘志华家里挨不上，他家还是住在北边那头的老房子。一场车祸，使他永远失去了亲娘，也使一个红红火火的家庭顷刻之间失去了生机，失去了欢笑。

我小心翼翼地向刘志华道明来意，他先是没吭声，只是咬住嘴唇，微微点了下头，隔了半晌，才说起那不幸的往事——

那天一早，我跟我娘一道踏了自行车，去莘庄卖菜。这条路我跟娘是每天要踏过的，一直没出过事体。想勿到，这天早上会有部拖拉机突然从路口插过来，猛一记就冲到我伲这边的慢车道上，当场就将我娘撞倒……拖拉机还勿停，我一边拼命喊停车停车，一边扑到娘身边，要把我娘扶起来，已经……我娘已经……她一面孔的血，嘴巴张了一张，像是要讲啥，可是，她讲不出，一个字也讲不出……过了一会，交通队来人了，不知啥道理，起先我还撑着，交通队民警一到我就撑不住了，人像是瘫倒一样，心里只是想完了完了，娘也死了，我还有啥意思，整个人变得木知木觉的，交通队那个章同志真好，他一句一句劝导我，要我挺牢，一定要挺牢。说我上有老下有小，要为老为小，千万千万要想远点。还有交通队的王队长、事故科的沈科长，也来关心我，叫我相信交通队一定会处理好这场事故。王队长说这场事故很清楚，拖拉机是严重违章，基本上全责。后来，章同志又亲自带了几个人，开车到外地去讨赔款。一去就是四五天，吃了交关苦，总算讨回 1 万多块钱，章同志亲手把钞票交给我阿爷，阿爷哭了……这时候，跟章同志一道去外地的小唐又拿出 3 000 元，一分不少还给阿爷。这是临走前阿爷叫小唐带着的，一路上开销用的。可是章同志一分也不肯花，他说人家已经受害了，哪能再叫人家破费呢。一路上吃喝住用，民警统统是自己掏腰包。我们真是过意不去，后来就送去两条烟，又被退了回来……这桩事伲前明村人人都晓得，人人都讲交通队办事公正，后来，就送了一面锦旗。

刘志华说完这些，我又问了问他家的近况，他说现在好点了，阿爷也熬过了那段最伤心的辰光。他还说，再做年把，积点钱，也把宅基翻一翻，造间新房子，阿娘的心愿也好了却了。分手的时候，他将我送到大路边车站下，再三叮嘱："向章同志问好，还有王队长，沈科长，代我谢谢他们！"

隔着车窗，我看到刘志华在向我挥手，在飞扬的尘土中，他那副依依不舍，那副对交警崇敬的神情，依然清清楚楚地写他的脸上……

（文中交通事故受害者为化名，原载教育出版社 1996 年 12 月版《警界雄风》）

采访实录之四

一个真正的男子汉

——记卢湾中学优秀共产党员虞建国老师

有位诗人曾经这样赞美老师：

他点燃了别人心灵的火花
因为他自己
首先就是一支火把

虞建国就是这样的一位老师，他点燃了别人心灵的火花、生命的火花。这是因为，虞建国他自己就是个真正的男子汉，就是一支明亮的火把。

虞建国是上海市卢湾中学教导处老师，也是卢湾区教育局任命的全区高一年级劳动技术负责人。他个头不高，刚到五十岁的年纪就有点谢顶了，虽然其貌不扬，但校内校外许多熟悉他的人，都从内心钦佩他，称虞老师是一个真正的男子汉！

一、当妻子病危时，虞建国对医生说："妻子是为我生孩子得的病，万一她不行了，我怎么向她爷娘交代……"

1985 年 10 月，几经风雨、几经周折的虞建国从当年插过队的安徽芜湖调回到自己的故乡上海，进到卢湾中学校办公工厂工作。他怀着一份对未来的美好憧憬，开始了新的生活。三年之后，他与一个在庄臣日化公司工作的小吉姑娘经历了相识、相爱的过程，幸福地喜结连理。可是这对小夫妻万万没有料到，当爱情的结晶即将诞生的时候，一场巨大的灾难也突然地向他俩猛袭过来。

那是在 1989 年的 1 月 25 日，九月怀胎的小吉分娩时，血压陡然升高。偏偏这天是星期日，产院当班的是个从湖南来的进修医生，可能是缺乏经验的缘故，他面临孕妇的情况突变，一时也慌了手脚，经过匆忙处置之后，虽然接生了一个女婴，却加重了产妇的病情，随后，产妇因妊娠期高血压处理不当导致脑水肿，很快又恶化成脑中风。一夜间，产妇的脑袋就膨胀如斗，脸上的每一寸皮肉都被最大限度地紧绷着，就像吹足的气球，随时都要炸裂一般，模样十分吓人，病情极其危险。

刚做爸爸的虞建国，还未来得及感受片刻当上父亲的喜悦，就焦急万分地为抢救妻子的生命与死神展开了争夺战。

虞建国很快将妻子小心翼翼地护送到华山医院。因为他知道，华山医院脑外科全市闻名。他把抢救妻子生命的希望寄托在这里最有名的专家身上。

“能不能进行保守的疗法?”虞建国起初还向专家提出这样的要求。

可是，几名脑外科专家对病人会诊后，或是默不出声，或是轻轻摇头：病人脑积水太严重了，唯一的办法是开刀排水，但病人刚刚生育，身体虚弱，而且血压很高，做这样的脑颅手术，风险太大了……

“医生，无论如何，我请求你们尽最大的努力救救这个病人，”虞建国恳求道，“我 36 岁才结婚，我妻子是为我生孩子才得的病，万一她不行了，我怎么向她的爷娘交代啊！请医生尽量帮一把，她才 30 出头，刚生了孩子，孩子也不能没有娘啊……”

虞建国的恳求感动了医生。医生沉思片刻后，松口了："好吧，既然开刀危险，不开刀更危险，还不如开刀了。"

这开颅引水手术，确实复杂。手术足足进行了四个小时，最后缝上刀口，刀口周围的一片头盖骨也永久地没有了。

手术室的门终于轻轻推开了，但走出手术室的医生向焦急地候在门外的虞建国扔下了这么一句话："病人如果明天醒不过来，你要做好思想准备，她在半年之内，就是醒了，也可能变成植物人。"

虞建国心头陡然一震，掠过一丝不祥的感觉。

这一夜，虞建国始终守在妻子身边，第二天上午，妻子忽然下颚抽动了一下，虞建国还以为妻子醒过来了，正要高兴时，忽见妻子激烈地抽起筋来，就一瞬之间，她上下撞击的门牙竟把舌尖咬了下来，吓得虞建国急忙喊来了医生。

"快把她牙齿撬开，快灌气，快灌气。"医生护士一阵忙乱，终于撬开了病人的牙关，随即又把她推进手术室，切开喉头气管，插入一根导管……

看着妻子一次次被病魔折磨，虞建国痛心不已，他在心里不知多少次地念叨着，她全是为了我，为了给我生孩子才得病的呀，我实在对不起她，我要尽自己的一切，想尽办法要救活她。

接连两次手术后的小吉，这时仍处于昏迷之中，她的生命全靠着插入身体的各种导管维系，监护工作不能出现丝毫的疏忽。

"就让我来护理吧！"虞建国向医生护士提出了自己的要求。

"你又不是护士，怎么会护理？"

"我不会，请你教我，现在就教我！"虞建国急切地对护士说。护士拗不过他，就答应了他的要求。

在以后的四个多星期里，虞建国每天给昏迷中的妻子揩身洗脚，清理口腔，还仔细清理她失禁的大小便，那小心又细致的程度，用护士的话说，真是一丝不苟。

当时，白蛋白是医治脑积水的特效药，128 元一支，但这费用不能报销。为了维持病人的生命，医生规定每天注射一支。可细心的虞建国从其他专家口中得知，为加快病人脑积水的排出，也可在 24 小时内注射两支。虞建国一听，便掏出积蓄，一下子买了 10 支。

时间一天天过去，第五个星期的某一天，虞建国给妻子洗脚时，感觉到妻子的脚趾微微一动，就那么微乎其微的一动，可让虞建国高兴哪！“醒了，醒了！妻子有知觉了！妻子有希望了！”虞建国像孩子一样奔出了病房，去向医生护士报喜，医生也很惊奇，赶忙跑过来。一会用探针刺刺她的脚底，一会翻开她眼睑左看右看，几种办法都试过了，可没发现病人有什么苏醒的征兆，医生不由得向虞建国疑惑地瞥了一眼。

“她的脚趾是动了一下，是动了一下，”虞建国十分固执地坚持自己的意见，“刚才我给她洗脚时，她是动了一下！真的是动了一下！”

虞建国说得好肯定，好认真，医生忍不住笑了起来，同样也好认真地说：“她会醒的，会醒的，有你这样的好丈夫，你的妻子一定会醒过来的！”

二、当妻子瘫痪时，虞建国对母亲说：“妻子是为我生孩子而得的病，我有责任照顾她，如果我抛弃她，我会一辈子心里不安！”

经过医院治疗和虞建国的悉心照料，小吉终于出院了。

当时，在小吉的意识里，她只认识一个人，这人就是虞建国。这种认识也只是从她的眼光和神情之中表露出来的，她还不会说话，更不能站立，进食只能半流质。医生说，她的智商相当于一个三岁的小孩，但毕竟她有了知觉，对她来说，这是一个奇迹！

可想而知，要照顾这样一个整天瘫在床上的病人，是何等的困难。何况，还有一个出生才几个月的婴儿，一大一小两个人，吃喝拉撒，样样都离不开虞建国。

起初，虞建国的母亲有时候也帮一下，但日子一长，少不了要埋怨，毕竟是自己的儿子，她舍不得儿子这样没日没夜、没年没月也没指望地辛苦下去。有一次，她终于忍不住对虞建国说："建国，我就你一个儿子，娶了个媳妇怎么会这个样子……你也太苦了，还是早点离了吧！"

照顾病妻的百般艰难，没有压倒虞建国，母亲贸然说出的冷言冷语，却深深刺痛了虞建国的心。他当然知道，母亲说这话的一番用心，母亲也是出于对儿子处境的无奈和怜爱。她也是心里舍不得，因此她要我与妻子离婚，以这样的方法让自己解脱。但我虞建国能这样做吗，这样做了，我体力上虽然解脱了无休无止的劳累，但精神上却一辈子不得安宁啊！

第二天早上，借着帮母亲买菜的机会，虞建国心平气和地说出了自己的心里话：

"妈，你说玲娣她人坏不坏？"

"玲娣，她人是不坏……可毛病真讨厌。"

"玲娣的病是麻烦，可她是为了我们虞家，为了给我生孩子得的病，我是她男人，我能扔下她不管吗！不行，作为一个当丈夫的，要担起自己的责任。妻子是我选的，我不后悔。"

"建国啊，你这样下去，也太苦了，我看，长痛不如短痛，干脆早点离婚算了。"

"妈，要我现在与玲娣离婚，那才真要我痛苦一辈子呢。你想想，如果我真的与她离了，再找个大姑娘，生了孩子，我女儿怎么办，如找个再婚的，她带了自己的孩子过来，我女儿又怎么办？如果二十年之后，玲娣她还活在世上，女儿去看她妈妈，玲娣一定会对女儿说，你爸不要太缺德！在我最需要照顾的时候，把我扔了。我女儿一听，肯定会想，爸爸真不是个东西。那时候我六十岁了，女儿还会待我好吗？肯定不会，那时候我老婆没了，女儿又不认我了，我岂不成了孤苦伶仃的一人了？妈，你现在六十出头，有一个儿子三个女儿，我到那时候还有谁呢？"

母亲默不作声了。

虞建国真情地表白，终于说服了母亲。

在虞建国的精心照料下，妻子的病情慢慢有了好转。两年之后她能扶着床沿站立起来了，但还不能走路，还不能说上一句连贯的话。这时，虞建国又下决心一定要帮助妻子迈开双脚，一定要帮助妻子像像样样地开口说话。

于是，虞建国以书本为师，自学推拿，坚持每天为妻子推拿一小时。接着，在征得学校领导的同意之后，虞建国又开始了每天背妻子到学校进行功能康复练习的长征。

每天早上，虞建国背着妻子从四楼家中出来，安顿在一辆借来的黄鱼车上，骑到学校。这时候，虞建国在学校里已有了一间单人办公室，他就尽量让妻子在办公室里做一些接电话、抹桌子的简单活。

中午休息时间，虞建国就把黄鱼车的前轮搁起来，扶着妻子坐稳，让她用双脚练习蹬车。开始她蹬不到几圈就腰酸腿疼满头大汗，也有好几次不想再受这份罪，虞建国则不断地激励她："你的腿还要想走路吗，要想走路就不要怕苦。"更多的则是对她每一个微小的进步，给予肯定，给予鼓励。

就这样，虞建国妻子的身体状况有了很大好转，日常生活基本上能够自理了，而从小受到父亲刻苦精神影响的女儿，也特别懂事。她知道家中只有父亲一人工作，经济条件十分拮据，她从不讲究吃用打扮，一心刻苦学习，尽力帮助爸爸照料妈妈，现在，她已成为一名重点中学品学兼优的高中生。

有时候，有人会问虞建国："虞老师，你天天这样照顾妻子，你觉不觉得辛苦?"

每当这时，虞老师总是自信地回答："我虽然辛苦，但我值得，妻子的身体一天天好了，尽管她现在走路还斜斜歪歪的，说话还慢慢吞吞的，但比医生预料的好多了，女儿也一天天有进步，我这三口之家，总算像个家，看到这些我再辛苦也高兴。"

三、虞建国的同事说："虞老师照顾病重的妻子，15 年如一日，虞老师在挑战意志的极限!"

虞建国悉心照料病妻的事迹，深深感动了他周围的许多人。卢湾中学有个老师感慨地说了这么一句话："虞老师 15 年如一日，虞老师在挑战意志的极限!"

有些年轻老师和学生，则会怀着对虞老师钦佩之情，去想着一个问题，虞老师的这股非凡的毅力是从何而来的?

这个同样的问号，在记者的头脑中起初也同样存在着。向虞老师再三的探询之后，他才说出了自己人生历程中的秘密。

虞建国说："是安徽芜湖农村插队，锻炼了我的吃苦精神，是部队通讯连的严格训练，培养了我的良好意志。"

从1972年到1974年，虞建国初中毕业后，曾在安徽芜湖县政和公社沈湾大队插队。在农村的两年之中，虞建国硬是凭着一股子劲，实干苦干，赢得了队员们的一致好评。

有一次，他舅舅到乡下去看他，站在田埂上，"建国建国"连喊了几声，别人告诉他建国就在你跟前呢，你怎么不认识？原来虞建国浑身乌黑，与在上海时完全不一样了，舅舅怎么认得出他呢？

看着外甥这副模样，做舅舅的不免有点心疼。虞建国却爽朗一笑说："晒黑了才好哩，今年夏天太阳再大，我肩膀也晒不疼了。不像去年，出去没几天，肩膀上就晒掉了一层皮。"舅舅问他今年怎么就晒不蜕皮了？建国说是跟贫下中农学的，要得夏天不蜕皮，从端午节吃粽子时候，就天天光膀子，天天晒，晒惯了到三夏也就不怕了！虞建国就是这么苦练着，练成了个乌黑的人，也练出了吃苦的精神。

冬天挖河泥，可是个苦差事，河湾上寒风阵阵，刺骨钻心。虞建国却干得头上冒汗，只见他把小棉袄一脱，甩在船头上，操起长长的竹耙，使劲插到河底，再使劲猛轧，猛拎，满满一耙的河泥，连水带泥足有两百来斤，再转腰一甩把河泥倒进船舱……一天下来，他要这样反反复复多少次，使出多大的劲？年仅十七八岁的小建国，硬是不落在农村老把式的后面。

在农村的两年中，他劳动出色，工分也高，第一年分得了800斤口粮，80元现金，第二年分得800斤口粮，140元现金。成了插队青年中收获最多的一个。

队里有两个五保户，虞建国一有空就上门去帮他们干这干那，这两年中，这两户人家缸里不断水，灶头不缺柴，两位老人常常念叨着建国好啊，建国真好！

由于他在农村的出色表现，1974 年征兵时，被公社推选为应征对象。在沈湾大队推选的七名农村青年和一名知青中，经过体检政审，就虞建国一人被批准入伍。

离村入伍那天，生产队里敲锣打鼓，人们拥在虞建国身旁，热情欢送，五保户曹奶奶更是紧紧拉住建国的手，久久不放，老泪纵横。专程从上海赶到乡下送儿当兵的建国父母，这时也感动得泪水涟涟。建国离开生产队之后，在乡亲们盛情挽留下，建国父母又在队里过了七天，这七天之中，这家也请那家也请，让两口子都无法招架了。后来，建国父亲在写给儿子的一封信中这样说：俗话说人一走茶就凉，而你当兵离开生产队了，队里的人个个对待我俩非常的热情，这真使我们感动。这也说明儿子在这里的表现好哇，作父母的为有这样的儿子高兴。

他告别沈湾大队后来到宁波前沿海岛，成了一名通讯兵。通讯兵的一项任务是要熟记上百个密码，这绝非一朝一夕的功夫。

第一年考核，虞建国的成绩离及格差了几分。指导员毫不留情，批评他笨！虞建国不怨天不怨地，只怨自己仅有初中文化，于是他发奋苦学，第二年考核一跃成为全营第一，指导员惊讶了，虞建国却说："指导员，这还要谢你呢，要不是你批评我笨，我就变不成今天这模样。"

为了提高部队的素质，上级提出对战士要进行"生存训练"，给每人一个月的口粮，发一把匕首一顶帐篷，要在指定的一片荒野中独自一人度过三个月。经过农村艰苦磨练的虞建国，又出色地通过了这一关。他凭着自己的一股韧劲，先是对周围的环境仔细勘察一番，经过认真比较，他选择一个背山朝阳又有小溪流过的山窝做落脚点。支好帐篷后，先在小溪上拦腰打一道浅坝，拦住溪水以便抓鱼，这就解决了吃荤的问题，再到周围荒野里去挑些野菜回来煮粥，以补粮食之不足。天黑了，他倍加留神，防备蛇虫野兽侵袭……三个月的期限到了，虞建国变成了原始人一般，而他的意志也更加坚强了。

1976 年 9 月 9 日，中央人民广播电台播出了毛主席逝世的噩耗，部队立即进入一级战备。虞建国所在的通讯班奉命进入坑道，不分昼夜地随时同某部的四个连队保持联系，一连三天三夜，虞建国寸步不离坑道，突出的表现又一次受到上级嘉奖。

磨练，再磨练……养成了虞建国的刻苦与勤奋。而这刻苦与勤奋，又是虞建国宝贵的人生财富，就像两盏闪闪的明灯，引导着他度过一个个生活中的逆境险滩。

1978 年，虞建国从部队复员后进入芜湖县照相馆工作，从此，他与照相结下了不解之缘。在摄影这一新的岗位上虞建国一如既往刻苦好学勤奋钻研，两年之后，他成为芜湖县照相、暗房等技术上最全面最出色的技师。

1985 年，虞建国回到了自己的故乡上海，进入卢湾中学工作。由于他为人真诚，作风扎实，很快在校办厂车间主任的岗位上做出了出色成绩。近年来，他又在为发展学校电化教育、筹建多媒体教室、开展学校电脑管理等方面不断创新，受到全校师生的一致好评。

在业余时间，虞建国还经常应街道邀请，热情地为社区居民摄影学习班授课。他非但心甘情愿地放弃在其他地方上摄影课的高收入，来到条件较差的社区，还常常在自己有限的收入当中，拿出钱来买些胶卷送给几个困难学员，鼓励他们多拍多练。虞建国不仅以自己精湛的摄影技艺，更以他高尚的人品赢得了学员们的尊重，因此，社区摄影班也越办越红火，就连远在闵行、宝山等区的老年朋友，也慕名前来卢湾区五里桥街道，参加这里的社区摄影学习活动。

先哲有言：师者，为人之表也。虞建国就是一个以自己的行动为人做出表率的人民教师，一个真正的男子汉！

写于 2004 年 8 月 12 日

（原载文汇出版社《感动卢湾》）

16. 流浪的萨克斯

那天下午，天空飘着小雨，骤然一阵冷风，摘下几片枯黄的梧桐叶。树叶盘旋着，从头顶落到开始潮湿的地面。寒潮果然要来了，我不由加快脚步，去寻找那改道后不知设在何处的13路电车站。

依照路人的指点，我拐进江西北路，抄近往车站走去。忽然，远远的传来一阵阵琴声。琴声浑厚而圆润，圆润又飘逸，虽然远远的，轻轻的，但明亮，流畅……哦，是萨克斯！吹的是《洪湖赤卫队》中的曲子！这声音，顿如磁铁一般，吸引着我要寻找那琴声的源头。

当我举目顾盼，这才注意到脚下走着的是一条正在整修的小路，路面坑坑洼洼，污水涟涟。路的两旁有一个一个的杂货摊，廉价的小吃店……而那琴声，正是从深处一个檐棚下的餐桌旁发出的。

我快步向那头走去。

就在那一刻，我的心头微微一惊！因为我看见了他，吹着萨克斯的人……一个四十来岁、身穿一件油腻短袄的汉子！他吹得那样的投入，那样的深沉，细密的小雨粘上他蓬乱的头发。在风的吹动中，乱发飘飘，水珠闪闪，他毫无觉察一般，只顾低着头，注视着摊在餐桌上的一本破旧的曲谱，摁住琴键的手指此起彼伏，流水一般的声音，就从那圆圆的铜管里缓缓淌出……

就在那一刻，我心里忽然萌生一个奇妙的感受，似乎同音乐变得从未有过的亲近！因为我听到了韩英在白匪的牢房里临刑之前对娘的倾诉。这歌曲我以前也熟，然而此时此刻，在一个不起眼的小饭店门口，那铜管里飘出的音符，却是分外的清晰；旋律的情感，却是分外的深沉。这是因为萨克斯就在我身旁！吹得流畅，吹得娴熟，连每一个切分音，每一个休止符，或扬，或顿，全都听得一清二楚。它如诉如泣，注满了韩英的爱和恨，使我为之深深地震撼。冷风吹来，我也不移半步。萨克斯以它特有的音色，将这著名的曲调变得格外的动人，连我这样一个音乐的门外汉，也被征服了。

一个漂亮的滑音，吹奏打住了。他反过手背抹了下嘴唇，微微喘了口气，却没有休息，一手托住萨克斯，一手又在慢慢地翻着曲谱。

“吹得太棒了！”我从如痴如醉的沉思中醒来，感叹道。

他似乎刚刚发觉了我，朝我淡然一笑，轻轻摇摇头。

“吹得这么好，真不容易，有好多年了吧！”

“这倒也是，我吹萨克斯，还是小时侯在少年宫学的，二十几年了……”他依然淡淡地笑着，慢慢地说着。他说他这二十几年闯南走北的到过不少地方。18 岁到新疆，一去 12 年才回来，说回来也不是真的回来，到上海待了半年又走了，后来到江西，再到大丰，他说他无论到什么地方，无论生活有多苦，总是带着这萨克斯。前年总算真的回到了上海，在这个小饭店里打工。他说打工嘛……就是打工"崽"。崽,不是那个广东人说的靓仔,而是兔崽子的崽,哈哈,管它呢！比起有些人来,我还是年年有进步。他风趣地朝我笑了笑,"人哪,就这么回事,要想得开,自得其乐！有人闲着打牌跳舞,有的是钱,我比不上他们,就吹我的萨克斯……"

他说得很慢,也不大抬头,似乎独自一人,独坐一隅,品尝着自酿的米酒。

雨,不知不觉地变得更密了。他,仍在露天里站着。我提醒了一句,他才抬起头看看天,收起他的曲谱和萨克斯。他仍然是那样淡淡一笑,好像是在与我道别,我也笑着,祝他好运。

转眼,到了今年夏天,一天下午我从虹口一个单位办完公事回家,适巧又要乘 13 路电车。噢！萨克斯！我的脑海里骤然跳出了他的身影,就像想起一个熟悉而又多年没见面了的老朋友,立刻就想要见到他。我快步拐进那条江西北路,迳直向那个小饭店走去。远远的,我已看到了那熟悉的檐棚,还有那檐棚下一张熟悉的餐桌！可是,那熟悉的身影却没有出现。

小饭店门口坐着一个逗孩子的外地妇女,我向她打听那个吹萨克斯的人。

"啥……啥个事？你有啥个事?"

那妇女显然没有听懂,我费劲地解释了一通,她明白了:"奥,吹小喇叭的,他走了,早就走了……他的老板把这个小店卖给咱了,早知道这儿没啥生意,咱也不图那让不让利的了……老板,你吃饭吧！面条水饺,样样都有。"我说还不饿,又向她打听那吹萨克斯的下落,她不知道。说完就抱起孩子往店堂里去了……

离开小饭店的时候，我感到几分怅然，脚步也变得滞缓起来，那吹响的萨克斯，那流畅动人的《洪湖赤卫队》，仿佛在我耳旁响起……忽然，我感觉到天空飘起小雨。哦，这小雨更使我惦记密密细雨中忘情地吹奏萨克斯的人，他在何方？过得好吗？我举起头，朝天空望去，就在郡一瞬间，我为自己的担心感到多余，一个经历过风暴的人，还怕这小雨吗？

我自嘲地摇摇头，脚步也就轻松起来，只是，那萨克斯的声音，好像还在耳边回响，久久地挥之不去……

写于 1997 年 1 月

17. 旧貌无踪泪沾衫

昨天，为充实一篇报道内容，我前往座落在南浦大桥桥堍的出租车管理处。采访完毕欲乘43路公交车返回单位，忽见站牌上的第二站写着“海潮路”，不由得心头一颤。海潮路，莫非就是我年幼时寄养过的地方吧？

一种渴望寻踪的冲动，顿然支配着我。

下着风，刮着雨，台风“杰拉华”要来了。路上行人匆匆，忙着躲避。我举头望天，踌躇片刻，还是在一个售票员的指点下，往海潮路的方向走去。

风阵阵，雨阵阵，风风雨雨中我穿过瞿溪路，果然在一幢高楼下见到了一块路牌——海潮路。我凝视良久移开目光，朝这路上看去，荷！漂亮!！脚下的路面，路旁的人行道，人行道旁的花栏，花栏后的新楼，虽在细雨中也很清丽。远远地，海潮路往前伸展，远远地，直到拐弯处被一座高楼遮挡……

这是我记忆中的海潮路吗？丁点儿也不像了。尽管我努力地四处张望，还是找不到丝毫的往昔。

往昔，往昔……往昔只是留存在我记忆的深处。这时候，它向我涌来了，在我脑海里层层叠现——

记忆中的海潮路，不！那时叫“海潮寺”，海潮寺旁的一条小路。那是泥泞坎坷的小道，在通进一片茅草房的叉口，有个卖老菱的小摊子，污水横流，苍蝇乱飞。

一户户茅屋里，暗赤赤的，太阳快下山了，更是黑乎乎的一片。十几户茅屋围出一块天井，一道浮着黄锈的水沟，成年不干，臭味不散。

收养我的那户好心人家，主人吉大爷，是我祖父的一个远亲，他是个吃力气饭的老工人，在玻璃厂里吹玻璃瓶。有一次我从他家阁楼上栽了下来，幸亏茅屋低矮，当时只以为是跌破头皮，日后方知耳膜跌闷了，落下了鼓膜内陷、听力受损的后遗症。

茅屋后头，沿着杂草中踏出的小道，走不多远，是个坟茔滩。我还记得邻家有两个好像是卖豆腐的兄弟，有回带我去抓麻雀。我看着他俩在坟边荒地上支上箩匾，撒点碎米，就拉住我趴到坟墩后头。麻雀引来了，一拉绳子还真的网住呢。我开心得直叫直蹦，这可算是我那时最大的欢乐了。以后我老是想着，再跟他们去抓抓麻雀吧！可是跟在他们后头走走就停住了，忽的转过身子拼命奔回天井。原来坟茔滩里有具小孩尸体，就扔在草窝子里头，一个不当心脚就踩上了……

当年的海潮路，记忆中的海潮路。噢，那时候叫海潮寺。屈指数来，五十三年了！

如今，往日的模样荡然无存了。时代大变迁，旧貌换新颜。

看着想着……想着看着，不知不觉衣衫湿了。

是天上落下的雨水吗？

是，也不是。几分天雨，几分心雨，皆有也。

写于 1999 年 9 月

18. 傍晚，走过薰衣草之路

“卡波列多！”

随着导游阿里一声吆喝，旅游车又开始新的行程。

“卡波列多”到底是意大利语还是法语德语，旅客们不清楚，反正阿里每次点齐人数之后这么大声一叫，那位意大利驾驶员大卫就开始悠悠地开着他的“VOLVO”，奔赴下一个景点。因此几天下来，大家同阿里混熟了，车上人数一点齐，也就学着阿里的口气大喊一声“卡波列多！”

这时候，阿里总是笑呵呵的。因为车厢里活跃的气氛在告诉他，旅客们对刚才的安排刚才的景点是满意的，大伙玩得是开心的，作为一名导游，能带上这样一群爱说爱笑的旅客还会不高兴吗？

“好，我们刚才游览了法国南部美丽的小城安纳西，看了水上的三角教堂，欣赏了著名的安纳西湖，怎么样？太美了是不是？接下来，我们要去的地方……嗨……”

“一级棒！”旅客们又知道阿里下面要说的话是什么了，未等他开口，就大声代言，替他说了出来。

“哈，”阿里自己也忍不住笑出声来，他的口头禅全被旅客们掌握了。上海来的这帮旅客真是机灵又活跃，旅游中能这样开开心心，这样想说就说地放松自己，当导游的就更来劲了。

“大家说得太好了，下一个景点，艾维戎，真的是一级棒，棒在哪里呀？嗨！”阿里说到这里，故意停顿一下，还闭上两眼做了个自我陶醉的姿势，“这艾维戎，是非常非常有特色的城市，而在到艾维戎之前，我们还要走过一条很别致的——薰衣草之路！哈，薰衣草，大家知不知道？现在上海的花店里，也有引进了，但很少很少。薰衣草是什么样的？……有谁知道？谁能说出来，有奖。”

车厢里的气氛更加活跃起来，你一言他一语的，有的还交头接耳作研究状揣测状，薰衣草到底是啥样？好像没见过。这也不奇怪，薰衣草毕竟是长在地中海那地方的，离开咱们黄浦江千山万水的远着呢，能有多少人见过？

我也在想着那薰衣草，该是个什么样呢，当然我并不是想猜到有什么奖，我倒是觉得薰衣草这名字很有意思，我认真地想象着她的模样，既然称做草，她肯定不起眼不招摇，却吐露着芬芳，为人们所喜爱。虽然我从没见过她，但她似乎有一种质朴的魅力，在呼唤着我吸引着我，使我的意念中萌生出一种急切要见到她的好奇与向往。

旅游车在欢快地飞奔，车窗左面是一望无边的地中海，海水平静又明亮，就像光洁细滑的丝绸在初秋的微风中飘荡，那锦缎般耀眼的一片湛兰，在十月的斜阳下，似乎正在向满车的旅客捧上她万般的柔情。

车厢右面，是一片一片的葡萄园，一垄一垄的葡萄被修剪得只有半人多高，根粗叶茂，长势兴旺。“你看呀，这小路多漂亮，真想能到这小路上走一走！”前排一个侧身靠着恋人凝视窗外的姑娘，轻轻发出一声感叹。

随着姑娘这一声感叹，我的视线急速从远方拉了回来，这才注意到车轮下的高速公路，与广阔的葡萄园之间，还有一条乡间小道。小道紧挨着高速公路往前延伸，一忽隐掩在浓密的树荫中，一忽依偎在潺潺的小溪旁，一忽顺着地势缓缓下沉，一忽扬起头来悠悠向前，而在好几段缓缓下沉的两侧，竖立着低矮的栅栏，那木桩连成的栅栏，粗糙，绽裂，斑痕累累，宛如久经风霜的老人。小道的两旁，闲草野花随心匍匐，蔓箩杂树恣意衍生，傍晚的斜阳，又为小道镀上层层叠叠的金黄，在这一片金黄中，小道越发显得秀丽迷人……

看着看着，我不觉恍然起来，这法国南部的乡间小道，隐隐中让我想起了柯罗笔下的那幅油画《莫特芳丹的回忆》，那份宁静，那份安详，数百年前的画面与眼前的现实竟然如此巧妙地吻合。真是一条让人沉迷让人回味的乡间小道！

“大家往右看，往右看，”导游阿里一声吆喝，把我从胡思乱想中拖了回来，“薰衣草！看到没有？右边小路那边，一垄垄开着紫花的就是薰衣草！”

哦，这就是薰衣草！我看见了，看见了。果然如我所想，她长相平平，细细的瘦瘦的样子一点也不眩目，然而那浅浅的紫色，矢车菊一般的浅紫，让我感到了她的可爱。这就是薰衣草！刚才好像在眼前的这条小道上也零零星星地见到过的，由于她并不显眼，也没有这淡淡的紫花才没有惹我注目。我终于想起来了。

“薰衣草开花是在八九月份，我们来晚了一个多月，刚才我们经过的一片一片土地，全都是长薰衣草的，但是像这样一片还留着残花的，很少了，因此就有点遗憾。”

阿里这一说，又让我浮想联翩，如果能在花期来到这里，我一定会更加领略这条小路的魅力，一条非常悠远非常安静的薰衣草之路，一边是淡蓝的地中海，一边是一垄垄浅紫的薰衣草；一边是辽阔，一边是幽深……想着想着，我忽然就体会到前面游览过的几个景点，为什么会那么迷人？那么耐看？就如这眼前的乡间小道一样蕴藏着无穷的魅力，原来，这里的人们在努力地保存着以往，努力地保护着自然，让历史与现实并存，让古老在科技快速发展的今天，同样有着它的一席之地。就说前面那站安纳西吧，小城安纳西有个值得骄傲的安纳西湖，湖当中有个小岛，岛上长着两棵大树，由于在湖当中，挡住航道，大的游船不能通行，大批的游客就进不来。然而这岛这树是一道天然的见证，安纳西人宁愿放弃丰厚的旅游收入也不愿炸岛砍树。相反，他们还将这岛这树推崇为安纳西湖的标志……

旅游车在飞奔，车窗外的那条薰衣草之路，慢慢隐没在愈来愈重的暮色中，虽然若隐若现，却给了我联想；虽然错过了花期，但我依然好像闻到了她的芳香。

写于 2005 年 10 月

19. 取名就叫陈草原

从内蒙古呼伦贝尔大草原返回上海，已有一个多月了，令我意想不到的是年仅三岁半的孙女，竟然会牵住我的衣角，口中嚷嚷道："爷爷，爷爷，我还要到大草原，还要到大草原……"。

呼伦贝尔，八月的大草原，真是太美太迷人了！

这次前后九天的草原之行，是我们家庭今年夏天的一项旅游活动。八月三日飞抵海拉尔后，我女婿随即到当地一家汽车租赁公司，办理了租车手续，第二天一早，在导航仪的帮助下，我们的自驾游开始了。

呼伦贝尔市地域辽阔，面积相当于江苏和浙江两省的总和。历史学家翦伯赞先生曾经称赞呼伦贝尔自古以来就是内蒙古最好的草原，称这个草原一直是游牧民族的历史摇篮。海拉尔则是呼伦贝尔市的首府。

我们租借的黑色越野车驶离海拉尔城区不多远，就是满眼绿色，一片连着一片的草场，简直扑面而来，就像铺天盖地似的。喜好旅游的我们一家子，越过大海攀过高山，但如此宽广的绿草地还从未见识过，尤其是我孙女更是生来头一回见到这么大这么大的"公园"，兴奋得一阵阵的叫嚷，看到草场上的牛啊羊啊，她更是开心得手舞足蹈。

然而，这里还只不过是大草原的边边儿。在海拉尔的时候，我女婿仔细打听了，“到了陈巴尔虎旗，那草原才大呢”。

开！已经奔驰了一个小时的越野车继续往前，又开了个把小时，果真感觉愈来愈浓了。视线透过挡风玻璃向前望去，只见阳光照耀下的公路，无休无止地伸向远方，宛如一条细细的缎带嵌在巨大的绿色地毯中间，在这巨大的绿毯上，有着高低参差五颜六色的野花；有着不同毛色的花斑牛；有着一群群的马儿羊儿……或星星点点，或群群簇簇，在蓝天白云之下尽情享受着丰草清水。渐渐地，我的目光被俘虏了，被蓝天白云被绿草繁花俘虏了，竟连越野车缓缓拐下了公路也浑然不觉，猛回神一瞧，原来公路边上有一道浅浅的车辙，若隐若显地通向草原的腹地。我女婿秉性好奇揽胜，一见这车辙就分外来劲，打过方向盘就下去了。

沿着车辙，汽车颠簸着慢慢前行。开着开着车辙不见了，被绿色吞没了。

“下车咯！”我女婿一踩刹车打开车门，等不及的就要扑出车去。我们随之一一下得车来，荷！脚下的感觉真好。那草地硬中带软，站在上面，双脚就像被厚厚的地毯举着托着。八月的牧草虽然不再翠绿，但长得十分茂密，间杂着各种野花，弯腰拨开草丛，只见土壤油黑油黑，好肥啊！

在这同时，有一股淡淡的清香，将我包围起来。我贪婪地深吸几口，清爽沁脾，太舒服了！

我想，这清香一定是绿草野花合着泥土的混和的气息吧，它逼得你禁不住的要一次次的深深呼吸，而长时间乘车的疲劳，这时也悄然化消。

草原的芬芳，金不换！

舒展片刻，再往四周环顾，“天似穹庐，笼盖四野”，古人的诗句自然而然就随口而出。在这四野茫茫的天地之间，我在深深地感受着，享受着，感受着草原的辽阔，享受着草原的奉献。

忽然，听到女儿在前面大声喊叫，问我她见到的一种花草叫什么名字？我紧步上前，乍一看那花草长得茎粗叶厚，外形好像是曼陀罗，再细瞧瞧却又不是。曼陀罗的叶片应该是嫩茄子一般的浅紫色，而这花草的叶是深绿的，更奇特的是它枝端结着的蒴果，形如园槌，外壳还紧裹四道荳棱。我和我女儿一样也是第一次见到这种植物，只好一边摇头一边说草原上的花草太多太多了……正说着，忽又听到孙女兴奋地叫奶奶奶奶，原来她发现了一株又白又胖的蘑菇，紧挨在一堆干牛粪的边上。我孙女一边嚷一边就要伸手去摘，我连忙止住她，随后告诉她野蘑菇不能随便乱碰的道理。孙女一听，胖乎乎的小手又往后缩了缩，不一会，竟又开心地围着那也是胖乎乎的白蘑菇，唱起了她很喜欢的一首儿歌：采蘑菇的小姑娘，背起一个大箩筐……童音稚嫩，在草原上随风传送，似乎比她在家里唱得还要好听呢。

草原深处的绿草、野花、牛羊、天际线……一切都分外明快分外生动，就像磁铁一般，强烈地吸引着我们不住地奔跑着欢笑着，不住地向前再向前，探寻再探寻。忽然间蓦一回首，哈！黑色的越野车被远远地抛在后边了，看去就像个小不点，茫茫绿海中的一叶“孤舟”。

九天的草原之旅，行程 1 800 公里！

自驾游，使我们与草原更亲近，使我们游览更深细。

九天之中，我们还穿越了中俄边界额尔古纳河畔的白桦林；攀登了中蒙边境阿尔山市的白狼峰；我们曾在恩和县俄乡俄裔的“木刻楞”（用圆木垒墙的俄式房屋）中聊天住宿；我们曾在大兴安岭白桦林中席地野餐……辽阔的呼伦贝尔，美丽的大草原，给了我们一种前所未有的新的感受，呼伦贝尔，深深印在了我们心中。

离别大草原的那一刻，我脑海里忽然冒出一个念想：明年我将又有一个第三代了，为小宝宝取名就叫——陈草原！

写于 2010 年 10 月

20. 小区里的“一丈红”

在我居住生活的宛平小区，院子里的一块绿地上长着几株不很起眼的草花，她们四月出芽，五月痴长，不几天就长到一米多高，而茎干只不过矿泉水瓶盖儿那么点粗，一串圆圆的叶片，抱着茎干往上攀爬，浅红淡白的小花就偎依在那一层层厚糙的叶片旁边，颇有一副羞涩的模样。匆匆的路人须得驻足细瞧，方能发现她的花瓣婉如蝶翼，似展似敛，不艳却也不俗呢！

这细细高高的植物，该叫什么名字呢？我说不上。请教过前来小区整修草坪的绿化师傅，师傅朝那草花扫过一眼，也摇摇头。

忽地，我想起鲁迅先生的散文诗《野草·好的故事》中有着这样的描述：“河边枯柳树下的几株瘦削的一丈红……”“一丈红！”对，眼前这让我有点偏爱、不惹眼不张扬的草花，我就自说自话地称她为“一丈红”吧！

这“一丈红”，别看她又高又瘦，身子单薄，相貌平平，可她倔强着呢。

你看，她不像其他一些挑剔的花草那样离不开向阳的沃土，她偏偏生长在小区草坪“地势险恶”的一处——二号楼与三号楼之间的一条朝北的狭长绿地上！这里的居民们都知道，这两座高层之间的通道，可是小区里穿堂风最结棍的“风口”。一遇起风，草伏树摇，风雨稍大一些，路过这儿撑伞也觉费劲，稍不留神，伞面就被那风无情地掀翻。

去年八月，一场台风从这里扫过，两幢高层之间的三颗高大的桐树也被齐根撸倒！恰恰，几株瘦弱的“一丈红”，就生长在这穿堂风的当口。从破土冒芽，到拔节疯长，到花开花落，七、八个月的生命历程中，她要历经多少风雨，承受多少考验？有好几次风暴雨狂，我真为这几株瘦弱的草花担忧，可风住雨停之后，你再看那一株株“一丈红”，抖掉满头的雨水，伸展打伏的花叶，依然挺立，微笑示人！

“一丈红”，顽强的“一丈红”，不由令我心生敬意，不由令我细细思索。只不过是一种普普通通的草花，为什么会如此地坚强，如此地兴旺？

我在想，她一定有着发达有力的根系，深扎泥土；她一定有着坚柔相济的茎干，任凭摇曳。

根的钻劲，茎的韧性，使她在险恶中稳住脚跟，年年扩容。大前年仅有一两株，去年多了一两株，今年又多出了一两株！真可谓看似不起眼，年年发新枝。

注视着这瘦削的“一丈红”我不觉又想起了我们小区的一群居委干部和志愿者们。他们“不患位之不尊，不患禄之不伙”，长年累月为民服务，无怨无悔，不正是也有着一股深入居民群众，积极为民解困的钻劲和韧性吗？他们忘我奉献，让越来越多的居民感动，也让越来越多的居民行动。一对在小区里清扫垃圾，收集废品的农村夫妇，也经常投身小区文明公益的一项项活动之中。

“一丈红”，虽然又高又瘦，相貌平平，在我心中，却也是我们宛平小区一道亮丽的风景。

21. 人生如茶　淡然为上

——为老编辑陈士庸先生贺寿有感

好友陈士庸先生，年逾八旬，头若堆雪，面如江花，鹤顶童颜，精神矍铄。花甲之年从《人民警察》杂志社退休之后，仍发挥编辑之长，主编《商务与法》，成绩斐然；撰写长短文章，佳作连篇。六年之前，适逢《上海内保》创办，正需帮衬之际，士庸义担重责，出谋献策，乃至一图一文，字字斟酌，朝思暮虑，精益求精，堪称技高德馨之老法师也。

日前，士庸华诞，编辑部同仁登门贺寿，殷殷真情，朗朗笑语，顿使斗室春意盎然。言笑之间，士庸兴至，展其书法，自曰涂鸦，以求指点。吾等视之，功力非凡，隶楷外秀，书道内藏。“知足常乐”、“义贯金石”……警言雅句，跃然纸上。瞬间你争我抢，掠之一空。士庸失宝，心犹坦然，笑曰每日二事，必不可忘：其一爬楼，其二练字，既强脚劲，又增臂力，更以诗词语录为鉴，修身养性，得益匪浅，何乐而不为也！

听得此言，如获至宝，人生旅途，理在其中。先生健朗，宝刀不老，良方于此，参膏何求？

待得席终人散，仰望长空，只见月色清朗；低头沉思，忽觉士庸书法，落款“茶寿”，非贸然也。细细品味，方有所悟：以茶为喻，其意深也。忽忽人生，荣辱誉毁，皆为它物，一如士庸，淡然如茶，岂不高耶！

写于 2005 年 10 月

22. 爱心的力量

吴真生的名字，在上海新闻界恐怕无人不晓。他生前是《上海法治报》的一名出色的记者，他为人的真诚以及风风火火工作狂的精神在报社同仁之中有口皆碑。可惜他英年早逝，倒在采访工作的岗位上。而许多人是在含泪为真生送行的时候，才又惊讶地得知他生前的日子，过得是多么的艰难！他的家住在南市老城厢，一间狭小的老房子，挤着一家三口，更让人揪心的是他撒手留下的女儿，已经三岁了，还不会走路，不会喊“爸爸”。她那无力抬起而成天歪着的小脑袋，让医生见了都摇头，说这孩子的脑瘫……恐怕难治了。

两年后的这个冬天，真生妻子又来到丈夫曾经工作过的编辑部，说是给孩子打针，路过了进来看看大家。她身边那欢快地奔跑过来的是她的那个孩子吗？她大声地叫着“叔叔”“阿姨”。她像小燕子似的在办公室里跑来跑去。妈妈在一边提醒她小声点，小声点。她竟学着妈妈的样子，竖起手指挡在小嘴边上，还轻轻地“嘘”了一声。那天真调皮的神情一如每个幸福的小孩。

这情景真使我们又惊讶又欣慰。谁都知道脑瘫患儿的治疗及康复非常艰难非常缓慢，要教会一句话、一个动作，不知得翻来覆去重复多少遍，何况是一个困难的单亲家庭！这母女俩的将来，原本是多么地叫人担忧……刹那间，大家争先恐后上前抱住孩子亲吻孩子，亲吻这个生命的奇迹，也感叹着一个母亲爱心的巨大力量。这场面实在感人。孩子的母亲不住地抹着泪，连连说是报社领导和大家，在她最困难的时候给了她莫大的安慰和帮助，使她有了坚持的信心。这坚持的结果，还使其他不少脑瘫病儿的家长有了信心。她还说，女儿现在对数字的概念还不行，但她相信，以后一定会好起来……

真生的女儿是不幸的，但也是幸运的。我想，这幸运就是爱心的力量，就是爱心的结晶。正如一首歌唱的那样："如果人人都献出一点爱，世界将变成美好的人间。"

爱心能改变一个人的命运。如果蓝天下的至爱源远流长，让更多需要帮助的人们享受到温暖的阳光。那该多好！

写于 2003 年 12 月

23. 美丽芬芳的鸡蛋花

鸡年春节，七天长假。我家老少八口，兴致勃勃飞往南太平洋上的檀香山度假。在韩国仁川转机，登上了美国夏威夷航空公司的航班，停机坪上那股砭人肌肤的寒气，顿然全消。客舱里犹如春天一般温暖，紧接着的长途飞行即将开始了！

“鸡蛋花！鸡蛋花！”

忽地，挤在过道里往前挪步的孙女，回头冲我一笑，压着嗓子兴奋地嚷嚷：“鸡蛋花！”

“哦，哦……”顺着孙女的眼神，我也看到了，看到了一朵美丽的鸡蛋花！

那朵鸡蛋花，不大不小，斜斜地插在一位空姐的鬓角上。再四下里环顾，飞机上的几位夏威夷空姐们，人人都一样呢，鬓角上，全都有着一朵这可爱的花儿。

夏威夷航的空姐，不似国内航空公司，个个挑得年轻貌美。但她们鬓角上那朵象牙一般乳白色的鸡蛋花，就那么不经意地一插，却是抓人眼球，笑容也显得分外明媚。

乘客们在陆续登机，客舱里一片忙乱。空姐们热情地为大家服务，前前后后忙个不停。几朵鸡蛋花忽前忽后，在我眼前晃动。待我在一个靠窗的座位上坐定下来，脑海里竟然绽放出数千里外的朵朵鸡蛋花——我国海南、三亚的鸡蛋花！

可能是与夏威夷纬度相当的缘故，海南三亚也生长着与夏威夷相似的鸡蛋花：厚实实的花瓣，象牙白的花色，淡幽幽的花香！无论是盛开在叶片稀疏的枝桠上，还是从枝头谢落，铺垫在树根旁的泥土上，朵朵瓣瓣都是那么的淡雅，那么的从容，以至让我第一次见到这花儿，就打心里喜欢，还印象深深忘不了呢！

我第一次见到鸡蛋花，是很早很早以前了，岁月匆匆，一晃快一十二年了！

那是 2005 年 12 月的下旬，元旦将至的上海，寒凝大地，草木枯萎。我那“不安分”的儿子祥祥，从工作不久的某集团总裁办公室这个稳定舒适的岗位上辞职，一门心思地干起了职业摄影师的个体行当。凭着他一股痴痴的钻劲和几分灵气，加上家人的扶助，倒也闯过了创业初期的道道坎儿。待到翅羽渐丰，他又“异想天开”，起意要在冬天到南方去，拍出富有南国特色的婚纱作品。儿子的这个设想，在十几年前可称是他们这行中的闯荡之举。为此，我少不了有些顾虑。没想到女儿女婿，又一次表示赞同。并细致地为之联系了航班住宿等等事项。当儿子和他的女友小潘在三亚拍摄成功，一炮打响之后，招来了不少片约。于是，在第二年的寒冬，他们再次前往三亚。我和老伴彩英，在儿女们的“怂恿”下，也借着这个时机，随他俩一起到三亚畅游了一番。

就在我们到达三亚的第二天，我见到了鸡蛋花！

那是在三亚的一个著名景区——大东海沙滩旁的“海天山庄”庭院之中。一棵从未见过的外形奇特的树木吸引了我。只见它一人多高,形如桃树,但叶片极少,且又直刺刺地连在粗短的树枝顶端! 花儿却有十余朵,一一贴附在黑黑的枝椏上。花如五星,白中微黄,色同象牙,不大不小甚为可爱。小潘忍不住摘下一朵,闻了闻,随手插在耳鬓,确是好看。我正诧异这花的罕见,小潘欣喜地告诉我,说这是鸡蛋花。去年来这儿拍婚纱,她还用这花为新娘插头,很受新娘喜爱呢!

从那以后,祥祥小潘他们几乎每年冬天,都要出差三亚。前后去过不下十多次。美丽芬芳的鸡蛋花,也一次次成为他们用来替新人造型化妆的心爱之物。

就在我见到那花儿的第二天,我女儿和女婿,休了年假也到三亚来了。女儿一见到那盛开在枝椏上的鸡蛋花,就笑吟吟地快步走到树前,细细地端详。她还将树上飘落的花瓣,拣了起来托在掌上,左看右看……

沪上腊月芳菲尽,三亚繁花尤盛开!

除了美丽的鸡蛋花,三亚还有碧绿挺拔的凤尾葵、灼灼艳红的三角梅、长须垂地的大叶榕、果大如球"铁锈"斑斑的炮弹树、摇曳多姿的椰子树……这样那样的热带植物,在碧波环拥的海岸上竞相生长,恣意繁衍。三亚的风光,令我眼界大开,令我神情爽朗。三亚的风光,也让我由衷地认同了儿子和准儿媳的选择:冬天的三亚,果真是一个理想的婚纱拍摄之地!

平心而论,我也爱上了三亚,冬日的三亚!

打从那 2005 年冬天,我第一次踏上三亚的土地,之后竟然像候鸟似的,接二连三与家人光临这个美丽的海岛。

置身碧海蓝天花香鸟语的环境,我同我老伴,似乎年轻了几岁,也健朗了几分。在上海忙这忙那的那种"紧张"节奏,奇怪地放慢下来。有好几回呢，我都忘记了自己的年岁，甚而“聊发少年狂”哩！

看吧看吧，我们在三亚，都忙乎些什么？“狂”了些啥呢？

椰影轻摇，我们在凉爽的海天栈道悠悠漫步；

丽日当头，我们在软沙平滩“比赛”排球；

波光潋滟，我们在滩礁并坐，喜看儿女们潜海出水；

天涯海角，我们踏着细沙，在巨石字碑前观摩留影；

长线深放，我们在大东海滩头的悬崖上抛钩垂钓；

浪拍船头，我们迎风出海，在艄公引领下撒网捕鱼；

海阔天空，我们躺在亚龙湾的沙滩椅上享受宁静；

金乌西坠，我们等候在宾馆门前，笑迎一天拍摄完工归来的辛劳搭档；

晚风吹拂，我们徜徉街头，在大排档品尝海鲜美食……

成天的吃呀玩的，都没有个消停了。我和老伴少不了要嘀咕：“天天这么享受，太奢侈啦！”

可是，孩子们怎么说呢？

“爸妈辛苦了一辈子了，忙到退休还要照顾我们，难得出来几天，尽管放松放松吧！”

你听你听，这说的，让人暖心吧！

让我更觉暖心的，还有着呢，那是2009年春节之前的那趟三亚之行。因为这一次，我们带上了刚会走路的孙女。有着兜兜与我们同往，那在三亚的十来天，更是平添了许多的乐趣。

那回在三亚，子女们早就定下了一个舒适的住处；大东海沿岸一套宽敞的三室两厅公寓。宽大的阳台，无遮无挡，正对一望无际的大海。我们到达三亚，兜兜一进到那套房，就犟着挣脱奶奶的怀抱，在光洁的地板上跌跌冲冲，当她扶着门框挪上阳台，竟然陡地一懵，愣愣地瞪大双眼，怔住了！尽管只是那一眨眼的表情，却被我看得一清二楚！孙女这一瞬间的"失态"，也让我好生惊奇，她发现了什么呢？阳台上空空的，并无一样什物嘛。奥，准是她眼前那片湛蓝湛蓝的大海，让她惊讶了，让她懵住了……

而后，在她妈妈为她穿戴了小小的浴衣浴帽，牵着她的小手，沿着海边栈道走下阶梯，让她胖乎乎的小脚丫触碰沙滩，她在那一瞬间，表情又上脸了：只见她嘟起嘴巴，耸起眉头，一副极不情愿的样子。忽而，又伸伸腿儿，跃跃欲试，颤巍巍地双脚落了地，刚一迈步，却一屁股跌坐在沙包上……她那笨笨的动作，太滑稽了，连得一旁躺在沙滩上裸晒的老外，也乐得咧开了嘴巴……

毫无疑问，那回在三亚，美丽芬芳的鸡蛋花，也被我儿媳、被我女儿插到了孙女的头上。

……

"夏威夷的地面温度……"机舱内广播的声音，将我从回想中拉了回来。经过七八个小时的飞行，航班掠过南太平洋的上空，平稳降落在火奴鲁鲁机场。

出关时，我又见到了美丽的鸡蛋花！这回呢，它是出现在一幅巨大的广告上：鸡蛋花依旧斜斜地插在一个空姐的头上。而那空姐的鬓角上，有了这朵乳白色的鸡蛋花，她那微笑的样子，愣是让人更觉亲切。而那幅大大的迎宾广告，也变得更加的醒目！

24. “圣诞老爷爷”的来信

2014年圣诞节那天早上，我那七岁的孙女兜兜，一睁眼就匆匆下了床，闪到隔壁房间去看她的圣诞礼物。隔壁的窗台旁竖着一棵高高的圣诞树，树上挂着五颜六色的小灯泡。树旁地板上是这样那样的礼物，还有一封圣诞老爷爷写给兜兜小朋友的信呢！这信特意用一只大大的粉色信封套着。兜兜喜欢这粉的颜色，从小就喜欢！

“哇——”兜兜开心得咧开了小嘴巴，急不可耐地拆开那信封，展开一页对折得工工整整的信笺，低着头，一字一字认真读了起来……

可是，兜兜才刚上小学，一年级的小学生还认不了多少字。她念得磕磕巴巴，只好把信儿递给爷爷，请爷爷给她念了起来——

亲爱的兜兜：

谢谢你为我弹奏起“平安夜”，在长途跋涉的路上，我觉得很温暖^_^。

这一年，你从幼儿园毕业，成了小学生。书包重了、功课多了，也认识了不少新朋友吧？舞蹈练习很辛苦，一字开终于不在话下，又来了新动作。琴谱越来越复杂，不过练成一曲时，心情真好！最喜欢的钟老师的美术课，遇上用毛笔，也有点坐不住……学习就是这样，很多快乐，也少不了烦恼。没关系，知识会让你更聪明，练习会帮助你赶跑困难。送你一本《爱的教育》，这可是你爷爷儿时读过的书，让她也来陪伴你。

你坐在琴凳上专注的眼神，默写时找橡皮的着急样子，带着妹妹爬坡时爱护的动作……还有和奶奶发嗲、帮爷爷找眼镜……我都偷偷跑来看过。小精灵们用金色叶子为你编织了圣诞花环，你可以戴着它去音乐会、去图书馆、去写生、去帮助别人……当你闪闪发亮，即使在远方，我也能分享！亲爱的兜兜，愿你健康长大，被大家爱，也学会爱。给你妹妹逸齐的头冠，拜托你转交了！

夏天的欧洲旅行，你棒极了！独立、勇敢、做各种力所能及的事情，在好多地方交了新朋友。把语言学得多一些，你会看到世界更多不同、更多精彩。在储蓄罐里，先放下一枚欧元，其他的你自己慢慢攒吧！再旅行，逸齐也能一起了，多快活！

爱你，也爱逸齐，请读信给她。爱全家，帮我亲吻大家！

Merry Christmas & Happy New Year!

2014.12.24

兜兜听得好认真好认真，还开心地笑了两回。圣诞老爷爷写的那些，全都是兜兜和她妹妹齐齐，一起做过玩过的事嘛！圣诞老爷爷都知道呢，听完了，兜兜还从爷爷手里抢过信，自个端着左看右看呢。

时间过得好快！

一晃，第二年冬天来临了；一晃，圣诞节又到了。那天早上，兜兜在圣诞树下又看到了圣诞老爷爷写给她的信。

第三年圣诞节，同去年前年一样，圣诞老爷爷的来信，准时送到了那圣诞树下。

不过，这第三封信，不用再请爷爷念了。兜兜九岁了，已经上小学三年级了，认识的字一天天多了。这信也能顺顺当当往下看了。她看着看着，小嘴巴又笑得咧开来了。忽然就克制不住地冒出一句："不是圣诞老人写的！是孃孃写的！"

哈！这回兜兜看出来了！

没错！圣诞老人怎么会亲自给一个小朋友写信呢？是孃孃写的！

我孙女认出这信，还有一个原因呢！她的孃孃几乎是每天下了班，都要到奶奶家来，帮助她做功课呀，辅导小作文，修改周记什么的。孃孃写的字兜兜看多了，那好看的笔迹，与这"圣诞老人"的来信……哈哈！孃孃真会搞笑！

这三封来信，就是我女儿芸芸，每年圣诞来临之际给她侄女的礼物之一。那浓浓的亲情，细致的关爱，满满满满，都浸透信笺溢出信封了。芸芸啊真是……一片心啊！

满怀爱心的"圣诞老爷爷来信"，可谓是我女儿芸芸的"奇想杰作"。就连我一见那第一封信，也甚为意外甚为感动。这不由得使我想起了芸芸的另一桩"奇想杰作"：早在二十多年前，芸芸刚踏上工作岗位不久，即与她打小的好友鞠鞠，一起投入了团中央发出的“希望工程”结对子帮困活动。她俩不仅数次向两个安徽农村贫困家庭的孩子，寄去钱款及学习用品，更是在1994年春节，大年初一那天，一早便乘上长途车前往安徽泾县，又辗转乡间小道，前往偏僻的黄村，直接来到两个孩子的家中。看望了孩子之后，带上他俩到县城痛快地玩了两天，让这两个很少出门的农村娃娃过了个难忘的开心年……这趟不寻常的新年旅行，还得到了芸芸、鞠鞠好友庄国强的随行陪护。五年后，能干又热心的国强成了我的女婿。

这样的信，大概不会再往下写了。因为兜兜和她的妹妹，长大了，懂事了。可是，芸芸对这两个小姐妹，满满的关爱、满满的呵护，一天也不会少。

这不仅仅是因为兜兜和齐齐，这对小姐妹的爸妈忙，他们干摄影这一行，几乎天南地北世界各地转个不停。为了支持阿弟他俩能全心投入工作，也是因为打心眼里喜欢两个娃娃，她们的孃孃与姑父几乎全身心地照应起她俩。管吃管穿管上学管放学。“管放学”不仅是要辅导作业啰，还带着她俩到少年宫到音乐附中到游泳馆到文化馆……这个班那个班，费时费神，没得说了！还有安排两个娃娃的假期生活，更是处心竭虑。连得寒暑假中旅游的地点、路线、住宿、餐饮……一项一项，也都周密安排，事先落实，这所有的考量所有的选择，前提就是两个小娃娃！

奥地利的萨尔斯堡，是一定要去的。兜兜学唱歌学钢琴，都有三四年了。应该让她见识一下，萨尔斯堡可是大音乐家莫扎特生活过的地方，又是电影《音乐之声》的外景地。

于是，在2015年夏季，我们全家光临了这个德奥边境上的音乐之乡。那天，兜兜可兴奋了，她在音乐博物馆前的广场上快乐地奔跑，贪婪地张望。有个才四五岁的小姑娘，竟能毫不胆怯地拉着小提琴，为人们演奏《欢乐颂》。兜兜听着看着，不由地为这个小姑娘拍起手来。在广场旁的古堡后面，耸立着一座修道院。这不就是我们一家人经常观看的碟片《音乐之声》中的那座修道院吗？那一刻，芸芸也来劲了，竟在那建筑的围墙边上，学着《音乐之声》里那七个孩子的家庭教师、修女玛丽亚小姐带着她心爱的学生们，快乐地跳跃奔跑的动作……

接着，我们到了巴黎。芸芸按照预定的安排，少不了排队、排队、又排队，排了个把小时，终于搀着兜兜的小手，踏进了艺术殿堂卢浮宫……

卢浮宫前边的塞纳河上，有座“连心桥”，桥栏上系着千把万把的“连心锁”。兜兜爸妈去年到巴黎“旅拍”，也曾在这千把万把中加上他俩的一把。这连心锁是爱的信物，表示着对爱的忠贞。这也应该让兜兜有所感知。于是，我们又带着她，来到那连心桥上，在一把把形状各异的连心锁中，欣喜地寻觅……

说起巴黎，还得顺带提一提十年前的一桩往事。2006 年 8 月，我和老伴来过这里，跟团旅游嘛，时间景点都有限制，就未能进入巴黎圣母院参观，也就落下了一些遗憾。这回呢，我女婿也同我女儿一样，愣是排队，还冒着雨，排了足有一个小时，让我得到了满足。

2016 年夏天，两个娃娃的暑期生活同样丰富多彩。尤其是在日本大阪海游馆，那“亲手触摸”活动，让两个娃娃好刺激！只见胆小的齐齐畏畏缩缩跟在她姐后面，伸出的小手一碰到鲨鱼，就飞快缩了回来。而另一种圆圆扁扁的鱼，齐齐更是不敢碰啦。兜兜则得意洋洋地说，摸上去滑溜溜的，冷丝丝的，它一动也不动，真像我的好朋友一样……

2016年冬天，我们又到了台湾，还在台湾过了年，体味了一回台湾的年味。

台湾南部的垦丁，誉称全台最美之地。这里，有个更有特色更加好玩的海洋馆。孩子们与大人一起，夜宿极地馆、晨踏潮间带……再次见识了各种各样的海洋生物。事后我才知道，要住进这个海洋馆，可不容易，芸芸早在三个月之前，就上网预订那紧俏的门票啦。

出了海洋馆，我们投宿垦丁青年服务中心那古朴的“闽南”大院。院内有个陈氏设立的“颍川堂”，大门旁的说明词称陈氏祖先自明代从福建迁台，繁衍发展，遂成台湾第一大姓……我见了，心头别有一番滋味，随即就告诉了芸芸等家人，一旁过来的老伴还戏谑地说我见到陈家老祖宗了，得意得脸也发红了！

韩国南方有个济州岛，岛虽不大，夏天度假可也是个理想的去处。芸芸真会找地方！去年夏天，她又带着两个娃娃，开开心心上岛了。小岛上的海边民宿和农场，像磁铁一般，牢牢地吸引了两个娃娃。旅游结束了，回到家中都好几个月了，两个娃娃仍然唠叨着济州岛的这样那样。兜兜呢，还在小黑板上，在小纸片上，画下她和妹妹农场里的好朋友马儿羊儿迷你猪，还有那只时时跟在她俩身后，擅长“纵身抢飞碟”特技表演的牧羊犬，当然，也少不了再画上那只池塘中的胖小鸭……

看着两个宝宝满心喜欢的旅游收获，我也像是受到了感染，不由得也在小黑板上写下了几句小诗：

济州岛的农场
两个娃常叨嘴上
不是吗？兜又发奇想
画笔加剪贴
还有甜甜的回忆
一齐儿，一齐儿用上
哦！济州岛的农场
怎的就这样
让孩子们难忘
哦！不仅仅是这样
大人们也常常把它夸奖
尽管逗留匆忙
只有两个晚上
……

去年寒假里，我们全家又到境外过年。这次，度假选点在南太平洋上的夏威夷。那沐浴着阳光暖风的十几个昼夜，让我们舒舒服服给心灵放了假。

夏威夷度假结束后，兜兜开学了。她交上自己和家人一起制作的寒假作业。她那份标题《开开心心过大年》的小报，立即吸引了老师和同学们的目光。小报上的照片太有创意太漂亮了！一张是三条“美人鱼”，从湛蓝的大海中缓缓游来；一张是

“美人鱼”小姐妹在父母爱抚的怀抱中，踏着礁砂走向海岸：还有一张是鱼儿睡着了，栖息在宁静的黑礁洞穴……这一组照片，显得那么飘逸，那么悠远，犹如讲述着一个美妙的童话故事。

那三条“美人鱼”，就是兜兜和她的妈妈和妹妹。那天，她们穿上自备的缀满鳞片、尾摆窄长的“鱼儿装”，在茂伊岛上那著名的盘山弯道——哈那之路的终点、最美最奇的黑砂礁滩，留下了构思奇妙的倩影。

就在拍摄这组照片的时候，周围的游客，也被这一场面吸引了，纷纷向兜兜她们投来称赞的目光……

这时，我的老伴彩英坐在沙滩上欣然地笑望着儿孙；我的女婿乘兴在海中畅游；我和女儿芸芸则攀上了一侧的山坡，寻觅着夏威夷的奇花异草……孩子们渐渐长大了，要由她们自己去认识世界了！

写于 2017 年 9 月

图书在版编目(CIP)数据

那年那月 / 陈镇江著. —上海：文汇出版社，2019.1

ISBN 978-7-5496-2793-6

Ⅰ. ①那… Ⅱ. ①陈… Ⅲ. ①散文集—中国—当代 Ⅳ. ①I267

中国版本图书馆 CIP 数据核字(2019)第 014976 号

那年那月

著　　者 / 陈镇江
责任编辑 / 熊　勇
装帧设计 / 张　晋

出版发行 / 文匯出版社
上海市威海路 755 号
(邮政编码 200041)
印刷装订 / 上海颛辉印刷厂
版　　次 / 2019 年 1 月第 1 版
印　　次 / 2019 年 1 月第 1 次印刷
开　　本 / 890×1240　1/32
字　　数 / 270 千
印　　张 / 12(彩插 2)

ISBN 978-7-5496-2793-6
定　　价 / 42.00 元